An dich gebunden

Ein Roman von Alissa Sky

Mit Zeichnungen von You Higuri

Impressum
© dead soft verlag, Mettingen 2019
http://www.deadsoft.de

© the author
© Art und Coverart: You Higuri

Bildbearbeitung: Irene Repp
http://www.daylinart.webnode.com

1. Auflage
ISBN 978-3-96089-287-8
ISBN 978-3-96089-288-5 (epub)

◆ઠ Kapitel 1 ଓ◆
Von Hochstaplern und Rächern

Wien im Frühling war am schönsten. Was seine Eltern sagten, war ihm gleich. Viktor war dem Alter entwachsen, in dem er an den Lippen seiner geliebten Mutter und seinem verehrten Vater gehangen hatte. In diesem Fall wusste er es einfach besser. Nur in dieser Jahreszeit des Neuanfangs konnte die weltbekannte Großstadt es mit ihrem ländlichen Rivalen aufnehmen, in dem er die letzten Wochen verbracht hatte.

Viktor lehnte sich in der Kutsche zurück und betrachtete verträumt die Welt, die scheinbar an ihm vorbeihuschte. Die warmen Sonnenstrahlen ließen nicht nur sein Herz, sondern auch die Knospen der vielen Bäume aufgehen, die die Ringstraße säumten. Vögel sangen, Blumen blühten und die Leute waren dankbar, einen weiteren unerbittlichen Winter überstanden zu haben. Nur wenige Monate trennten sie nun von der brütenden Hitze, die das Dasein in einer Großstadt wie Wien beinahe unerträglich machte, ehe der Herbst Gnade mit den Lebenden hatte, bevor die Kälte des Winters sie erneut ins Innere von Häusern, Ställen und anderen Unterkünften trieb. Nein, er konnte seinen Eltern nicht zustimmen, die so gerne zwischen tanzenden Schneeflocken spazieren gingen oder wie frisch Verliebte Hand in Hand Kreise auf den vereisten Flächen drehten.

Eine solche Liebe wünschte Viktor sich ebenfalls. Wie herrlich es sein musste, noch nach unzähligen Jahren aufzuwachen und sich über die Anwesenheit des meist geliebten Wesens an seiner Seite zu freuen! Zumindest dachte er, dass es kaum ein schöneres Erwachen geben konnte. Noch wusste er es nicht. Es würde auch noch ein Weilchen dauern, dachte er unbekümmert und zuckte mit den Schultern. Er war jung und hatte sein Leben noch vor sich.

Als die Kutsche in die heimatliche Straße bog, setzte sich Viktor aufrecht hin und begann damit, die Falten aus seiner Kleidung zu streichen und die Krümel seines Proviants zu entsorgen. Er wusste, wie sehr seine Mutter jede Form der Unordnung hasste. Noch weniger als ihr Seufzen, Kopfschütteln und hunderte Male heruntergebetete Belehrungen wollte er sich aber den strengen Blick seines Vaters einhandeln. Nach sechs Wochen bei der verwitweten Großmutter in Salzburg wollte er sich die Freude der Heimkehr nicht wegen Nichtigkeiten nehmen lassen.

„Herr Längenstädt, gut sehen Sie aus!", grüßte er den ältesten Diener seines Vaters, noch ehe er aus der Kutsche sprang. „Dieser Schnitt steht Ihnen ja ausgezeichnet."

„Ihre Frau Mutter hat darauf bestanden, die Uniformen der gesamten Dienerschaft auszutauschen."

„Fesch auf jeden Fall. Und das sage ich nicht nur, weil meine Mutter mehr von Mode versteht als ich." Viktor zog die Handschuhe aus und reichte sie dem älteren Mann, der sie so würdevoll wie einen Orden entgegennahm. „Wo ist die Gute denn?"

„Sie haben Ihre Eltern um einen Tag verpasst. Der Herr Graf und die Frau Gräfin sind gestern zur Mittagsstunde abgereist."

„Kann das denn die Wahrheit sein!", rief Viktor und seufzte. „Dabei war ich sicher, den richtigen Termin im Kopf zu haben. Ändern können wir es aber nicht mehr, also wieso sich deswegen grämen? Haben die beiden mir denn eine Nachricht hinterlassen?"

„Eine kurze Notiz, ja. Ich habe mir die Freiheit genommen, sie in Ihrem Zimmer auf den Sekretär zu legen."

„Sehr schön. Dann will ich doch gleich mal sehen, ob mir mein Vater den Kopf für meinen Irrtum abreißen will." Viktor machte sich gerade auf den Weg zur Treppe, als ihn der weiß gelockte Diener aufhielt.

„Junger Herr, einen Moment bitte! Im Salon wartet der Klavierlehrer, den Ihr Herr Vater für das Fräulein einzustellen gedenkt."

Viktor runzelte die Stirn und drehte sich noch einmal um. „Heute? Meine Eltern sind doch verreist, wie Sie sagten."

„Es scheint, dass nicht nur Sie einen Termin verwechselt haben."

„Das ist unglücklich. Wie soll ich denn mit dem Herren verfahren?"

Der in Dunkelblau gekleidete Diener schaute über Viktors Schulter, als könnte die Treppe ihm einen Ratschlag geben oder er den Gast so noch einmal betrachten. „Das ist eine berechtigte Frage. Ich kann Ihnen da allerdings keine Ratschläge erteilen."

„Diese wären aber sehr erwünscht. Was ist zu tun? Soll ich ihn einmal in Augenschein nehmen und prüfen, ob er ein anständiger Mensch ist? Wenn nicht, brauchen Vater und Mutter sich gar nicht erst mit ihm zu befassen."

„Ich sage Ihnen nur, dass ein Besucher wartet. Was Sie zu tun haben, ist natürlich Ihre und nur Ihre Entscheidung."

Da klang ein Vorwurf in der Stimme des stolzen Dieners. Viktor kannte ihn von Kindesbeinen an und wusste, dass er vertrauenswürdig war. Wahrscheinlich hätte der gute alte Längenstädt sich aus dem nächsten Turmfenster gestürzt, wenn es der Familie von Eppenberg dienlich gewesen wäre. Deswegen überlegte Viktor, was den unausgesprochenen Tadel hervorgerufen haben konnte. Möglicherweise seine Idee, er könne in wenigen Minuten einen Makel an einem Lehrer finden, den viele Adelsfamilien nach Jahren der Anstellung als tadellos empfunden hatten.

„Nun denn! Bringen wir es hinter uns!" Viktor wich dem Blick seines Gegenübers aus und wischte sich über die Stirn. Er war von der langen Anreise recht müde und wollte den Koffer mit seinen persönlichsten Gegenständen noch in dieser Stunde auspacken. Das musste ihn aber nicht davon abhalten, einen ersten Blick auf den Klavierlehrer zu werfen. Und das wollte er durchaus! Er war kein Kind mehr. Es war an der Zeit, dass sein Vater ihm wichtigere Aufgaben übertrug, als ein paar Wochen im Jahr die „Gesellschafterin" für seine Großmutter zu spielen. Vielleicht war es sogar eine hervorragende Idee, den alten Pianisten in eine unerwartete Situation zu werfen. Nur um zu sehen, wie er sich in Ausnahmesituationen so schlug. Ephigenie war ein hübsches und braves Mädchen – wenn sie es wollte, aber so wie ihre beiden Schwestern, konnte sie sehr schnell zu einem Wirbelwind werden, wenn ihr etwas nicht passte. Das war eine wunderbare Persönlichkeit für eine Adelige, dachte Viktor und hätte es niemals gewagt, diesen Gedanken vor seinen Eltern auszusprechen. Die beiden verstanden die Sorgen ihrer Kinder eben nicht, die wohl allesamt gegen ihre eigenen Präferenzen verheiratet werden würden. Weil sie selbst sich trotz ihrer arrangierten Ehe ineinander verliebt hatten, dachten sie stur, dass es jedem so ginge, wenn er sich nur genug anstrengen würde. Es würde noch so einige Konflikte und viele vergossene

Tränen deswegen geben. Es war ein Grund mehr, den Klavierlehrer loszuwerden, wenn er ein unangenehmer Zeitgenosse sein sollte. Ephigenie sollte zumindest eine heile Kindheit haben. Ja, dieser Plan gefiel Viktor so gut, dass er seinen Befehl sogar mit einem Grinsen erteilte: „Wissen Sie was? Bringen Sie ihn doch hinauf in mein Zimmer! Ich empfange ihn dort."

Das väterliche Palais weckte all die Erinnerungen, die Viktor in den Wochen nach Neujahr beinahe vergaß. Bei der Großmutter hatte er in vielerlei Hinsicht mehr Freiheiten, war aber auch von Freunden und der restlichen Familie abgeschnitten. Besonders an den beiden jüngeren Schwestern erkannte er immer wieder, wie viel Zeit ihrer Kindheit er tatsächlich verpasste. Die Mädchen waren jedes Mal wie Pilze mehrere Zentimeter gewachsen, wenn sie sich im Frühling wiedersahen. Elena, seine ältere Schwester, hingegen wurde von Mal zu Mal schöner. Obwohl es natürlich auch daran liegen musste, dass er sie seit ihrer Hochzeit kaum noch zu Gesicht bekam und bestimmt die Wiedersehensfreude über seine Objektivität gewann.

Hätte Viktor nicht darum gebeten, den Klavierlehrer sofort in sein Zimmer zu bringen, er hätte sich auf sein Bett fallen lassen und den Geruch von Heimat und Geborgenheit eingesogen. Stattdessen hievte er seinen Koffer hoch und öffnete ihn. Er bemerkte das Lächeln, das sich auf seine Lippen schlich, weil es keiner der Diener mehr wagte, ihm die Gegenstände abnehmen zu wollen, die er bei sich trug. Noch vor einem Jahr hatte er einen regelrechten Kampf mit seinem guten alten Längenstädt führen müssen, weil dieser – ebenso wie seine Eltern und seine älteste Schwester – darauf bestanden hatte, dass kein Adeliger in „seinem" Haus niedere Arbeiten verrichten sollte. Was am

Tragen seiner privatesten Dinge aber „nieder" sein sollte, verstand Viktor noch immer nicht.

Er hatte gerade die ersten Mitbringsel sicher in einer Schublade verstaut, als es an der Tür klopfte.

„Herein!"

Herr Längenstädt gehorchte sofort und verkündete mit vor Stolz erhobener Nase: „Maestro Peter Zillinger. Wie Sie gewünscht haben, junger Herr."

„Vielen Dank! Sie können uns fürs Erste alleine lassen. Einen Kaffee nehmen wir eventuell im Salon ein."

Die Verbeugung konnte Viktor aus den Augenwinkeln wahrnehmen und musste grinsen, weil der alte Mann besonders ehrwürdig tat, wenn Gäste zugegen waren, die seinem eigenen Stand näher standen als irgendein Baron oder eine Fürstin. Er ließ dem inzwischen völlig weiß gewordenen Diener seine Freude. Jeder zog sein Selbstbewusstsein aus irgendwelchen Fähigkeiten oder Begebenheiten – und der loyale Längenstädt tat es eben auf diese Art. Es war ihm aus ganzem Herzen vergönnt. Viktor wartete also mit dem Umdrehen, bis die Tür erneut geschlossen und er mit dem Klavierlehrer alleine in seinem privaten Reich war. Was er aber zu sehen bekam, war ebenso unerwartet wie es erfreulich war.

„Na, sieh mal einer an! Da hieß es immer, nur ein uralter Greis wäre in der Lage, unserer Kleinen etwas beizubringen." Viktor lachte und wandte sich wieder seinem Koffer zu. „Und hier sind Sie nun! Ein Mann kaum älter als ich ... oder sogar jünger? Ich kann es nicht einmal sagen."

„Sind Sie Viktor von Eppenberg?"

„Wie er leibt und lebt."

Er strich liebevoll über sein Tagebuch, ehe er es herausnahm und auf seinem Sekretär neben das Tintenfässchen stellte, das er bald schon wieder mit der feinsten Tinte zu füllen gedachte. Viktor freute sich immer noch, wieder zu Hause zu sein. Er war allerdings sicher, dass der erste Ärger nicht lange auf sich warten lassen würde. Seine Eltern wollten immerhin den perfekten Adeligen aus ihm machen, und Viktor war inzwischen auch geistig so gereift, dass er sich ihnen in – fast – allem unterwerfen wollte. Als Adeliger hatte er schließlich nicht nur Privilegien, sondern auch Pflichten.

Erst wollte er sich aber den neuen Lehrer zur Brust nehmen. Bei einem so jungen Mann musste schließlich nicht nur sein Können am Klavier, sondern vor allem seine Tugendhaftigkeit geprüft werden. Immerhin sollte er Stunden über Stunden alleine mit einem jungen Mädchen von gutem Stand verbringen. Und Ephigenie war seine Lieblingsschwester. Auf sie hatte er stets ein besonders wachsames Auge.

Viktor drehte sich dem Lehrer wieder zu und erstarrte. „Was tun Sie da?!"

Der junge Mann stand nur noch einen Schritt von ihm entfernt und hielt ihm seine Pistole in Augenhöhe entgegen. Seine Hand zitterte, aber nicht aus Angst, sondern vor Wut.

„Du Mistkerl hast meine Schwester geschwängert und dann auch noch das Weite gesucht! Ihr Adeligen denkt wohl, ihr könnt tun und lassen, was ihr wollt!" Er gestikulierte mit der Waffe. Viktor befürchtete einen Moment, sie könnte losgehen. Sein Angreifer war allerdings noch nicht so weit, sie abzufeuern. Die Worte platzten regelrecht aus ihm heraus. „Sie wollte sich das Leben nehmen! Meine Leni wollte sich umbringen wegen dir! Und ich verstehe sie sogar! Wir wissen jetzt schon nicht, wie wir über die

Runden kommen sollen! Ich als einziger Mann im Haus, eine kranke Mutter und dann auch noch ein Säugling? Du hast uns alle zum Untergang verdammt!"

„Ich habe deine Schwester mit Sicherheit nicht geschwängert", verteidigte sich Viktor ruhig und hob langsam die Hände in einer abwehrenden Haltung.

„Selbst im Moment des Todes lügst du noch und willst dich deiner Verantwortung entziehen? Wie erbärmlich! Kein Wunder, dass sie sich töten wollte! Aber du stirbst vor ihr! Hier und jetzt! Durch meine eigene Hand!"

Viktor musste etwas tun, um sein Gegenüber von seinem Plan abzubringen oder zumindest Zeit zu gewinnen, bis sein geliebter Längenstädt oder ein anderer Diener hereinkam. Vielleicht konnte er an das Mitgefühl des wütenden Attentäters appellieren. Viktor wiederholte sich also sehr sanft und einfühlsam: „Glaube mir! Auf keinen Fall würde ich jemals mit deiner Schwester geschlafen haben."

„Willst du deine Lüge auch noch untermauern, indem du uns erniedrigst? Sind wir für euch Adelsgesindel nicht einmal gut genug fürs Bett oder was willst du damit sagen?"

Und diese Kränkung war das Zünglein an der Waage. Der junge Mann drückte ohne Mitleid ab – aber nichts geschah. Beide starrten sich geschockt und in ihrer Haltung gefroren an. Viktor begriff zuerst, was geschehen war. Die Pistole versagte ihren Dienst. Eine nicht zu seltene Begebenheit, wenn man eine Waffe nicht richtig behandelte. Viktor ließ seinem Angreifer aber nicht die Zeit, sich klar über seine Situation zu werden. Er riss seinen Arm zur Seite, schlug ihm die Pistole aus der Hand und rammte sein gesamtes Gewicht gegen dessen Brust. Der dunkelhaarige Mann stöhnte entsetzt auf und stürzte zurück. Der Aufprall musste ihm jede Luft aus den Lungen pressen. Auch diesen Umstand nutzte Viktor gnadenlos und schlug gezielt auf den Kiefer seines Kontrahenten ein. Er übermannte ihn so nicht nur, sondern schlug ihn sofort bewusstlos. Und Viktor war sich trotz seiner hohen Geburt nicht zu schade, um einen letzten Schlag nachzusetzen. Der Mistkerl sollte nicht zu schnell wieder aufstehen.

* * *

Als Julian zu sich kam, war ihm lange nicht bewusst, wo er sich befand und wieso sein Körper so schmerzte. Er erlaubte sich also, die Augen geschlossen zu halten und wieder in seine Ohnmacht abzugleiten. Erst als er einen Schwall Wasser ins Gesicht bekam, wollte er hochfahren und stellte entsetzt fest, dass es nicht ging.

„Wo ..."

Sein Blick flog im Raum umher, erst einen Moment später erinnerte er sich, wie und wofür er sich in das Palais der Familie von Eppenberg eingeschlichen hatte. Seine Gesichtszüge verhärteten sich. Nun verstand er auch, wieso er den Geschmack von Blut auf der Zunge hatte. Er ließ sie über seine Zähne schnellen, aber sie schienen noch alle vorhanden zu sein. Auf seiner Haut spürte er jedoch getrocknetes Blut. Sein Gegenüber musste ihn ganz schön zugerichtet haben. Am liebsten wäre er Viktor an die Gurgel gegangen, aber er konnte sich noch immer nicht rühren.

Julian blickte an sich hinab und stellte fest, dass er mit Kordeln an einen Stuhl gefesselt war. Der Anblick musste ebenso erbärmlich wie lächerlich sein.

„Was soll das?"

„Ich stelle hier die Fragen", erklärte Viktor von Eppenberg schroff und deutete mit der Klinge eines kostbaren Dolches auf Julians Brust. „Wer bist du?"

„Hast du so viele bedauernswerte Mädchen geschwängert, dass du erst fragen musst?"

„*Wer* bist du?", fragte der blonde Adelige erneut – dieses Mal mit mehr Nachdruck und wütendem Blick.

„Julian Landner ... der Bruder von Helene", gab er schließlich nach, ehe er in vollem Stimmvolumen befahl: „Und jetzt sag mir, was das hier soll!"

„Was das hier soll? Nun, Julian Landner, ich habe mich noch nicht entschieden, was mit dir passieren soll. Am liebsten würde ich dich sofort an das nächste Gericht aushändigen, damit es die Höchststrafe über dich verhängt. Das täte ich ohne jegliches schlechtes Gewissen oder spätere Reue." Viktor erhob sich und rammte das Messer in das Nachttischchen. Julian zuckte wegen des Geräusches zusammen. „Problematisch daran wäre nur, dass du scheinbar eine schwangere Schwester hast und du der Einzige bist, der sich um sie kümmert. Selbst wenn man dich nur wegsperren würde, wäre das vielleicht das Todesurteil für deine Schwester ... auf jeden Fall wohl für das Kind. "

„Jetzt plötzlich heuchelst du Skrupel!" Julians Augen funkelten vor Wut. „Das ist doch unglaublich!"

„Woher hast du die Waffe?"

Er weigerte sich, zu antworten. Wozu auch? Es machte keinen Unterschied.

„Woher hast du die Waffe?" Sein Gegenüber dachte offensichtlich anders, denn es wiederholte sich nicht nur, sondern gab auch noch die erste Drohung von sich: „Schlimmer noch, als einen geliebten Menschen zu verlieren, ist es, einen geliebten Menschen zu verlieren und nie zu erfahren, was mit ihm passiert ist. Ich kann dich wegsperren lassen und den Schlüssel höchstpersönlich wegwerfen. Also? Wird's bald?"

„Ich gebe der Tochter eines Militärs Klavierunterricht."

„Interessant. Das mit dem Lehrer stimmt also sogar?"

Julian spuckte in Viktors Richtung.

„Mutig! Wenn man bedenkt, dass dein Schicksal von meinem Wohlwollen abhängt. Oder ist das der legendäre Mut eines Todeskandidaten?"

„Bring mich doch um! Na los! Es ist mir egal! Dann krieche ich eben aus dem Grab und räche Leni so!"

„Ich habe deiner Schwester nichts angetan", wiederholte Viktor und hockte sich erneut vor ihm hin, damit sie sich auf gleicher Augenhöhe befanden. „Bestimmt nicht."

„Hör auf, zu lügen! Du hast mich doch schon in der Hand! Wozu noch all die verdammten Lügen?"

„Reicht dir mein Wort nicht, wenn ich es dir gebe? Ich habe deiner Schwester nichts angetan. Das schwöre ich bei Gott. Ich kenne gar keine Helene."

„Schwört der Mann, der ihr die Ehe versprochen hat, ehe er über sie hergefallen ist!"

„Meine Güte!", rief der Blondschopf mit verlorener Geduld. „Ich habe keiner Frau je ein Leid zugefügt!"

„Sobald ich wieder frei bin, werde ich zumindest dafür sorgen, dass du es niemals mehr …"

Viktor stoppte seine Drohung mit einem Kuss. Es war ohne Vorwarnung und ohne jegliche Scheu passiert. Und als Julian erneut Luft bekam, starrte er sein Gegenüber nur schockiert an.

„Glaubst du mir jetzt, dass ich deine Schwester nicht geschwängert habe?" Viktors rechter Mundwinkel war hochgewandert, aber es wirkte nicht so, als ob er sich über ihre Lage amüsieren würde. Natürlich nicht. Nun blieb ihm selbst nur noch Galgenhumor. „Ich habe ihr nichts getan. Das wollte ich auch nicht. Immerhin habe ich selbst Schwestern, die ich liebe."

Wollte er überspielen, was er gerade getan hatte? Wenn ja, wieso hatte er es dann getan? Und was bedeutete es für ihre Lage? Für Leni? Für seine Mutter? Für ihn? Die Gedanken überschlugen sich in Julians Kopf. Er öffnete den Mund zum Sprechen, aber es kam kein Laut hervor. Selbst als er sich räusperte, wollte seine Stimme nicht sofort gehorchen. Als sie es schließlich tat, klang sie verzerrt und heiser. Er hätte sie selbst nicht erkannt. „Bring es endlich hinter dich! Töte mich und beende das!"

„Was?" Tiefe Falten gruben sich in die eben noch glatte Stirn. Die dichten Augenbrauen schoben sich beinahe ineinander. Viktor schien mehr erschrocken über den Befehl als verärgert. „Ich sagte doch … Wieso denkst du, dass ich dich umbringen will?"

„Weil … Wegen dem … Um dein Geheimnis zu bewahren …"

„Du verstehst mich falsch." Die Gesichtszüge des Adeligen entspannten sich wieder etwas. Er klopfte ihm sogar auf die Schulter. Sein Blick nahm dabei erneut einen Ausdruck an, der zwischen Galgenhumor und Überlegenheit schwankte. „Ich wollte dir nur etwas klarmachen. Mehr nicht. Mein ‚Geheimnis' ist bei dir doch bestimmt gut aufgehoben. Wer sein Leben für die Ehre seiner Schwester wegwerfen will, ist mit Sicherheit ein Ehrenmann – Adliger oder nicht."

„Ich verstehe nicht …"

„Du schuldest mir etwas. Nicht mehr, aber auch nicht weniger als dein Leben. Ich vergebe dir nämlich, dass du mich zu töten versucht hast. In gewisser Weise ringt mir dein Entschluss sogar Respekt ab, denn auch ich würde für meine Geschwister alles geben. Vor allem für meine Mädchen."

Julians Emotionen mussten sich so überschlagen, dass er einen Moment gar nichts empfand. Er wusste einfach nicht, was er glauben sollte. Ein Mensch, der ein junges Mädchen schändete, schreckte bestimmt auch nicht vor einem Mord zurück, wenn sich sein Opfer auch noch selbst auf einem Silbertablett servierte. Julian kannte allerdings nicht einen Vergewaltiger persönlich. Was wusste er schon darüber, wie solcher Abschaum sich verhielt?

Aber dann war da der Kuss … Niemals hatte er davon gehört, dass sich ein Mann für andere Männer interessieren könnte …

Wenn dieser Mann es denn tat. Es konnte ein Täuschungsmanöver sein!

Wer aber wäre auf eine solche Idee gekommen? Auch noch in der Hitze des Gefechts? Und so war es nun einmal zum Kuss gekommen. Viktor hatte sich gehen lassen … oder er hatte ihm etwas damit beweisen wollen.

„Was … geschieht denn jetzt?", hörte er sich selbst fragen, obwohl es ihm erst gar nicht klar war.

Viktor schenkte ihm ein halbherziges Lächeln und erhob sich aus der Hocke, um sich an den Kordeln zu schaffen zu machen. „Ich lasse dich unter der Bedingung gehen, dass du dich nicht ins Unglück stürzt. Es geht mir dabei nicht um dich, sondern um deine Schwester, die wohl schon genug durchgemacht haben dürfte."

„Einfach so?", fragte Julian ungläubig.

„Ich behalte sicherheitshalber die Pistole ein. Du wirst deinem Militär schon selbst erklären müssen, wohin sie verschwunden ist. Ich werde sie auch keinem Fremden aushändigen, der sich vielleicht nur von dir angestiftet als Mann des Heeres ausgibt. In einem halben Jahr kannst du sie wieder abholen. Falls der Gute dich bis dahin nicht vors nächste Kriegsgericht geschleppt hat."

Endlich löste sich die letzte Fessel und Julian stand betreten und zutiefst verunsichert auf. Er rieb sich die schmerzenden Gelenke. Seine Finger fühlten sich bereits taub an. So hätte er die Waffe bestimmt nicht an sich bringen können. Er befand sich nun in der unsäglichen Situation, dem Oberst ohne seine Pistole entgegentreten zu müssen. Dass dieser das Fehlen innerhalb eines halben Jahres nicht bemerkte und den einzig logischen Schluss zog, war zu unwahrscheinlich. Er schwebte trotz allem in Gefahr.

„Worauf wartest du?", fragte Viktor unverständlich ruhig. „Verschwinde mir aus den Augen!"

Julian leckte sich verlegen über die Lippen, erinnerte sich daran, dass der Mann vor ihm sie geküsst hatte, und trat reflexartig die Flucht an.

◆ৠ Kapitel 2 ଓ◆
Ein unmoralisches Angebot

„Dürfte ich Sie einen Moment stören?"

Herr Längenstädt trat durch die offene Tür. Einer der erst kürzlich eingestellten Burschen servierte gerade den Frühstückskaffee, stellte die Kanne aber sofort beiseite und verschwand nach einer eilig vollführten Verbeugung. Viktor hatte nie verstanden, wie die Dienerschaft scheinbar ohne Worte miteinander kommunizieren konnte. Erst recht, wenn es sich um Neuzugänge handelte, die der Dienstälteste erst auf seine hohen Ansprüche hin drillte.

„Sie dürfen doch immer! Das wissen Sie doch." Viktor legte seine Zeitung beiseite und schenkte dem alten Mann ein freundliches Lächeln. „Was gibt es denn so Dringendes, dass es nicht bis nach dem Frühstück warten kann?"

„Es ist ein Besucher gekommen ... aber ..."

„Aber?"

„Nun ja, es ist eine seltsame Geschichte." Herr Längenstädt erlaubte sich eines seiner äußerst seltenen Anzeichen von Unbehagen und kratzte sich am rechten Ohrläppchen. Sonst war er stets über alle Probleme erhaben. Als Kind hatten Viktor und seine Geschwister sogar gedacht, dass der damals schon ältere Mann allwissend und niemals aus der Ruhe zu bringen sei. Momente wie diese verschafften Viktor also ein unverschämtes und ebenso dummes Vergnügen. „Sie wissen doch, dass ich niemals ein Gesicht vergesse ..."

„Selbstverständlich! Sollte es je zu einem Putschversuch kommen, schicken wir Sie dorthin, damit Sie dem Herrn Kriegsminister alle Abtrünnigen aufs Genaueste beschreiben können."

„Ich hoffe, Sie machen sich keinen Spaß aus mir. Die Sache ist nämlich äußerst … kurios."

„Natürlich nicht! Das versteht sich doch! Aber nun machen Sie mich doch recht neugierig. Was ist denn nun so ‚kurios' an dem Besucher?"

„Sein Gesicht. Nein, der Name! Der Name, der nicht zu diesem Gesicht passt."

„Wie meinen?"

Herr Längenstädt hob die Rechte in einer entgeisterten Geste. „Das ist es ja! Ich weiß genau, dass der junge Mensch sich gestern als Maestro Peter Zillinger vorgestellt hat. Heute aber steht er vor mir und nennt sich Julian Landner. Ich dachte erst, es könnte sich um den Zwilling des Maestros handeln … aber auch wenn das Gesicht dazu passte, der Nachname tut es erneut nicht."

Es dauerte knappe zwei Sekunden, ehe Viktor klar wurde, was er da vernommen hatte. Es war gut, dass der Kaffee noch in seiner Tasse abkühlte. Er hätte sich bestimmt verschluckt oder – schlimmer noch – auf den Tisch gespuckt. So blieb ihm diese peinliche Reaktion erspart und er konnte überlegen, was er tun sollte. Sein Angreifer war überstürzt geflohen, ohne auch nur darüber nachzudenken, welche Schwierigkeiten ihm die verlorene Waffe bescheren könnte. Weil er sich aber mit seinem echten Namen vorgestellt hatte, gab ihm Viktor einen Vertrauensvorschuss. Julian würde ihn wohl kaum ermorden, wenn ein Angehöriger seines Hauses wusste, wie er hieß. Der Idiot dachte wohl wirklich, er könnte sich die Pistole einfach mit ein wenig Betteln zurückholen. Viktor kam bei diesem Gedanken ein Lachen über die Lippen. Weil sein Gegenüber ihn deswegen entgeistert anschaute, räusperte er sich schnell und erklärte: „Das hat schon seine Richtigkeit so. Ihr

Gedächtnis ist wie immer makellos. Bringen Sie den Herrn bitte zu mir ins Speisezimmer! Ich empfange ihn gleich hier."

„Wie Sie wünschen, junger Herr."

Das würde eine spannende Sache werden, dachte Viktor, kaum dass sein Gegenüber verschwunden war und rieb sich das Kinn. Wie er genau auf seinen Besucher reagieren sollte, wusste er noch nicht genau, aber das alleine machte ihr Wiedersehen schon interessant. Er war auch nicht sicher, ob er eine Entschuldigung zu hören bekommen würde oder ob der junge Mann mit den dunkelblauen Augen die Pistole mit rhetorischer Raffinesse zurückerhalten wollte. Viktor beschloss, dass er sich nicht mit Argumenten wie Diebstahl davon abbringen lassen würde, die Waffe noch zu behalten. Wie viel seiner Sturheit damit zusammenhing, den jungen Mann davon abzuhalten, sich selbst und seine Familie ins Unglück zu stürzen, war eine andere Frage. Er hätte sich selbst betrogen, wenn er behauptet hätte, nicht immer wieder an diese Augen gedacht zu haben. Vor Zorn und Wut funkelnd, hatten sie sich in sein Gedächtnis gegraben – und ihm fast den Atem dabei geraubt. Die Vorstellung, das attraktive Gesicht in einem halben Jahr noch einmal zu sehen, wenn die Emotionen abgekühlt und vielleicht Gras über gewisse Dinge gewachsen war, hatte auch selbstsüchtige Züge an sich. Er wollte Julians Lächeln sehen, nur um zu wissen, wie schön er in all seinem Glanz sein konnte.

Keinen dieser Gedanken ließ er sich anmerken. Als Viktor die Schritte zweier Männer näher kommen hörte, griff er nach der zur Seite gelegten Zeitung und faltete sie wieder auf.

„Herr Landner", verkündete sein braver Diener den unerwarteten Gast gewohnt kühl.

„Vielen Dank, Herr Längenstädt. Lassen Sie uns jetzt bitte alleine und schließen Sie die Tür hinter sich!"

„Wie Sie wünschen."

Nachdem der Befehl ausgeführt war und auch die letzten Schritte verklungen waren, trat für kurze Zeit eisige Stille ein. Das war nicht anders zu erwarten gewesen, dachte Viktor und nahm einen Schluck Kaffee zu sich. Er war schwarz und ganz ohne Zucker. So schmeckte er ihm nicht besonders, aber er selbst hatte versäumt, nach dem Abgang des Burschen seine Tasse zuzubereiten. War das aber wichtig? Er stellte sie zurück auf den Teller.

„Du hörst entweder schlecht oder du hast das Gedächtnis eines sehr, sehr alten Mannes", begann Viktor anstatt eines Grußes und blätterte in der Zeitung weiter, die er nur des Effektes willen wieder in die Hand genommen hatte. „Ein halbes Jahr, habe ich gesagt. Nicht einen Monat, nicht eine Woche und schon gar nicht nur einen Tag. Ein halbes Jahr ist ein halbes Jahr und keine Stunde weniger."

„Ich bin nicht deswegen hier", erklärte Julian knapp, ohne ihm auch nur einen guten Morgen zu wünschen. Traute er ihm also immer noch die verwerfliche Tat zu? Oder war er nur wütend, den Weg zu ihm noch einmal angetreten zu sein? „Ich habe dir ein Angebot zu machen ..."

„Du wirst meiner kleinen Schwester mit absoluter Sicherheit niemals auch nur eine einzige Unterrichtsstunde geben! Mir ist der Grund für deine Lügen egal! Du bleibst von meiner Familie fern!" Viktor hatte die Zeitung mit Wucht auf den Tisch befördert und fixierte seinen Besucher nun mit entschlossenem Blick. „Ein halbes Jahr. Dann kannst du die Pistole ohne Auszahlung oder Fronarbeiten wiederhaben. Ich will nur verhindern, dass du den Täter erschießt, der deine Schwester entehrt hat. In euer aller Interesse."

„Ich sagte doch, dass es nicht darum geht." Julian seufzte und schaute an die Decke. „Nicht nur. Noch scheint der Oberst das Fehlen nicht bemerkt zu haben. Mir bleibt dafür also eine Galgenfrist."

„Das sind deine privaten Probleme. Was gehen sie *mich* an?", fragte Viktor gespielt anteilnahmslos. „Welchen Grund sollte ausgerechnet *ich* haben, dir Almosen zu geben?"

„Nichts. Und keinen."

Zumindest darin waren sie sich also einig. Charmant, dachte Viktor und vielleicht kam ihm dabei ein verächtlicher Laut über die Lippen. Es bekümmerte ihn nicht. Er war schließlich nicht derjenige, der sich etwas zuschulden hatte kommen lassen. Ihm graute beim Gedanken, dass die Pistole in seinem Sekretär das Letzte hätte sein können, das er je zu Gesicht bekommen hätte. Er blickte Julian ins Gesicht. Die blauen Augen rangen ihm noch einmal Bewunderung ab. Allerdings war er nicht die Art von Mann, die sich von Äußerlichkeiten von dem ablenken ließ, was er wollte. Was genau er sich aber von dieser Unterredung versprach, wusste er selbst nicht so genau.

„Weswegen bist du noch gleich gekommen, *Maestro* Landner? Ich habe es bereits wieder vergessen."

Julian hob eine Hand an den Mund und behielt sie dort einen Moment, ehe er sich nervös über die Lippen wischte und tief Luft holte. Als sich ihre Blicke erneut trafen, wirkte er weit selbstsicherer. Als wüsste zumindest Julian genau, was er sich von ihrem *tête-à-tête* erhoffte. Natürlich! Er war ja zu ihm gekommen. Julian Ladner hatte eine Agenda, und Viktor war gespannt darauf, welche es war.

„Du musst dich nicht über mich lustig machen ... auch wenn ich gestern vielleicht einen großen Fehler gemacht habe."

„Vielleicht?", unterbrach er sein Gegenüber forsch. „Das steht ja wohl außer Frage! War meine Demonstration denn nicht überzeugend genug?"

„Doch. Das war sie durchaus." Der junge Mann wich seinem Blick nicht einen Moment aus. Seine Stimme aber hatte eine neue Qualität angenommen. Sie strotzte plötzlich vor Selbstbewusstsein. „Deswegen bin ich gekommen."

„Ach, so ist das!" Viktor war regelrecht enttäuscht. Er hatte sich mehr von dem jungen Mann erwartet als eine primitive Erpressung. „Diese Idee schlag dir mal besser ganz schnell wieder aus dem Kopf! Oder denkst du wirklich, irgendjemand würde einem dahergelaufenen Bettler wie dir glauben?"

„Du missverstehst mich. Darum geht es nicht. Du hast meinen Angriff gestern nicht gegen mich verwendet. Ich habe nicht vor, den deinen gegen dich zu verwenden. Im Gegenteil."

Viktor zog eine Augenbraue hoch. Er hatte keine Ahnung, was sein Gegenüber ihm mitzuteilen versuchte, verspürte aber eine gewisse Spannung. Es war ein aufregendes Spiel, das sie da begonnen hatten. „Was willst du dann?"

„Ich weiß nicht, wie es funktioniert, wenn sich ... wenn sich ein Mann für andere Männer interessiert. Oder ob es überhaupt andere wie dich gibt." Julian zuckte beim Sprechen nicht einmal mit einer Wimper. „Aber es ist eine Tatsache, dass ich nicht alleine für meine kranke Mutter, meine

Schwester und das Kind aufkommen kann. Ich mache dir also ein Angebot, das mir alles abverlangen wird, du in deiner Lage aber bestimmt nicht ablehnen wirst."

Viktor runzelte die Stirn und schaute sein Gegenüber verwirrt an. Er begriff nicht, was diese Worte bedeuten sollten, obwohl er jedes einzelne klar und deutlich verstanden hatte. Und dann fügten sich die Teile plötzlich zu einem Bild zusammen und er musste erst nach Luft schnappen, ehe er angewidert auf das unmoralische Angebot reagieren konnte.

„Bist du noch klar im Kopf? Weißt du, was das bedeuten würde? Damit würde ich dich zu einer Hure machen! Zu einer Dirne!"

Julian klang nicht minder wütend: „Stolz kann man sich nur leisten, wenn man keine Verpflichtungen hat!"

„Ach, *Stolz*! Und für ehrliches Geld ehrliche Arbeiten zu verrichten, ist dem Herrn Maestro nie in den Sinn gekommen?"

Julian stand einen Schritt davor, aufzubegehren. Das hätte Viktor zu gerne gesehen, aber es geschah nicht. Sein Gegenüber schluckte seinen Widerwillen mit Mühe, aber erfolgreich, und antwortete nur bedächtig: „Ich verdiene Geld. Es reicht nur vorne und hinten nicht. Mit einer kranken Mutter ... und bald mit einem Säugling ... Es ist jetzt kaum genug für die Miete."

„Was für eine Arbeit verrichtest du noch gleich?", fragte Viktor von seiner Neugierde beschämt. In Gedanken verteidigte er sich damit, dass sich der bildschöne Mann bei ihm für ein „Vorstellungsgespräch" gemeldet hatte. Es stand ihm also zu, derartige Fragen zu stellen.

„Ich gebe Klavierstunden ... und spiele bei manchen Festen auf. Ohne Namen oder Gönner kann man aber kaum genug für sich selbst verdienen, geschweige denn eine ganze Familie damit durchbringen … Und meine Kompositionen gefallen an höheren Stellen nicht. Sie sind zu gewöhnlich, sagt man. Sie klingen zu sehr wie die Lieder der anderen. Ich weiß auch durchaus selbst, dass mir das Genie für Opern oder große Symphonien fehlt …"

„Dann muss er sein tägliches Brot eben im Schweiße seines Angesichts verdienen, wenn er kein Erbe hat."

Julians Wangenmuskeln arbeiteten wegen der abfälligen Anrede. Viktor hätte zu gerne die Worte gehört, die sein Gegenüber so gewaltsam zurückhielt. Aber auch dieses Mal war das, was er zu hören bekam, unschuldig, neutral, fast schon emotionslos: „Als verarmter Komponist ohne besondere Fähigkeiten bleiben einem nicht viele Wege offen. Ich wollte Soldat werden, um mehr zu verdienen. Meine Karriere beim Militär endete aber so unerwartet, wie sie begonnen hatte. Ich wurde eines Nachts in einem Gasthaus Zeuge eines Streites. Ich bin meiner Uniform verpflichtet dazwischengegangen und wurde die Treppen hinuntergestoßen. Seither ist meine Verletzung zwar besser geworden, aber noch weist man mich bei der Musterung ab."

Viktor schaute gegen seinen Willen auf Julians Bein. Er hatte es bemerkt, aber nicht weiter beachtet: Es war etwas steif. Das Humpeln rührte also daher, nicht von seiner Gegenwehr, als er um sein Leben gekämpft hatte.

„Was sollte daran ein Problem darstellen? Dein Bein gehorcht eben noch nicht ganz, aber du hast längst wieder Kraft. Und du bist trotz allem recht gut zu Fuß. Ich glaube kaum, dass eine so unbedeutende Beeinträchtigung die kaiserliche Armee davon abhalten würde, dich in ihre Reihen zurückzunehmen."

„Diese alleine vielleicht nicht. Das kann ich nicht beurteilen. Der Skandal aber schon."

„Skandal?" Eine Augenbraue wanderte hoch. Viktor verabscheute sich dafür, dass er nicht mehr Gleichgültigkeit heucheln konnte. „Wenn es einen Skandal gegeben hätte, wüsste ich es ja wohl. Ein ‚Skandal' ist schließlich dadurch definiert, dass jeder ihn kennt und davon schockiert ist."

„Ich habe mich falsch ausgedrückt", gab sich Julian geschlagen und strich eine Strähne seines dunklen Haares zurück. „Die ‚Begebenheit', die an die Öffentlichkeit gebracht, zu einem Skandal *geworden* wäre."

Viktor hasste sich selbst dafür, aber er fragte von Neugier übermannt: „Und welche wäre das?"

„Die, dass es ein hochwohlgeborener Mann war, der mich gestoßen hat. Wahrscheinlich weil ein einfacher Bürgerlicher wie ich ihn belehren wollte, was er tun darf und was nicht. Da fand er es eben passend, mir die Knochen zu brechen … vorzugsweise wohl das Genick."

Das missfiel Viktor. Er hielt wenig von Adeligen, die ihren Stand nicht nutzten, um dem einfachen Volk ein Vorbild zu sein. Dies war seiner Meinung nach der einzige Grund, wieso ein alle liebender Herrgott den einen Privilegien und den anderen Mühsal auferlegt hatte. Jene Privilegierten aber, die ihre Macht erbarmungslos ausnutzten, die verabscheute er zutiefst.

Mitgefühl war in diesem Moment aber fehl am Platz. Er musste Julian Landner loswerden, ehe dieser sich selbst unglücklich machen konnte. Das Angebot stand ja noch zwischen ihnen. Viktor hatte es bisher nicht abgelehnt, nur dessen moralischen Abgrund angesprochen. Er befand sich eindeutig in einer Zwickmühle. Wenn Julian in solche Geldnöte geraten war, dass er sich selbst verkaufen wollte, wie weit würde er dann noch gehen? Es war eine gefährliche Situation. Wenn er den jungen Mann einfach wegschickte, überdachte dieser seine Entscheidung vielleicht und versuchte doch, ihn mit seinem Wissen zu erpressen. Viktor ging nicht davon aus, dass seine Familie die Worte eines dahergelaufenen Fremden glauben würde, aber Gerüchte wuchsen nur zu schnell zu einem Skandal heran – und ihre Familie konnte sich keinen leisten. Er befand sich ohnehin auf dünnem Eis.

Nun war guter Rat teuer.

„Was ist denn jetzt?", riss ihn Julian uncharmant aus den Gedanken.

„Ich denke nach!", antwortete Viktor schroff.

„Was gibt es da zu überlegen? Wie viele von deiner Sorte gibt es in Österreich-Ungarn? Nur von Wien gar nicht erst gesprochen! Kennst du auch nur einen?"

„Das geht dich wohl kaum etwas an."

„Doch, das tut es durchaus. Und ich glaube, die Antwort auch zu kennen."

„Du weißt aber nicht, wovon du redest." Es war schwer, ruhig zu bleiben. Vor allem war es schwer, dem Angebot zu widerstehen – und das schockierte Viktor noch weit mehr als das Angebot selbst. Er hatte sich stets für moralisch korrekt gehalten. Es durfte einfach nicht sein, dass ein fein geschnittenes Gesicht oder funkelnde Augen seine Werte ins Wanken brachten. So schnell noch dazu! Julian musste verschwinden. Und zwar besser sofort als auch nur einen Augenblick später. „Ich lehne ab. Verstanden? Unter keinen Umständen werde ich an einer derartigen Ausbeutung teilhaben! Du darfst jetzt gehen."

„Ich denke nicht, dass du meinst, was du sagst." Julian war überraschend gefasst dafür, dass er wenige Minuten zuvor noch mit seiner Wut gerungen hatte. Er wirkte verdammt berechnend – was er schließlich auch war. Es machte ihn nur noch gefährlicher. „Wie kann dich diese Möglichkeit nicht locken? Wann wirst du denn je die Chance dazu bekommen, mit einem Mann zu schlafen? Ohne Entdeckung zu fürchten? Ohne an jemanden zu geraten, der nicht wie du ist?"

Dieser Mistkerl gab einfach nicht auf! Wusste er denn nicht, dass er bekommen würde, was er sich wünschte, wenn er nicht sofort stoppte? Was allerdings genau das Gegenteil von dem gewesen wäre, was Julian wirklich wollte. Viktor war sicher, dass sein verzweifelter Besucher nur groß redete, dahinter aber nichts steckte. So wie Julian die Waffe auf ihn gerichtet hatte, ohne zu wissen, wie man sie handhaben musste. Und ebenso wie beim Entwenden der Pistole, handelte er impulsiv, ohne sich Gedanken über die möglichen Auswirkungen zu machen.

Dieser Mann musste verschwinden! Und zwar auf nimmer Wiedersehen!

„Zeig mir deine Lanze!", befahl Viktor ohne Vorwarnung.

„Was?"

„Deinen Penis. Ich will deinen Penis sehen. Und wenn du schon dabei bist: deine Brust gleich dazu."

Er schämte sich dafür, aber Viktor war gespannt auf Julians Reaktion. So kühl und desinteressiert er sich auch gab, sein Herzschlag rauschte in seinen Ohren. Er pokerte hoch und ebenso wie beim Kartenspiel zeigte er eine Maske. Ob sein Gegenüber sie durchschaute, konnte er aber nicht ahnen.

Und dann geschah, was Viktor nicht für möglich gehalten hätte: Julian zog sich die Weste über den Kopf und knöpfte sein Hemd auf. Seine Finger zitterten, aber nicht aus Angst, sondern vor Zorn. Das war die nächste Überraschung. Mit jeder anderen Reaktion hätte Viktor gerechnet, aber nicht mit dieser. Deswegen wartete er beinahe zu lange, ehe er sich wieder in den Griff bekam. Sein Blick wanderte von der kräftigen Brust erneut ins angespannte Gesicht.

„Und?", fragte Julian trocken. „Gefällt dir, was du siehst?"

„Das ist nicht alles, was ich befohlen habe", antwortete Viktor selbst von seinem Pokerface überrascht. „Los!"

Nun zögerte sein Gegenüber. Es dauerte nur einen Moment, aber die Finger stoppten doch deutlich, ehe sie sich am Hosenstall zu schaffen machten. Auch Julians Wangenmuskulatur arbeitete erneut. Es war selbst vom Tisch aus zu sehen. Viktor dachte, dass er seine Emotionen immer daran ablesen würde können, verdrängte diesen Gedanken aber sofort wieder. Es sollte kein „immer" geben. Aus genau diesem Grund demütigte er den jungen Mann schließlich. Es reichte nur noch nicht. Als er seinen Blick von den Wangenknochen fallen ließ, hatte Julian seinen Befehl tatsächlich ausgeführt. Und der Anblick kostete Viktor jegliches Schauspieltalent, das er besaß. Sein Herzschlag pochte inzwischen in seinen Ohren, seine Kehle schnürte sich zu. Was er sah, war zu verführerisch, wollte von ihm in Besitz genommen werden … Nein, so stimmte es nicht. *Er* wollte es in Besitz nehmen – und doch auch nicht. Niemals wollte er das Unglück eines anderen ausnutzen und das Opfer so mit Füßen treten. Es fiel Viktor aber nicht leicht, sich treu zu bleiben, und insgeheim hoffte er – trotz seines brennenden Schuldgefühls –, dass Julian auch seine nächste Anweisung befolgen würde: „Berühr dich selbst!"

Die dunkelblauen Augen suchten Blickkontakt zu ihm. Viktor hielt ihm stand und hob auch noch das Kinn in einer überheblichen Geste. Sein Gegenüber sollte sich gedemütigt und wehrlos fühlen. Nur so konnte er es dazu treiben, zu gehen und den letzten Funken an Würde zu behalten.

„Ich …"

„Du was? Mach schon!"

Julian wirkte wie ein verlorenes Kind. Er ließ seine Rechte zwar sinken, erstarrte aber mitten in der Bewegung. Er war verzweifelt. Es tat beinahe weh, das mit anzusehen. Viktors Ziel war aber nur so zu erreichen. Er durfte seinen Plan nicht aufgeben, nur weil er Mitleid hatte.

„Los! Gehorche!"

Die zitternde Hand ballte sich zu einer Faust, öffnete sich aber gewaltsam wieder. Julian legte die Finger über sein Glied, ließ sie dort aber nur ruhen, während er mit den Zähnen in seine Lippe biss, bis sie weiß anlief.

Es war genug.

„Verschwinde!", befahl Viktor ohne einen Funken des Mitgefühls, das er zutiefst empfand.

„Nein, ich …"

„Du kannst dich nicht einmal selbst anfassen, wenn ein anderer Mann im Raum ist. Wie willst du dann mit einem schlafen?"

„Es ist nicht so einfach!", fuhr ihn Julian wütend an. Er schrie den nächsten Satz beinahe. „Es ist mein erstes Mal! Ich werde es schon lernen!"

„Nicht von mir! Für Kinderspiele habe ich keine Zeit! Und jetzt hinaus mit dir oder ich lasse dich von meinen Dienern hinauswerfen!"

„Nur weil du Geld hast, heißt das noch lange nicht, dass du besser als alle anderen bist!" Julian war so wütend. Es war fast köstlich, seine Raserei mit anzusehen. Auf jeden Fall besser als seine Verzweiflung. „Hast du kein Erbarmen, wenn jemand bereits am Boden liegt? Ist das ein Spaß für dich? Gefällt es euch Adelspack wirklich, so mit uns einfachen Leuten umzuspringen? Ich werfe meine Ehre vor dir in den Dreck und du trampelst darauf herum? Was für ein Mensch tut so etwas?"

„Wieso erträgst du die Scham, die deine Schwester angeblich nicht zu tragen bereit ist?" Es war eine berechtigte Frage.

„Weil Männer mit loser Moral im Auge der Gesellschaft echte Kerle sind, Frauen mit derselben aber Huren!"

„Wer herumhurt, ist eben eine Hure."

„Legst du es drauf an, dass ich dich doch noch erschieße?"

Viktor musterte ihn von der Drohung überrascht. Dann musste er plötzlich lachen. Er konnte sich einfach nicht davon abhalten. Ihm fehlte beinahe der Atem, um seinen Befehl ein weiteres Mal zu wiederholen: „Geh jetzt heim! Bitte! Geh einfach!"

Sein Gegenüber stand nur regungslos vor ihm und starrte ihn ohne ein Wort an. Seine Lippen hatten sich zwar einen Spalt geöffnet, aber was blieb einem Mann in einem solchen Moment schon zu sagen? Julian löste sich schließlich aus seiner Starre und kleidete sich wieder an. Danach marschierte er allerdings mit entschlossenen Schritten auf Viktor zu. Das Lachen blieb ihm deswegen sofort im Hals stecken. Es konnte nun alles passieren. Sein schöner Besucher konnte ihm an die Gurgel gehen oder ihm zum Untermauern seines Angebots leidenschaftlich küssen.

Zu Viktors maßloser Enttäuschung war es weder die Fortsetzung ihres Kampfes noch eine Wiederholung ihres ersten Kusses.

„Hier ist meine Adresse!" Julian platzierte das präsentierte Stück Papier weit kraftvoller als notwendig auf der Tischplatte. Das Geschirr klirrte gefährlich. „Tu damit, was du willst!"

Damit drehte er sich um und stampfte regelrecht aus dem Speisesaal. Um seine Wut ein letztes Mal zu zeigen, schmiss er den Türflügel so fest zu, dass der Knall durchs ganze Palais hallte.

◆✥ Kapitel 3 ✥◆
Eine Einladung mit Überraschungen

„Ach, hier seid ihr! Ich schreie mir schon die Seele aus dem Leib!" Der Nachbarsjunge von Gegenüber erschien im Innenhof und deutete fast böse mit dem Daumen über seine Schulter. „Da ist eine Nachricht für dich gekommen, Julian."

„Eine Nachricht?", fragte Helene und wischte sich über die Stirn. Ein Streifen Ruß blieb an ihrer verschwitzen Haut haften. „Einen Brief meinst du? Einen echten Brief?"

Das kam selten vor. Papier, Tinte und die Kosten des Versandes ersparte man sich in ihren Kreisen. Wenn man etwas brauchte, marschierte man zur Nachbarstür und klopfte oder machte sich zum nächsten Krämer auf. Bei Einladungen zu besonders freudigen oder traurigen Ereignissen suchte man seine Ansprechpartner ohnehin persönlich auf.

„Mehr oder weniger", erklärte Jakob mit zuckenden Schultern. „Da draußen steht so einer in einem pikfeinen Anzug und will mit Julian reden. Seinen Zinken müsst ihr gesehen haben! Der Kerl trägt ihn so hoch, als würde sein Kopf sonst vorne überkippen."

„Kobi!", rief Helene tadelnd und schüttelte auch gleich mit schnalzender Zunge den Kopf. „So redet man nicht."

„Der Papa sagt, ich darf reden wie ein Gossenkind, solange ich es nur nicht vor ihm tu."

„Dann werden dich die Leute aber auch für genau das halten", stimmte Julian seiner Schwester zu und versuchte, seine regelrecht schwarzgefärbten Hände zumindest etwas zu säubern. Es ließ sich aber nicht ändern. Wenn er den Mann nicht warten lassen wollte, würde er wie ein Dreckspatz vor ihn treten müssen. Falls es ein Notfall war, blieb ohnehin keine Zeit für Hygiene. „Wo genau wartet er denn?"

„Vorne auf der Straße. Er traut sich bestimmt nicht weiter, weil er Angst um seine hübschen Stiefelchen hat."

„Wien ist eine gefährliche Stadt. Der Kerl ist bestimmt nur vorsichtig, weil er schlechte Erfahrungen gemacht hat."

Den Gedanken, dass einem Boten vor ihrer Hintergasse ekelte, behielt Julian lieber für sich. Jakob war schon jetzt zu schlecht auf das bessere Bürgertum zu sprechen. Er wollte dieser Abneigung nicht auch noch Nahrung geben. Zu schnell geriet ein junger Mensch so auf eine gefährliche Bahn, ohne sich auch nur schuldig deswegen zu fühlen.

Julian hielt also den Mund und folgte dem Jugendlichen durchs Tor in die Seitengasse. Eine Menge Müll hatte sich dort angesammelt, der nicht einmal dem Gesindel nützlich erschien. Wahrscheinlich war es einem Mann aus besseren Kreisen tatsächlich unangenehm, über den schlammigen Boden zu marschieren, auf den kaum je ein Sonnenstrahl fiel.

„Guten Tag!", rief Julian dem Boten zu, der wenige Meter von ihnen entfernt vor der südlichen Häuserfront wartete und mit stocksteifem Gehabe um sich schaute. Es war nicht schwer zu erraten, wer dieser Fremde war – oder wer ihn geschickt hatte. Seine Aufmachung war nämlich mehr wert als eine der Familien in den heruntergekommenen Wohnungen im Monat verdiente. „Wollen Sie zu mir?"

„Das kommt darauf an, wer Sie sind." Der Bote musterte ihn von oben bis unten und schaffte es gerade noch, seine Nase nur aufzublähen, anstatt sie zu rümpfen. Seine Stimme war tief und kraftvoll und erinnerte an einen Opernsänger. Vielleicht war ihr Besitzer sogar an dieser

Karriere gescheitert. Eine Verschwendung, wie Julian dachte. Der Bote ließ ihm aber keine Zeit, weiter über Derartiges nachzudenken. „Ich suche einen Julian Landner. Obwohl ich mir beim besten Willen nicht vorstellen kann, dass ich an der richtigen Adresse suche."

„Doch, doch! Sie sind schon richtig." Julian hätte fast den Arm für ein Händeschütteln ausgestreckt, erinnerte sich aber an seine vom Kohleschaufeln schwarz gewordenen Finger und nickte nur. „Gehe ich richtig in der Annahme, dass Sie von Viktor von Eppenberg kommen?"

„Kennen Sie denn noch weitere Adelige, die Ihnen eine Nachricht übermitteln würden?"

Julian konnte sein „Pah!" nicht verhindern. Er klang aber weiterhin freundlich, als er antwortete: „Sie haben keine Vorstellung."

„Nun denn …" Der Bote zögerte ein wenig, streckte aber schließlich doch die Hand aus, um einen Brief aus schneeweißem Papier zu überreichen. Es schimmerte beinahe im hellen Sonnenlicht. „Wenn Sie gleich einen Blick hineinwerfen mögen?"

„Hat das keine Zeit? Wir sind mitten bei der Arbeit, wenn Sie verstehen."

„Durchaus." Erneut ein herablassender Blick auf Julians schmutzige Kleidung. „Aber nein, nehmen Sie sich bitte sofort die Zeit! Deswegen bin ich hier."

„Vielen Dank für Ihre hingebungsvolle Mühe", spottete er nun doch ein wenig. Er musste sich schließlich nicht alles gefallen lassen – schon gar nicht von einem Kerl, der in der sozialen Hierarchie kaum über ihm stand. Dienstleister war Dienstleister, egal ob in einem Herrenhaus oder im nächsten Kaffeehaus. „Also dann …"

Viktors Handschrift war genauso, wie Julian sie erwartet hatte: kraftvoll mit einem Hauch Eleganz, die nicht nur durch die Gleichmäßigkeit der Buchstaben, sondern vor allem durch so manche Schnörkel hervorgehoben wurde. So eine Schrift besaß nur ein Mann, der täglich Unmengen an Korrespondenzen beantwortete, sich dabei aber alle Zeit der Welt nehmen konnte. Julian war tatsächlich nicht im Ansatz überrascht. Was ihn weit mehr verwunderte, war die Ruhe, mit der er die Zeilen überflog. Er wusste nicht, was ihn erwartete, aber er dachte, Viktors Charakter bereits genug zu kennen, um nicht noch am selben Abend dem Henker entgegenzugehen. Was seine andere Vermutung betraf … Nun ja, er selbst war auf den verruchten Gedanken gekommen, hatte seinen Plan im Detail ausgeheckt und ihn dem Adeligen wie die beste Idee des gesamten Habsburgerreiches präsentiert. Als er das Papier faltete und in seinen Hosenbund steckte, verspürte er eine seltsame Befriedigung dabei, Viktor doch richtig eingeschätzt zu haben. So viel also zu seinen Worten, er könne mit einem Mann nichts anfangen, der nicht von seiner Gesinnung war! Über den Rest und seine eigenen Gefühle konnte er sich später noch Gedanken machen.

„Ich muss baden …"

„Offensichtlich."

„Sie verstehen nicht", erklärte Julian und verlor langsam die Geduld mit dem überheblichen Kerl. „Ich werde natürlich hier baden."

„Was sich versteht." Der Mann in seiner dunkelblauen Aufmachung nickte ihm zu. „Wenn Sie der Einladung folgen wollen, soll ich auf Sie warten. Die Kutsche steht um die Ecke. Die Pferde werden in der Zwischenzeit getränkt."

Das machte Sinn. Ein Mann, der es nicht übers Herz brachte, seinen eigenen Meuchelmörder auszuliefern, ließ wohl auch seine Tiere nicht dursten. Vielleichte machte er Viktor aber auch nur in seinen Gedanken besser, als er war, weil ihr „Geschäft" dann leichter zu ertragen sein würde. Aber auch für derartige Überlegungen blieb später noch Zeit – wenn er sich überhaupt auf diesen gefährlichen Weg begeben wollte.

Natürlich tat er das. Sie brauchten das Geld. Ihr Vermieter würde sich nicht ewig vertrösten lassen und das Baby würde auch nicht ewig auf seine Geburt warten. Er würde das Kind im bildlichen und tatsächlichen Sinn schon schaukeln. Unzählige Dirnen suchten auf den Straßen ihrer Weltstadt nach Freiern oder hießen sie in ihren einschlägigen Etablissements willkommen. Wenn sie es konnten – manche mit der Oberhand im Geschäftsaustausch noch dazu –, dann musste er es auch tun können.

Im Inneren des Hauses angekommen, lehnte sich Julian an die Wand und schloss die Augen, um ein letztes Mal kräftig durchzuatmen. Für ein Bad war natürlich keine Zeit. Wenn er den Kutscher hätte warten lassen, bis genug Wasser dafür erhitzt war, wäre dieser wahrscheinlich unverrichteter Dinge wieder abgezogen. Um diesen Mann ging es aber nicht. Wie Viktor von Eppenberg auf langes Warten reagiert hätte, beschäftigte Julian weit mehr. Immerhin hatte Julian sich ihm zuerst angeboten. Für Geld. Wenn er es richtig anstellte, für mehr als nur eine einmalige Zahlung. Dafür war er bereit, seinen Stolz und jeden verbliebenen Funken Anstand in sich zum Schweigen zu bringen. Die Ankunft des gut gekleideten Boten verschaffte ihm immer noch eine gewisse Befriedigung. Viktor von Eppenberg hatte so schön tugendhaft getan, als sie einander gegenübergestanden hatten. Es hätte ihn nicht überraschen sollen und wenn er in sich hineinhorchte, war er es auch nicht. Im Gegenteil. Es war immer spannend, die Fassade eines Menschen bröckeln zu sehen.

Julian schrubbte nur mit dem kalten Wasser im Putzeimer über seine Arme. Die Bürste hinterließ rote Striemen, aber die Fahrt zum Palais der von Eppenbergs würde lange genug dauern, damit sie verschwinden konnten. Ganz säubern konnte er sich auf die Schnelle ohnehin nicht. Die Kohlepartikel unter seinen Fingernägeln zu entfernen, dauerte eben länger. Julian nahm sich allerdings die Zeit, sein Hemd und seine Hosen zu wechseln. Er wollte keinen zu erbärmlichen Eindruck machen – obwohl der Gedanke, in hohem Bogen wieder hinausgeworfen zu werden, auch einen gewissen Reiz besaß.

„Ich muss weg", rief er Helene zu, die mit gerunzelter Stirn hereinkam und gerade den Mund zum Sprechen geöffnet hatte. „Es bleibt keine Zeit, es dir jetzt zu erklären. Wir sprechen darüber, wenn ich zurück bin."

„Du hast einen neuen Posten aufgetan, nicht wahr?" Ihre tiefe, glockenklare Stimme schwang vor freudiger Erregung. „Das ist doch wunderbar! Ja, natürlich! Erzähl uns alles, wenn du zurückkommst."

Das ging einfacher als er befürchtet hatte. Seine Familie an einen weiteren Klavierschüler glauben zu lassen, war auch nicht direkt eine Lüge. Er verschwieg nur die tatsächliche Natur seines neuen „Postens". Wie er seine wahren Absichten hätte erklären können, ohne seine Schwester umgehend zum nächsten Selbstmordversuch zu treiben, war ein Rätsel, dessen Lösung er gar nicht erst finden wollte.

„Sag Mutter Bescheid, wenn sie aufwacht!"

„Das versteht sich doch von selbst! Viel Glück! Und mach uns alle Ehre!"

Guter Gott, wenn sie auch nur geahnt hätte …

Julian eilte an ihr vorbei zur Tür und hauchte einen Kuss in ihre Richtung. Er wollte nicht darüber nachdenken. Stattdessen winkte er dem Boten auf halbem Wege zu und folgte ihm zur Kutsche, in die sie sofort einstiegen. Die Pferde – ebenso wie der Kutscher – schienen über sein doch baldiges Erscheinen nicht ganz so erfreut zu sein, aber daran konnte er auch nichts mehr ändern. Im Stall der Adelsfamilie angekommen, gab es bestimmt genug Wasser und das beste Futter.

„Sie haben sich also fein gemacht?"

„Sieht man es nicht?" Julian zweifelte nicht daran, dass die Bemerkung nichts anderes war als hinter neutralen Worten versteckter Spott. Er ließ es sich nicht nehmen, etwas schnippisch hinzuzufügen: „Wir Dienstleister müssen ja präsentabel aussehen, wenn wir bei der Herrschaft vorsprechen, nicht wahr?"

Der überhebliche Diener ließ jeden weiteren Versuch einer Kommunikation danach bleiben. Sie waren ohnehin recht flott unterwegs und die Aussicht deswegen faszinierend. Die Häuser schienen nur so an ihnen vorbeizuhuschen. Der Weg kam Julian aber ungewöhnlich holprig vor. Eine leichte Übelkeit überkam ihn, als er sich ob dieser Tatsache wunderte. Er war die Strecke zwar noch nie gefahren, aber eine so feine Kutsche hätte nicht derart unbequem sein dürfen.

Julian schüttelte über sich selbst überrascht den Kopf, als ihm der wahre Grund bewusst wurde. Es lag nicht am Kopfsteinpflaster oder den Reifen des schönen Gefährts. Auch die für die enge Straße gewagte Geschwindigkeit war nicht schuld. Es war sein Herz, das ihm bis an den Hals schlug. Ihm wurde vor Aufregung schlecht.

Er musste die Nerven bewahren, rief sich Julian in Erinnerung. Es würde nichts geschehen, was nicht schon Abertausende Male über Abertausende von Jahren hinweg passiert war. Und er selbst hatte die Weichen dafür gestellt. Dieser Trost blieb ihm.

Julian gab einen unzufriedenen Laut von sich, der den Boten ihm gegenüber aufschauen ließ. Er dachte nicht einmal daran, sich zu rechtfertigen. Ein wenig Ruhe kehrte auch schon wieder zurück, als er sich selbst klarmachte, dass es nicht der erster Schritt war, auf den er sich im Moment der Schande besinnen sollte. Es ging um Geld. Und mit diesem konnte er für seine Familie sorgen. Seine Mutter, seine Schwester und das ungeborene Kindchen – egal ob nun Neffe oder Nichte. Wenn Helene es übers Herz brachte, ein Leben lang mit der Frucht ihrer Schande zu leben – sie wahrscheinlich sogar zu lieben –, dann würde er ein paar Nächte der Unzucht verschmerzen können. In seinem Innersten flüsterte eine boshafte Stimme, dass er es schlechter hätte treffen können, denn Viktor von Eppenberg war ein attraktiver, vor Kraft strotzender Mann. Er würde sich weder eine Krankheit einfangen, noch selbst Initiative ergreifen müssen. Weil er sich aber so über diesen Gedanken schämte, schüttelte Julian erneut den Kopf und hoffte, dass er auch gleich den unmöglichen Gedanken mit abschütteln konnte.

Trotz ihres erstaunlichen Tempos waren sie recht lange unterwegs, ehe sie vor dem Anwesen der Familie von Eppenberg hielten. Julian dachte, dass der Weg trotzdem zu kurz für ihn gewesen war. Andererseits würde alles leichter werden, sobald er das erste Mal hinter sich gebracht hatte.

Nach dem Aussteigen folgte er dem Boten in das Gebäude, von dem er nicht gedacht hätte, es so bald wieder von innen zu sehen. Er hatte Viktor etwas mehr Durchhaltevermögen zugesprochen. Aber er kannte ihn eben nicht. Es war also kein Zeichen von schlechter Menschenkenntnis.

„Wir gehen nicht in den Salon?", fragte Julian seinen Gefährten beim Treppensteigen. Als ob er nicht genau gewusst hätte, wohin er geführt wurde! „Auf den Befehl des jungen Hausherren hin?"

„Die Gründe der Herrschaft gehen mich nichts an. Als guter Diener gehorcht man und schweigt."

Das Gesinde in besseren Familien war immer so furchtbar eingebildet! Julian erinnerte sich an das erste Zusammentreffen mit einer solchen Person und wie schockiert er über den fehlenden Zusammenhalt des Bürgertums gewesen war. Inzwischen war er erwachsen und verstand die Welt und ihre Menschen weit besser. Jeder strebte nach einem glücklicheren Leben. Und dieses führte in vielen Fällen eben über einen wohlhabenden Arbeitgeber. Er selbst war aus diesem Grund hier und nur diesem. Nur deswegen …

„Warten Sie!"

Der Bote stoppte und schaute über seine Schulter. Erst als Julian ihm zunickte, klopfte er und öffnete nach gegebener Erlaubnis die Tür.

Nun also galt es! Julian leckte sich nervös über die Lippe. Es würde nicht reichen, einfach nur anwesend zu sein. Damit der Geldfluss stetig blieb, musste er sich unabdingbar machen, Viktors Interesse irgendwie gewinnen und dann auch halten – egal wie!

Julian atmete tief ein und folgte dem Diener schließlich in Viktors Schlafzimmer. Kaum im Inneren angekommen, erstarrte er und rührte sich auch nicht, als der schwarz gelockte Bote ohne ein Wort des Abschieds an ihm vorbeischritt und von außen die Tür schloss. Julian war nicht sicher, was er erwartet hatte, aber bestimmt nicht den Anblick, der sich ihm bot. Der Sohn des Hauses war in einen modischen Anzug gekleidet und polierte hingebungsvoll seine Taschenuhr, ehe er sie in dem teuren Stoff verschwinden ließ. Gegrüßt wurde er nur beiläufig. Erst als auch noch die letzte Falte aus dem Ärmel gestrichen war, suchte der Adelige Blickkontakt zu ihm.

„Du bist ganz schön spät. Habt ihr euch etwa verfahren?"

„Ähm … Nein. Aber die Kutsche … ist breit. Man kann damit nicht die Abkürzungen fahren, die man zu Fuß oder auf einem Pferd nimmt."

Das schien Viktor einzuleuchten. Er widmete sich einen Moment nur seinen Manschettenknöpfen. Julian konnte wirklich nicht mehr sagen, was er erwartet hatte. Natürlich wäre es leichtsinnig – gar töricht – von Viktor gewesen, ihn nackt in einem Bett aus Seide zu erwarten, aber sich ihm derart schick und aufgeputzt zu präsentieren? Dachte der Kerl etwa, dass er ihn verführen musste? Für was hielt er ihr unschickliches Treffen? Für ein Abenteuer? Eine aufregende Romanze vielleicht sogar? Wenn der verwöhnte Adelige dachte, ihn für ihre heimlichen Stelldicheins begeistern zu können, war er nicht nur naiv, sondern verrückt. Welcher Freier war denn dumm genug, an wahre Zuneigung seiner Dirnen zu glauben?

„Es sieht so aus, als ob du dich gerade anziehen würdest …" Julian stützte die Arme in die Seiten, um einen selbstsicheren Eindruck vorzuheucheln. „Ist das nicht kontraproduktiv?"

„Nein, nicht im Geringsten."

Ach, so war das also! Julian schluckte und ließ seine Zunge über die Innenseite seiner Wange gleiten. Er hatte davon gehört. Herbert und die anderen Burschen im Haus waren immer recht ins Detail gegangen, wenn sie von ihren Liebschaften erzählt hatten. Und einer der genüsslichsten Momente war laut Hörensagen, wenn die Angebeteten sie ungeduldig entkleidet hatten.

Nun denn! Das war das einfachste an der Übung …

Julian marschierte auf Viktor zu und fasste nach dem Anzug, um die Knöpfe zu öffnen. Zu seiner Überraschung machte sein Gegenüber aber einen Schritt zurück und schaute ihn fast schon verärgert an.

„Was treibst du denn? Ich war gerade fertig damit, die Falten wegzustreichen!"

Julians Mund öffnete sich, aber es dauerte einen Moment, ehe er auch wirklich etwas hervorbrachte: „Dann … Du willst nicht gleich … Ich meine, du willst nicht sof…"

„Nein", schnitt ihm Viktor mitten im Satz das Wort ab. „Du magst dich in deiner Rolle als Prostituierte bereits wohlfühlen, ich in meiner als Freier aber nicht. Ich will dich erst näher kennenlernen."

Julian blinzelte. Viktor legte den Kopf schief und musterte ihn. Er war offensichtlich davon fasziniert, wie dicht und schwarz die Wimpern seines Gegenübers waren. Das wiederum machte Julian auf gespenstische Weise nervös. Sie standen zu nahe. Er räusperte sich.

„Warum hast du dann nach mir geschickt? Willst du etwa bei einem Glas Wein mehr von meiner Lebensgeschichte hören?"

„Nicht ganz. Ich werde bei einem Tanzvergnügen erwartet."

„Ich verstehe nicht, weswegen ich dann kommen sollte."

„Um einen Anzug anzuprobieren. Wir sollten etwa die gleiche Größe haben ... und von einem einfachen Mann kann man auch nicht erwarten, perfekt sitzende Kleidung zu tragen." Weil Julian ihn noch immer nur mit großen Augen anstarrte, fügte Viktor nach einem Seufzen hinzu: „Du wirst mich begleiten."

„Was? Nein! Das geht doch nicht! Als wen willst du mich denn vorstellen?"

„Als den zukünftigen Klavierlehrer meiner jüngsten Schwester natürlich."

„Das kannst du nicht tun! Der Maestro würde mir die Hölle heiß machen!"

„An wem wirst du mehr verdienen? An mir oder deinem Maestro?"

Es war wohl ein Spiel. Bestimmt machte sich Viktor einen Scherz daraus, ihn zu verunsichern und seine Grenzen auszutesten ... oder ihm ein schlechtes Gewissen zu machen, weil er die Kontakte zu seinem gutmütigen, alten Lehrmeister so schamlos für seinen Racheplan missbraucht hatte. Es war Julian aber egal, solange er dafür entschädigt wurde.

Wenn er dafür denn entschädigt wurde.

„Hör mal, ich bin nicht sicher, ob du mein Angebot richtig verstanden hast. Ich biete dir meinen Körper für ... was auch immer Männer wie du untereinander auch tut. Eine Beziehung ist dafür nicht nötig und diese biete ich dir auch nicht an. Keinesfalls!" Julian machte einen Schritt zurück. Es brachte ihn aus der Fassung, praktisch in Viktors Gesicht zu atmen. „Ich denke, ich habe dir die prekäre Situation meiner Familie eindeutig geschildert. Ich habe nicht den Luxus, meine Zeit auf Festen zu vertrödeln, egal, wie lustig sie auch sein sollten. Wenn du also nicht zur Sache kommen willst, auch gut, aber dann gehe ich wieder."

„Du denkst, dass ich dich nicht verstanden habe. Ich hingegen *weiß*, dass *du* mich nicht verstanden hast." Viktor warf ihm einen belustigten Blick zu. Ein Mundwinkel wanderte dabei in die Höhe. „Keine Bange! Ich entschädige dich schon für deine kostbare Zeit."

„Aber ich habe ..."

„Ich befürchte auch nicht, dass du mich blamieren wirst. Immerhin hast du als Klavierlehrer berufsbedingt mit besseren Kreisen als den deinen zu tun. Davon abgesehen, wird man ohnehin keine Erwartungen an dich haben, sobald deine Stellung erwähnt wurde. Und jetzt komm endlich und lass uns einen Anzug finden, der dir passt! Ich will deinetwegen nicht zu spät kommen."

◆❧ Kapitel 4 ☙◆
Eine Kutschfahrt durch die Nacht

„Siehst du? Ich sagte dir doch, dass du dich gut schlagen wirst", gab sich Viktor gönnerhaft, obwohl er nicht wusste, wie viel an seiner Bemerkung Julian necken sollte.

Dieser war immer noch unerwartet schlechter Stimmung. „Die Regeln der adeligen Kreise sind nicht so schwer zu begreifen, wie so manch verwöhnter Schnösel denken mag."

Touché, dachte Viktor und schmunzelte. Er schaute weiterhin aus dem Fenster. Ihm gefiel Wien bei Nacht. Die Lichter in den Fenstern, die kühle Luft ... und das allgegenwärtige Leid blieb im Dunkeln oft verborgen. So sehr er seine Heimat auch liebte, Armut, Angst und Qual gab es überall. Viktor hatte es nur gut getroffen, ohne selbst etwas dazu beigetragen zu haben. Das wusste er durchaus. Er schämte sich nur nicht mehr dafür – guter Christenmensch hin oder her.

„Es gibt Leute, die würden dir widersprechen. So manches Fräulein, das über seinen Stand geheiratet hat, zum Beispiel."

„Diese Diskussion ist unnötig. Mutter, Helene und ich gehören einer besseren Familie an, auch wenn unsere Finanzen etwas anderes vermuten lassen."

Nun wandte sich Viktor seinem Begleiter doch zu. Sein Gesicht nach dieser Bemerkung zu betrachten, war spannender als die erleuchteten Fenster der vorbeihuschenden Häuser.

„Du besitzt ein eigenes Piano und du kannst es hervorragend spielen. Beides weist darauf hin, dass du in Kindertagen nicht allzu hart arbeiten musstest. Ich bin deswegen von Anfang an davon ausgegangen, dass du aus einer respektablen Familie stammst."

„Was heißt schon ‚respektabel'?", fragte Julian bitter und atmete durch. Er schloss einen Moment sogar die Augen und rieb sich über die Stirn, als bekäme er Kopfschmerzen. „Eine Lüge reicht und der gute Ruf ist dahin."

„Das ist wahr. Wirklich für die Ewigkeit ist nur ein Titel. Solange man die Nachkommen zeugt, um die Erblinie aufrechtzuerhalten, versteht sich. Genau genommen, zählt also nur adeliges Blut."

„Auch das hilft in dieser Welt nichts weiter, wenn der Titelträger es nicht will."

Julian lächelte ihn an, aber es war kein Funken Freude darin zu sehen. Es entstellte das sonst so schöne Gesicht gespenstisch. Viktor war also neugierig, was dieser Bemerkung folgen würde. Weil sein Begleiter aber offensichtlich nicht die Lust hatte, seinen Gedanken weiterzuspinnen, half er weiter: „Und was passiert, wenn der Herr von und zu nicht will?"

„Dann übt der Enkel so besessen an den Tasten, bis sie rot von seinem Blut sind."

Nun waren die Straßen und Gassen vergessen. Innerhalb der Kutsche lag der Schlüssel zu einem Geheimnis – zumindest einer interessanten Geschichte. Und Viktor war immer schon neugierig gewesen.

„Das heißt genauer?"

„Wir sind von adeligem Blut. Durch unsere mütterliche Linie. Ausgestoßen von der hochwohlgeborenen Gesellschaft sind wir nur, weil unsere Mutter gegen den Willen ihres übermächtigen Vaters einen armen Schlucker geheiratet hat. Der adelige Teil unserer ‚Familie' will sie bis heute nicht sehen. Nicht einmal, als sie krank geworden ist und jede Hilfe brauchen konnte. Alles, was uns vom Reichtum unserer Ahnen geblieben ist, ist das Klavier aus der väterlichen Linie. Vielleicht sollte ich erwähnen, dass meine Eltern sich durch Musik kennengelernt haben. Mein Vater war Pianist und sollte das wenig virtuose Spiel meiner Mutter verbessern."

Viktor konnte sich nicht erinnern, dass Julian bisher so viel am Stück gesprochen hatte. Auf der Feier war außer den obligatorischen „Guten Abend" und „Grüß Gott" kaum etwas über seine Lippen gekommen. Hieß das nun, dass Julian ihm genug vertraute, um sich seinen Kummer von der Seele zu reden? Nein, dafür kannten sie einander nicht lange genug. Diese Ungerechtigkeit schwelte nur schon so lange in seiner Seele, dass sie irgendwann eben hervorbrechen musste – egal vor wem. Möglicherweise blieb aber noch eine dritte Möglichkeit: Julian gab auch ihm als Mitglied der besseren Gesellschaft die Schuld an dem, was ihm und seiner Familie widerfahren war. Vielleicht sollte es ein Vorwurf sein.

„Menschen sind grausam", gab Viktor recht kühl von sich. Auf diese Weise musste er nicht raten, weswegen Julian ihn derart detailliert in seine Geschichte einweihte. „Das Gegenteil zu behaupten, wäre dumm. Die wenigen guten Menschen sind nur die Ausnahme, nicht die Regel."

„Das ist wahr. Ich bin mir dessen durchaus bewusst." Julians blaue Augen schauten ihn direkt an. Es lag ein schwer zu deutender Ausdruck darin. Wahrscheinlich spielte er auf ihr pikantes Abkommen an, das ans Tageslicht gebracht der Skandal der Saison gewesen wäre. „Meine Schwester hingegen ist jung und schon wieder töricht in ihrer Naivität."

„Ist sie das?"

„Warum sitzen wir wohl hier?" Julian kam ein Lachen über die Lippen, aber es erstarb sofort wieder. Er strich sich durch das dunkle Haar. Eine Strähne hatte sich aus dem fest gebundenen Pferdeschwanz gelöst. „Sie geht immer erst von Glück und Freundlichkeit aus, ehe sie eines Besseren belehrt wird. Als Leni den Mann kennengelernt hat, der sich als du ausgegeben hat, dachte sie wohl, dass das Schicksal uns nun den Platz an der Sonne zusprechen würde, der uns eigentlich zusteht. Sie *ist* ein naives Mädchen, aber sie meint es immer gut. Sie hat sich eine adelige Heirat wohl mehr für unsere Mutter als sich selbst gewünscht."

„Dann war es keine Vergewaltigung?" Viktor setzte sich aufrecht hin und schüttelte den Kopf. Er hatte Julian seinen Angriff verziehen, aber nur deswegen, weil auch er den Schänder seiner Schwester erschossen hätte – allerdings unter den Augen der gesamten Wiener Gesellschaft, um den Namen seiner gesamten Familie zu zerstören wie das Leben des Mannes selbst. Für die Leichtsinnigkeit einer Frau aber sollte niemand sterben. Als Opfer ließ Viktor nur gelten, wer die Beine nicht freiwillig spreizte. „Willst du mir das sagen?"

„Die Mutter des eigenen Kindes im Stich zu lassen, wäre nicht schlimm genug für dich?", fuhr ihn Julian ohne jegliche Zurückhaltung an.

„Unehrenhaftes Verhalten ist noch kein Kapitalverbrechen."

„Sagte der Spion, ehe man ihn an die Wand stellte!"

„Sei still und beruhige dich!", befahl Viktor schroff. Er war verärgert und fühlte sich betrogen. Die Hitze, die sich in seiner Brust ausbreitete, vertrieb die Kühle der Frühlingsnacht gänzlich. Er war kurz davor, Julian zu ohrfeigen.

Der Kerl hätte ihn für nichts und wieder nichts erschossen! Um die Ehre einer Frau zu retten, die scheinbar schon lange nicht mehr zu retten war! Er kaute an der Innenseite seiner Wange und schaute erneut zum Fenster hinaus, um sich von seinem Zorn abzulenken. Es war allerdings nicht einfach. Schon gar nicht, weil Julian es nicht zulassen wollte. Der Mistkerl begann doch tatsächlich, mit ihm zu argumentieren. Danach stand Viktor aber nicht der Sinn.

„Ich sagte, sei still! Die Liederlichkeit irgendeines dahergelaufenen Mädchens interessiert mich nicht!"

Das ließ Julian mitten in seiner eigenen Rede verstummen. Viktor konnte sein Gesicht im Glas erkennen. Sie waren beide im selbem Maß erzürnt. Zumindest dachte er das, ehe Julian auf der Sitzbank von ihm fortrutschte, bis er beinahe an die Wand gedrückt saß und in eisigem Ton erklärte: „Ich will aussteigen."

„So habe ich es nicht gemeint. Obwohl es natürlich stimmt. Eure Probleme gehen mich nichts an."

„Ich sagte, ich will aussteigen."

„Julian …"

„Halt die Kutsche an oder ich springe bei voller Fahrt hinaus!"

Viktor drehte sich ihm mit schulbewusstem Blick zu. Er suchte nach besänftigenden Worten, aber als er Julians Miene sah, wurde ihm seine Lage bewusst. Egal, womit er auch immer aufwarten würde, es gab keinen Weg, seine Beleidigung zurückzunehmen. Nicht in diesem Moment.

Er lehnte sich also nach vorne und klopfte kräftig gegen die Holzwand. Der Kutscher reagierte sofort und hielt die Pferde mitten auf der Straße an. Es war gut, dass es tiefste Nacht war und sie niemanden behinderten.

„Julian, hör mir noch kurz zu …"

Der junge Mann dachte nicht daran. Er hatte die Tür schon aufgerissen, als die Rappen ihre Geschwindigkeit erst gedrosselt hatten. Nun sprang er hinaus und marschierte ohne einen Abschied oder auch nur einen letzten Blick davon.

Viktor kletterte ebenfalls aus der Kutsche, schaute Julian aber nur sprachlos hinterher. Es war besser, ihn ziehen zu lassen, solange er derart wütend auf ihn war. Er wusste immerhin, wozu dieser Mann fähig war, und Viktor hing an seinem Leben.

„Gibt es ein Problem, junger Herr?", fragte der Kutscher von seinem Bock aus und schaute verwirrt zu ihm hinunter.

„Nein …" Viktor fing sich schnell und schüttelte den Kopf. „Nichts dergleichen. Machen wir uns weiter auf den Heimweg!"

* * *

Es mochte so mancher Dame aus gutem Hause vor Schreck den Atem verschlagen, aber Viktors bester Freund auf der weiten Welt war ein Moslem samt Turban und prächtigem Bart. Um den Schrecken der Wiener Gesellschaft perfekt zu machen, hieß er auch noch Mohamed. Selbst einige Männer drehten sich verwundert um, wenn der attraktive Ausländer mit Mehmet, seinem ebenso stattlichen Vater, von einem Wiener Markt zum nächsten zog. Im Hause der von Eppenbergs hingegen wunderte sich niemand mehr über die „Heiden", die immer wieder auf Besuch kamen. Diese nahmen Bezeichnungen wie diese auch wohlwollend hin, nur um sie hin und wieder mit einem „Ungläubiger" zu kontern. Was andernorts zu einem handfesten Streit oder gar Toten geführt hätte, war in Vik-

51

tors Heim nur ein lieb gewonnenes Necken. Die beiden jungen Männer waren schließlich mehr oder weniger zusammen aufgewachsen und blieben auch Kontinente voneinander entfernt stets in Kontakt.

Viktor hätte seinem Freund zu gerne von seiner neuen Bekanntschaft erzählt, wusste aber nicht, wie viel er hätte aussparen müssen, um sich nicht zu verraten. Er liebte Mohamed und dieser erwiderte die freundschaftlichen Gefühle ebenso innig, aber wie ein streng gläubiger Moslem auf seine geheimsten Sehnsüchte reagiert hätte, wollte Viktor gar nicht erst wissen. Er gestand es sich ungerne ein, aber er dachte nicht, dass er gegen Mohameds Glauben eine Chance gehabt hätte.

Viktor zerknüllte einen weiteren Bogen Papier und ärgerte sich selbst über diese Verschwendung. Es war das dritte Mal, dass er seinen Brief begonnen und wieder verworfen hatte. Vielleicht sollte er das Pferd von der anderen Seite aufsatteln, dachte er bei sich und tippte mit der Feder auf sein Kinn. Er konnte damit beginnen, das Schicksal der unglücklichen Helene zu skizzieren. Unzucht war in Mohameds Kultur nicht das Existenz zerstörende Tabu, das es im römisch-katholischen Habsburgerreich war. Natürlich nicht. Viktor konnte zwar nur erahnen, wie sehr sein Freund ihn mit erfundenen Märchen von betörenden Haremsdamen und deren Intrigen aufzog, aber er dachte nicht, dass dieser eine Frau verurteilen würde, wenn sie mit einem Eheversprechen verführt ihre Moral vergessen hatte.

Dann wusste er aber praktisch nichts über die fremde Religion, für die sein Freund, ohne zu zögern, gestorben wäre. Es war von Kindesbeinen an ihr Versprechen gewesen, sich nicht gegenseitig zu bekehren. Und auch wenn Viktor so manches Mal in Versuchung gekommen war, die in der Bibliothek vorhandenen Abhandlungen über den Osten und seine Religionen zu lesen, hatte er sich doch immer an den Wunsch seines Vaters gehalten. Dieser hätte ihn wohl auch vor versammelter Gesellschaft seiner Kleider beraubt und völlig nackt auf einen Kanossa-Gang geschickt immer noch streng gläubig oder nicht. Und Viktor war fest davon überzeugt, dass er niemals von seinem Glauben abfallen würde ... auch wenn er mit manchen Stellen des Alten Testaments haderte. Tieropfer, Sklaverei, unbändiger Zorn eines angeblich liebenden Gottes und nicht zuletzt die Anklage seiner eigenen Gelüste ... Vieles hatte ihm schon als Kind das Fürchten gelehrt. Aber so wie jeder adelige Wiener, war er davon überzeugt, der einzig wahren Religion anzugehören. Immerhin war der Kaiser das von Gott erwählte weltliche Oberhaupt mit dem Segen des Vertreters Christi auf Erden.

Aber auch das konnte er Mohamed nicht schreiben. Sowohl aus Anstand nicht als auch aus Liebe zu seinem unverletzten Gesicht. Und er ging ungefragt davon aus, dass sein Freund ihm bei der nächsten Begegnung einen Kinnhacken verpasst hätte. Vielleicht sogar zu Recht.

Ein Räuspern ließ ihn aufschrecken. Herr Längenstädt stand in der Tür und machte ein Gesicht, als hätte er schon seit Minuten versucht, die Aufmerksamkeit seines Herren auf sich zu lenken. Wahrscheinlich war es genauso und nicht anders.

„Was gibt es denn?", fragte Viktor eilig, nachdem er sich selbst geräuspert hatte. Die Feder in seiner Hand zwar inzwischen getrocknet. Er legte sie zur Seite. „Sind meine Eltern nach Hause gekommen?"

„Nein, da muss ich Sie enttäuschen. Sie beabsichtigen mit Sicherheit, noch die eine oder andere Woche in Salzburg zu verbringen. Der Herr Graf wird uns bestimmt zur rechten Zeit seine Absichten mitteilen, wenn er heimzukehren wünscht." Der weiß gelockte Mann genoss es immer noch, den Lehrmeister zu mimen. Viktor ließ es nur zu gerne zu. „Ich dachte nur, ich sollte Ihnen sofort Bescheid geben, dass Sie erneut mit dem Besuch des Klavierlehrers beehrt werden … Ich meine natürlich, wenn die Familie sich dazu entschließen sollte, ihn einzustellen … trotz seiner zweifelhaften ersten Vorstellung."

„Julian … Landner, meinen Sie, ist gekommen?"

„Julian Landner, Peter Zillinger … oder welcher Name es ihm heute angetan haben sollte."

„Herr Längenstädt!", tadelte Viktor zwischen Zustimmung und Empörung hin- und hergerissen. Er gab dem alten Mann durchaus recht, verspürte aber auch das unerklärliche Verlangen, Julian zu verteidigen. „Ich bitte Sie!"

„Natürlich." Sein Gegenüber deutete eine entschuldigende Verbeugung an, fügte dabei aber doch hinzu: „Obwohl ich recht habe."

„Wie dem auch sei … Holen Sie ihn herauf! Ich werde gleich ein ernstes Wort unter vier Augen mit ihm wechseln."

„Wie Sie wünschen."

Es war seiner Stimme anzuhören, dass es ihm zutiefst missfiel, diesem Befehl Folge zu leisten. Aber wie ein loyaler Diener es eben tat, gehorchte er und knirschte erst mit den Zähnen, als er das Zimmer bereits verlassen hatte. Viktor liebte ihn für seine Abneigung gegenüber dem Ankömmling, weil sie aus seiner unsterblichen Sorge für die Familie entsprang. Herr Längenstädt wäre in ein brennendes Haus gestürzt, um jeden einzelnen von ihnen zu retten. Es gab Menschen, die weniger treue Freunde hatten, als er ihn in seinem Diener gefunden hatte.

Das waren allerdings Gedanken, denen er sich ein anderes Mal widmen konnte. Im Moment sollte er sich überlegen, wie er auf Julians Rückkehr reagieren sollte. Viktor wusste ja nicht einmal, was er deswegen empfand. Er war immer noch wütend, dass er beinahe für nichts und wieder nichts erschossen worden wäre. Natürlich war er das! Die Haare an seinen Armen standen ihm bei der Erinnerung an ihr erstes Treffen zu Berge. Aber das war nun einmal nicht alles. Bei Weitem nicht. In seiner Brust regte sich erneut die Aufregung, die sich seit dem unerhörten Angebot immer und immer wieder in ihm breitmachte, wenn er an den schönen, jungen Mann dachte.

Wie einfach alles gewesen wäre, wenn er nicht so gut aussehend gewesen wäre! Das war allerdings nur ein weiteres Indiz für die Unzulänglichkeit seiner Moral. Seine Scham ließ Viktor an seiner Lippe kauen. Er schaute zum Fenster hinaus, aber im Moment sangen keine Vögel und es zirpten keine Grillen, um ihn zu besänftigen. Es war traurig, zu erkennen, wie schlecht man doch war, nachdem man sich sein Leben lang für moralisch gehalten hatte. Aber dann war es wieder gut, überhaupt deswegen traurig zu sein. Seine Enttäuschung mit sich selbst zeugte zumindest davon, dass er besser sein wollte, als er war. Und solange der Wille dazu noch vorhanden war, konnte aus ihm noch ein guter Mensch werden.

Sein Gedankengang brach ab, als er die nahenden Schritte vom Gang her hörte. Er musste sofort entscheiden, wie er Julian behandeln und ob er ihn überhaupt weiter in seinem Leben dulden wollte. Viktor dachte aber, dass er ihm zumindest die Chance auf eine Erklärung zugestehen sollte. Er drehte sich also der Tür zu und setzte sich aufrecht hin. Die Feder nahm er allerdings wieder in die Rechte, um sich beschäftigt zu geben.

Herr Längenstädt führte Julian herein, nannte ihn wie gewohnt beim Namen und zog sich daraufhin zurück, um ihnen ein Gespräch unter vier Augen zu ermöglichen. Hätte er geahnt, um was es sich dabei drehen würde, er hätte den dunkelhaarigen Mann trotz seines Alters gepackt und mit eigenen Händen aus der Tür geworfen. Wahrscheinlich hätte ihm die blanke Wut die Kraft dazu verliehen. Weil er es nun aber nicht wusste, blieben Viktor und sein Gast alleine im Arbeitszimmer zurück. Es machte allerdings keiner Anstalten, zuerst das Wort zu ergreifen. Nachdem er als der Geldgeber die Karten in der Hand hatte, wäre es an ihm gewesen, sich gönnerhaft und Julian die Chance zu geben, sich zumindest mit etwas Würde wieder aus dieser Situation zu retten. Er wollte ihn auch nicht warten lassen oder gar quälen … Viktor war nur erneut von der Schönheit seines Gegenübers hingerissen. Ihm wollten einfach die Sätze nicht mehr einfallen, die er sich kurz vor seinem Eintreten zurechtgelegt hatte. So war es schließlich doch sein Gast, der zuerst das Wort ergriff.

„Es tut mir leid, wie ich gestern verschwunden bin. Nicht, *dass* ich es bin. Das bestimmt nicht. Aber ich … Deine Worte … Sie waren so beleidigend." Julian schluckte schwer. Er zwang sich aber dazu, Viktor weiterhin anzusehen. „Trotzdem ist mir klar, dass wir eine Abmachung hatten und ich diese mit meinem emotionalen Abgang gebrochen habe. Ich weiß das durchaus selbst. Deswegen möchte ich dich inständig darum bitten …"

„Keine Sorge!", kam Viktor seinem Gegenüber zuvor, ehe es sich weiter erniedrigen musste. „Ich sehe das völlig anders als du. Unsere Abmachung gilt weiterhin. Diese betrifft die Schwangerschaft deiner Schwester ... oder deren Zustandekommen ... nicht."

„Lass diesen versteckten Tadel bleiben! Es *war* eine Vergewaltigung!"

Es platzte regelrecht aus Julian heraus. Er verkrampfte seine Finger, entspannte sie und ballte danach doch wieder seine Fäuste. Sein Blick wanderte um Viktor, streifte ihn aber niemals mehr als eine halbe Sekunde. Julian war ungewöhnlich nervös. So hatte er sich nicht einmal in der Stunde gegeben, in der er zuerst mit seinem Vorschlag an ihn herangetreten war. Viktor war neugierig, was er noch zu hören bekommen würde. Er schob seinen Stuhl zurück und warf ein Bein über das andere. Er wusste genau, wie abfällig die Geste auf sein Gegenüber wirken musste. Julian sollte sich darüber im Klaren sein, mit wem er sprach. Nur weil er ihn nicht gleich zum nächsten Richter gezerrt hatte, hieß das noch lange nicht, dass sie Freunde waren. Im Gegenteil. Sie waren Vertragspartner. Nur das, nichts anderes. Und etwas an diesem Gedanken jagte ihm einen Schauer über den Rücken.

„Warst du dabei und hast es gesehen, dass du das mit solcher Bestimmtheit behaupten kannst?"

„Dann wäre dein Doppelgänger längst tot und wir einander nie begegnet."

Viktor zuckte mit den Schultern. „Das glaube ich ungefragt."

„Dieser Abschaum hat ihr die Ehe versprochen, um sich in ihr Bett zu schleichen. Als sie es trotzdem nicht ohne Ehegelübde zuließ, hat er sich gegen ihren Willen genommen, was er wollte. Das hat ihr das Herz gebrochen." Julians Augen wurden feucht. Diese Worte kosteten ihn mehr Kraft, als er zu sagen bereit war. Es rührte Viktors Herz und ließ das Eis wieder schmelzen. „Und als er bekommen hatte, was er wollte … von da an war er wie vom Erdboden verschluckt! Er hat Helene belogen, geschändet und dann auch noch weggeworfen! Und da wirfst du mir vor, dass ich ihn erschießen will? Dieser Tod ist noch zu gut für ihn!"

„Lass diese Gedanken hinter dir oder sie werden deine Familie zugrunde richten!", gab Viktor dem verzweifelten Bruder einen Ratschlag, den er in seiner Lage selbst nicht beachtet hätte. Sie waren aber auch zwei verschiedene Menschen in vollkommen unterschiedlichen sozialen Stellungen. Hätte man ihn hingerichtet, der Reichtum seiner Familie hätte der verzweifelten Schwester über den Verlust hinweggeholfen. Wenn Julian aber das Zeitliche segnete, riss er seine verarmte Mutter und Schwester mit in den Untergang. Das hätte dem aufbrausenden Mann klar sein müssen. Viktor sprach ihm auch nicht jede Intelligenz ab. Es musste einiger Planung bedurft haben, um einen Weg zu finden, an einen von Eppenberg heranzukommen und zu einem Gespräch unter vier Augen zu überreden, um ungehindert eine Pistole ziehen zu können – in deren Handhabung er nicht geübt war. Die Wahl der Waffe sprach nicht gerade für besondere Klugheit. Viktor versuchte deswegen umso mehr, Julian von dem Ausmaß seiner Torheit zu überzeugen. „Tot nützt du niemandem etwas. Schon gar nicht deiner Schwester. Denkst du nicht, sie hat unter der Scham und der Schwangerschaft genug zu leiden? Soll sie sich auch noch schuldig am Tod ihres Bruders fühlen, wenn du ihretwegen stirbst? Anstatt derartige Rachegedanken zu schüren, nutz deinen Verstand, um Geld für deine Lieben zu verdienen."

„Ich bin doch hier, oder nicht?", fuhr ihn Julian wütend an. „Tue ich nicht bereits alles, was ich kann? Ich verkaufe meinen Körper für meine Familie! Noch tiefer kann ich nicht sinken! Selbst der erbärmlichste Bettler besitzt noch mehr Stolz als ich!"

„Bin ich so widerwertig?"

„Das habe ich nicht gesagt!"

„Es klingt allerdings so."

„Nicht du! Was ich *tue*, ist widerlich."

„Ich selbst bin also akzeptabel, nur Zeit mit mir zu verbringen, ekelt dich an?"

„Du drehst mir die Worte im Mund um!", verteidigte sich Julian aus dem Konzept gebracht. Er wischte sich die langen Strähnen aus der Stirn und atmete tief durch. Diese Auseinandersetzung schien ihn mitzunehmen. Gut, dachte Viktor. Julian machte derweilen einen Schritt auf ihn zu und sprach weiter: „Mit dir zu reden oder auszugehen … das ist natürlich *nicht* widerlich. Als Sohn eines Grafen wird dein Selbstbewusstsein das bestimmt nicht so deuten. Aber seinen Köper an einen Fremden zu verkaufen … Diese Schande wirst du ja wohl verstehen … gerade weil der Adel so fein und tugendhaft tut."

Viktor nickte nachdenklich, schenkte Julian aber ein verlegenes Lächeln, als er wieder Blickkontakt zu ihm suchte. Die letzte Spitze überhörte er dabei wohlwollend. Er gab sich ohnehin große Mühe, versöhnlich zu klingen.

„Das ist wahr. Und ja, ich verstehe dich. Zumindest kann ich deine Gefühle nachempfinden." Trotzdem hatte er das Angebot angenommen, ging Viktor durch den Kopf. Was für einen Menschen machte das aus ihm? Er kam zu dem Schluss, dass er nicht so schlecht war, wie er sich in diesem Augenblick fühlte. Immerhin hatte er Julian nicht vor den nächsten Richterstuhl gezerrt, um ihn wegen seines Attentats hinrichten zu lassen. „Hör mal … Ich habe heute viel zu tun. Manche Aufgaben dürfen nicht warten. Morgen Abend aber wäre es gut für mich. Du kannst um fünf herum erscheinen, wenn du mit mir zusammen zu Abend essen möchtest."

„Ich kann erst ab halb sieben", kam es wie aus der Pistole geschossen. Dafür, dass Julian sich an ihn verkaufen wollte, war er verdammt eindeutig in seiner Abneigung. „Ich gebe der Tochter unseres Vermieters bis drei viertel sechs Unterricht. Den kann ich nicht ausfallen lassen, ohne unseren Rausschmiss zu riskieren."

„Gut, halb sieben dann. Ich nehme an, du wirst dir auf dem Weg hierher etwas zu essen besorgen?"

„Natürlich. Das ist kein Problem."

Viktor hätte verärgert sein sollen, wie erleichtert sein Gegenüber wegen seiner Nachgiebigkeit klang. Er war es allerdings nicht. Für ihn war ihre „Geschäftsbeziehung" nicht minder gewöhnungsbedürftig. Nur hatte er den entscheidenden Vorteil, die Fäden ziehen zu dürfen. Es störte Viktor also nicht, diese für Julian etwas zu lockern. Sie sollten nicht zu Ketten werden. So weit durfte es trotz der Qualität ihrer Beziehung keinesfalls kommen.

„Also, bis morgen dann. Halb sieben. Keine Minute später, nur dass das klar ist."

Julian wirkte so erleichtert, als wäre eine tatsächliche Last von seiner Brust gefallen. Es schlich sich sogar ein kleines Lächeln auf seine Lippen. „Natürlich. Unpünktlichkeit ist mir ein Graus."

„Sehr schön. Ich werde das prüfen. Auf Wiedersehen!"

Mit diesen Worten wandte er sich wieder seinem Brief zu und tat, als würde ihn Julians Anwesenheit nicht einmal mehr kümmern. In Wahrheit lauschte er genau, wie sein Gast von einem Fuß auf den anderen trat und der Klang seiner Schritte schließlich seinen Abgang verriet. Er war gespannt auf den nächsten Abend – und wie weit Julian wirklich gehen würde.

◆🙽 Kapitel 5 🙼◆
Stolz und Vorurteil

Es war auf die Minute genau halb sieben abends, als er an die Tür des Palais klopfte. Julian hatte gewartet, bis die Glocke der nahen Kirche zu läuten begonnen hatte. Eine Taschenuhr hätte er sich niemals leisten können und die seines Vaters hatte seine Mutter schon vor vielen Jahren unter Tränen an den Pfandhändler drei Straßen weiter verkauft. Obwohl es wohl eher „verschenkt" heißen musste, denn der Halsabschneider war weit und breit dafür bekannt, gerade die Bedürftigsten über den Tisch zu ziehen. Es war eine hilfreiche Erinnerung, dachte Julian und biss die Zähne fest zusammen. Sie würde ihn standhaft bleiben lassen, selbst wenn Viktor von Eppenberg die widerlichsten Dinge von ihm verlangen sollte. Sie zeigte, wie viel seine Mutter bereits für ihn und Helene geopfert hatte. Nun war es an ihm, Verantwortung zu übernehmen. Er war immerhin der Mann im Haus. Sein Vater hätte es bestimmt nicht anders gewollt, Ehrgefühl hin oder her. Stolz und Ehre konnte man schließlich nicht essen.

Es war ihm also gleichgültig, was der überhebliche Diener von ihm dachte, als er sich das vierte Mal in wenigen Tagen zu Viktor führen ließ. Genau genommen, war es weit mehr in dessen Interesse, dass die wahre Natur ihrer Beziehung geheim blieb. Wenn das schlimmste Szenario eintreffen sollte, konnte er seine Familie unter falschem Namen in irgendeinen anderen Bezirk bringen und ein neues Leben beginnen. Viktor hingegen war durch sein blaues Blut an den Grund und Boden gebunden, der zum Namen von Eppenberg gehörte.

„Guten Abend!", grüßte er deswegen ein wenig zu selbstsicher, nachdem er in einen hübschen Raum geführt worden war, den er bisher noch nicht zu sehen bekommen hatte. Es war eigentlich zu groß für ein Ankleidezimmer, aber was wusste er schon von den Finanzen dieser Familie?

„Ich war pünktlich. Deine Dienerschaft hat mich warten lassen."

„Wie unverzeihlich von ihr!", scherzte Viktor mit einem kleinen Lächeln auf den Lippen.

„Ist es bestimmt sogar. Oder gehe ich falsch in der Annahme, dass man in einem solchen Haus königlich entlohnt wird?"

Viktors Lächeln wuchs an. Dieses Gespräch amüsierte ihn anscheinend. Trotzdem schenkte er ihm nichts. „Könige werden nicht entlohnt. Sie stehen in niemandes Dienstverhältnis. Vom Herr Gott im Himmel einmal abgesehen … und im Idealfall vom Papst."

Julian musste sich gewaltsam davon abhalten, die Augen zu verdrehen. Reden konnte er auch zu Hause mit ihm weit sympathischeren Menschen. Wieso brachten sie es nicht endlich hinter sich? Machte sich dieser Mistkerl wirklich einen Spaß daraus, zu sehen, wie weit er gehen konnte, ehe er den Bogen überspannte? Julian wollte diese Theorie gerade ansprechen, als Viktor in seine Richtung deutete.

„Schau auf die Ablage neben dir!"

Julian gehorchte und drehte sich dem kostbaren Möbelstück auf seiner rechten Seite zu. Es lagen zwei Zettel darauf. Erst bei genauerem Hinsehen erkannte er, dass es zwei Eintrittskarten waren. Er riskierte einen genaueren Blick, ehe er sich seinem Gastgeber verblüfft zuwandte.

„Ein Konzert? Im ersten Haus am Ring?", fragte Julian zwischen Euphorie und Skepsis hin- und hergerissen. „Du willst erneut nicht …"

„Dafür bist du noch nicht bereit." Viktor klang nüchtern, als er das sagte. Es war nicht ein Hauch Humor darin zu erahnen. Auch sein Gesicht blieb ruhig. So ruhig sogar, als las er alten Menschen die Nachrichten vor. „Das heißt nicht, dass ich deine unerwartet verführerischen Dienste nicht in Zukunft annehmen werde."

Langsam begann Julian, daran zu zweifeln. Viktor schien es an seinem Blick ablesen zu können, denn er kam zu ihm und küsste ihn auf den Mund. Es fühlte sich überraschend schön an. Da war keine Spur des Ekels, den er jedes Mal verspürte, wenn er daran dachte, es wie ein wildes Tier mit diesem Mann zu treiben. Julian war aber auch zu erschrocken, um auf den sanften Überfall zu reagieren. Es war wie bei ihrem ersten Kuss. Ihm fehlten die Worte. Er bekam auch nicht die Zeit, seine nächsten Schritte zu planen, denn ehe er auch nur die Chance dazu bekam, Viktor von sich zu schieben, hatte sich dieser schon wieder zurückgezogen – mit einem widerlich süffisanten Grinsen im Gesicht. Alleine deswegen bekam Julian Lust, kräftig zuzuschlagen. Und doch tat er es nicht. Er stand nur wie zur Salzsäule erstarrt an genau der Stelle, an der Viktor ihm den Kuss gestohlen hatte.

„Also, lass uns gehen!", drängte ihn dieser so unschuldig, als wäre seit dem Gespräch über die Karten nichts zwischen ihnen geschehen.

Julian war immer noch sprachlos. Sein Herz schlug ihm bis zum Hals. Er konnte nicht glauben, dass Viktor nach diesem Moment der Nähe keinerlei Aufregung empfand. Woher aber wollte er das wissen? Sie kannten einander kaum. Vielleicht fühlte sich der junge Adelige ihm so überlegen, dass er ihn nicht einmal als echten Menschen wahrnahm. Kam Viktors Ruhe etwa daher? Gehörte das zu einem Spiel, das nur er alleine durchschaute? Nahm der Adelige ihn nur deswegen zu diesem Konzert mit? Um damit anzugeben, dass er selbst die teuersten Eintrittskarten, ohne zu überlegen, verjubeln konnte? War das eine weitere Demütigung?

Aber war das von Belang? Julian musste mitspielen, egal ob es ihm gefiel oder nicht.

„Hopp, hopp!", riss Viktor ihn aus seinen Gedanken. „Ich bin nicht so wichtig, dass man mit dem Auftakt auf mein Erscheinen wartet."

Julian nickte schnell und marschierte zur Tür. Er wollte sich seine Zweifel nicht anmerken lassen. Wenn er genau darüber nachdachte, durfte er das auch nicht. Was auch immer Viktor solches Vergnügen an seiner Gesellschaft bereitete, dieses Interesse musste er halten. Und wenn er dafür in einer Loge Platz nehmen durfte, anstatt sich nackt auf den Rücken zu legen, konnte das nur zu seinem Vorteil sein.

„Ich muss wohl nicht fragen, ob du große Orchester liebst." Viktor warf ihm einen selbstzufriedenen Blick zu.

„Würde es dich schockieren, wenn ich Nein sagen würde?"

„Nicht besonders, nein. Es würde mich allerdings verärgern, wenn ich den Verdacht hätte, dass es eine Lüge sein könnte."

„Es gibt keinen Grund für Lügen", stellte Julian mit einem Nicken klar. „Dafür kennen wir bereits zu viele Geheimnisse voneinander."

„Du kennst nur ein einziges von mir", verbesserte Viktor und begann, zu strahlen, als er ihm voran in die Einfahrt trat. „Sie müssen meine Verspätung entschuldigen! Ich hatte noch etwas mit dem Vierten im Bunde zu besprechen."

Vor der wartenden Kutsche standen ein schlicht, aber ordentlich gekleidetes Mädchen und ein älterer Mann mit einer Stirnglatze, die im Licht der nahen Laterne glänzte. Beide wirkten geduldig und fröhlich – und keiner der beiden konnte zu dem Freundeskreis der von Eppenbergs gehören. Sie wirkten eher wie Diener an ihrem freien Tag.

War *diese* Erkenntnis aber wichtig?

„Wir gehen nicht alleine?", fragte er Viktor verwirrt.

„Nein, einmal im Monat begleite ich zwei von unserer Dienerschaft in eine Aufführung ihrer Wahl. Meistens sind es Operetten." Der Adelige lächelte seine beiden Angestellten an. „Weil man da so schön mitsingen kann, nicht wahr?"

„So ist es!", antwortete der männliche Begleiter in seinem recht schäbigen, aber pedantisch sauberen Anzug. Das Mädchen neben ihm nickte nur enthusiastisch. „Sie dürfen sich geehrt fühlen, Herr Landner. Bisher hatte niemand diese Ehre, der noch nicht eine einzige Arbeitsstunde in diesem traditionsreichen Haus gedient hat."

Julian verschluckte sich. Er musste husten, um Luft zu bekommen. Als es wieder ging, wurde ihm klar, dass er zu viel in die Worte des älteren Mannes hineininterpretiert hatte. Niemals hätte Viktor seiner Dienerschaft erzählt, dass er ihn als Lustknaben engagiert hatte. Nein, bestimmt nicht. Selbst den treusten Angestellten weihte man nicht in ein derart pikantes Abkommen ein. Es musste eine andere Erklärung geben und diese kam Julian nach einem weiteren

Moment auch in den Sinn: Er hatte sich den Einlass in das Anwesen unter dem Vorwand erschlichen, das Pianospiel der jüngsten Tochter zu vervollkommnen. Wahrscheinlich hatte Viktor die beiden Auserwählten des Monats in diesem Glauben gelassen. Es war die perfekte Ausrede – bis sie es nicht mehr sein würde. Mit Sicherheit würde der Graf ihn in hohem Bogen aus seinem Heim werfen, wenn er sich ihm vorstellte und keine großen Kompositionen oder den besten Ruf in ganz Wien vorzuweisen hatte. Was also dachte sich Viktor dabei? Wollte er ihn bereits wieder losgeworden sein, wenn seine Eltern zurückkehrten?

Julian stieg hinter dem Mädchen in die Kutsche und kaute an seiner Lippe. Mehrmals ermahnte er sich, es nicht zu tun, aber es gelang ihm nicht. In seinem Kopf überschlugen sich zu viele Gedanken, die er nicht von sich schieben konnte. Er hatte auch jedes Recht, sich zu sorgen. Viktor lud vielleicht einmal im Monat zwei seiner unzähligen Diener auf eine Veranstaltung ihrer Wahl ein, aber das alleine machte ihn nicht zu einem guten Menschen. Noch lange nicht! In seinen Augen wirkte es eher wie die Selbstbeweihräucherung eines Mannes, der alles haben konnte und anderen doch nur hin und wieder einen Krümel zuwarf. Er konnte Viktor einfach noch nicht einschätzen. An diesem Abend würde sich auch keine Möglichkeit bieten, seinen Charakter besser zu durchschauen. Es würde bestimmt schwierig genug werden, vor den beiden Dienern keine verräterischen Anzeichen zuzulassen. Es durfte weder Abscheu noch Zuneigung an ihm zu erkennen sein.

* * *

Unter anderen Umständen hätte Julian das Konzert genießen können, so aber schaffte er es nicht. Zu viele Gedanken überschlugen sich ohne Unterlass in seinem Kopf. Nicht einmal die herrlichste Melodie hätte ihn an diesem Abend fesseln können. Und das Orchester war hervorragend. So viel Objektivität traute er sich gerade noch zu – trotz der verfahrenen Situation, in der er sich befand. Es war ihm allerdings unmöglich, sich auf das Spiel der Musiker zu konzentrieren. Etwas an Viktor zog seinen Blick immer wieder magisch an. Das aber war die allergrößte Dummheit. Er war als der zukünftige Klavierlehrer des Hauses vorgestellt worden und achtete nicht auf die wunderbare Darbietung der Künstler? Die beiden Diener hätten sich darüber gewundert, wenn sie es bemerkt hätten.

Ein flinker Blick zu seiner Linken beruhigte ihn zumindest ein wenig. Das Mädchen lehnte sich beinahe über die Loge hinaus, so hingerissen war sie von dem Konzert, und ihr älterer Kollege hatte die Augen geschlossen und wiegte seinen Kopf im Takt. Gut, dachte Julian erleichtert und vielleicht entfuhr ihm ein Atemzug dabei. Von diesen beiden war im Moment also keine Gefahr zu erwarten. Er musste trotzdem besser aufpassen. Das Zweitwichtigste neben Viktors Interesse an seiner Person war die Geheimhaltung ihrer riskanten Liaison.

Damit war er in Gedanken erneut bei Viktors Motivation und seinem Charakter angelangt. Er kam nicht frei von dieser Endlosschleife und verdrängte seine Umwelt immer mehr. So war er regelrecht schockiert, als der letzte Takt verklang und er nicht einmal die Hälfte des Konzerts bewusst miterlebt hatte.

„Was für ein schönes Konzert!", rief das Mädchen, dessen Namen er schon wieder vergessen hatte. „Oh, wie wunderbar das war!"

„Ganz ausgezeichnet", stimmte sein Sitznachbar zu. „Wie man es vom besten Konzerthaus in Wien erwarten darf."

„Ach, junger Herr! Welche Freude Sie mir damit gemacht haben, dass ich mitkommen durfte! Diesen Abend werde ich niemals vergessen! Selbst nicht, wenn ich schon alt und grau bin!"

Er ebenso wenig, dachte Julian von Viktors gönnerhaftem Lächeln und seiner oberflächlichen Antwort angewidert. Das also war sein Plan: Die Dienerschaft sollte ihn vor ihm beweihräuchern. Wenn sein „Gastgeber" dachte, einen ähnlich inbrünstigen Dank von ihm zu hören zu bekommen, konnte er lange warten! Julian hatte ihn schließlich nicht um eine Einladung gebeten. Er hätte weit Besseres mit seiner Zeit anzufangen gewusst.

Es war bestimmt ein Fehler, aber Julian schaffte es einfach nicht, seine kalte Wut abzuschütteln. Seine Begleiter, wenn es ihnen denn auffiel, würden seine Laune nicht verstehen. Es war ihm allerdings gleich. Als er sich an Viktor verkauft hatte, war keine Rede von romantischen Rendezvous gewesen. Nur von Dienstleistung und Bezahlung, mehr nicht. Dass Viktor nun Spielchen mit ihm trieb, verunsicherte ihn, und das machte ihn nur noch wütender.

Anstatt sich an dem regen Gespräch der Anwesenden zu beteiligen, starrte er nur in die Nacht hinaus und presste die Lippen fest aufeinander, bis sie nicht mehr als ein Strich sein konnten. Sollte Viktor nur sehen, dass er ihn nicht mit Prahlerei beeindrucken konnte! Er würde damit das Gegenteil erreichen und seinen umgekehrten Snobismus noch stärken.

„Hat es Ihnen denn gar nicht gefallen?", stellte das Mädchen eine Frage an ihn, um Julian an der Unterhaltung teilhaben zu lassen. Er schenkte ihr nur kurz ein aufgezwungenes Lächeln und schüttelte mit der Erklärung den Kopf, er habe zu viel Privates zu überdenken. Sein Gegenüber schien ehrlich bekümmert, hatte aber genug Anstand, ihn nicht weiter mit Fragen zu belästigen. Natürlich. Je besser die Reputation eines Hauses, desto erlesener das Gesinde. „Oh, wie schade! Beim nächsten Mal sieht es vielleicht schon wieder anders aus."

Sie gab ihren freundlichen Versuch danach auf – und Julian dankte ihr das von Herzen. Er wusste allerdings nicht, ob er sich über das Desinteresse der beiden anderen Männer freute. Viktor schien an der durchaus qualifizierten Meinung seines Sitznachbarn interessiert zu sein. Was aber bedeutete das?

Julian versteifte sich bei der Vermutung, dass der Adelige sein Interesse an ihm bereits verloren haben könnte. Wieso sonst hätte er ihn derart ignoriert?

Nein, machte Julian sich selbst Mut. Daran konnte es nicht liegen. Es ging in ihrer Beziehung nicht um Vorlieben oder Sympathien, sondern um nichts weiter als das primitive Verlangen eines Mannes – und dessen Geld. Wenn er zumindest etwas davon erhalten wollte, musste er sich zusammenreißen.

Was tat er denn? Er gab sich trotzig und stur wie ein Kind! Das war er aber nicht! Er war ein Dienstleister und seine Aufgabe war Viktors Wohlempfinden.

Julian begann, an der Innenseite seiner Wange zu kauen. Er war ein Idiot! Er war regelrecht leichtsinnig gewesen!

Aber er gelobte sich selbst Besserung. Wenn Viktor ihn nach der Ankunft im Palais mit in sein Zimmer nahm, würde er ihm ohne Widerspruch oder herablassende Blicke geben, was er von ihm verlangte.

Als sie wenig später endlich aus der Kutsche stiegen, war Julian wegen seines Vorsatzes so nervös wie in der Stunde, als er Viktor zuerst sein Angebot unterbreitet hatte. Er dachte sogar, dass seine Bewegungen steif wirkten – und es lag nicht an seinem verletzten Bein. Zumindest fühlten sie sich so an. Wenn es aber so war, bemerkte es zumindest niemand, denn keiner seiner drei Begleiter warf ihm auch nur einen Blick zu. Das erschwerte seinen nächsten Schritt etwas. Immerhin würden die beiden Diener ohne weitere Befehle ins Palais marschieren, während er auf eine persönliche Einladung warten musste.

Nach ein paar ausgetauschten Freundlichkeiten drehte sich der Adelige ihm auch endlich zu. „Sie müssen nicht auf meine Erlaubnis warten. Es ist spät. Gehen Sie nach Hause! Ich erwarte Sie allerdings morgen um drei im Palais. Und mir ist egal, welche Unterrichtseinheiten Sie dafür verschieben oder absagen müssen. Haben Sie mich versanden?"

Julian blinzelte Viktor überrascht an. Es war das erste Mal, dass er ihn seit ihrer Abmachung siezte. Es machte Sinn. Die anwesende Dienerschaft sollte nicht denken, dass sie zu „intim" miteinander waren. Und das war es, das ihn wirklich verwirrte. Sie wurden auch in dieser Nacht nicht intim miteinander? Dann hatte er selbst das aber unmöglich gemacht, indem er sich geweigert hatte, an dem Gespräch über das Konzert teilzunehmen. So stand es Viktor nicht offen, ihn mit der Ausrede, es weiterführen zu wollen, ins Palais zu bitten. Und welchen anderen Grund hätte er schon gehabt, ihn zu so später Stunde einzuladen, der keine Gerüchte oder zumindest Tratsch heraufbeschworen hätte? Viktor musste stinkwütend auf ihn sein.

Julian stolperte beim Sprechen beinahe über seine Zunge, dabei hatte er seit frühesten Kindertagen nicht mehr gestottert: „Natürlich. Um Punkt drei auf die Minute genau."

„Das ist die Definition von ‚um Punkt'."

Gab sich Viktor nun mit Absicht überheblich? Nein, das kam ihm nur so vor. Ein Adelsspross würde sich nicht die Mühe machen, Liebkind bei seiner Dienerschaft zu spielen, indem er einen anderen Angestellten vor ihren Nasenspitzen erniedrigte. Auch kalte Rachsucht traute er Viktor nicht zu. Diese Art von Mensch war er nicht. Vielleicht war er auch gar nicht wütend? Waren seine herablassenden Worte in Wahrheit ein Wink, seine Rolle als baldiger Angestellter des Hauses zu spielen, damit die wahre Art ihrer Beziehung nicht entdeckt wurde? Julian hatte sich zu abweisend verhalten. Natürlich hätte Viktor sein Arbeitsangebot sofort aufgekündigt, wenn er sich wirklich als Klavierlehrer bei ihm beworben hätte. Julian schluckte, riss sich zusammen und erwiderte gespielt unterwürfig: „Das ist wahr. Entschuldigen Sie meine grobschlächtige Wortwahl! Ich bin heute … wie ich es zuvor schon anmerkte … zu sehr mit familiären Problemen beschäftigt. Es soll nicht mehr vorkommen."

„Das will ich auch hoffen. Für *Sie*. Mein Vater ist ein Pedant und nimmt jeden noch so kleinen Fehler krumm." Viktor nickte ihm zu, ließ seinen Blick aber nur kurz über sein Gesicht schweifen, ehe er sich umwandte und auf den Eingang des Gebäudes zuging. „Eine gute Nacht wünsche ich Ihnen."

„Oh … eine gute Nacht auch Ihnen …"

Und dann stand er plötzlich alleine und verlassen auf der Straße mit seinen konfusen Gedanken als einziger Gesellschaft. Dieser Augenblick war ein weiterer Beweis dafür, dass er in seiner Beziehung zu Viktor rein gar nichts zu sagen hatte. Er war eine hübsche Marionette, mehr nicht. Aber zumindest war das Interesse des überheblichen Adeligen noch da. Das konnte er für sich nützen – und das würde er.

◆ Kapitel 6 ◆
Vom Schein und Sein und anderen Lügen

Sein Leben war zerstückelt, dachte Julian auf dem Weg zum Palais. Es bestand buchstäblich nur noch aus den Momenten mit Viktor und den Momenten der Sorge, was dieser mit ihm anstellen würde, wenn er sich schließlich dazu herabließ, sich zu nehmen, wofür er bezahlte.

Dieses Mal begleitete ihn ein anderer Diener hinauf. Julian kam nicht umhin, ihn genauer zu studieren, als er ihm über die Treppe folgte. Es handelte sich um einen recht attraktiven Mann, wenn er auch um einige Jahre älter war als er. Trotzdem kam ihm der Gedanke, dass Viktor ihn persönlich ausgesucht hatte, um sich an diesem Tag der Gäste anzunehmen. Es konnte eine geheime Botschaft an ihn sein: „Ich brauche dich nicht, wenn ich einen schönen Mann sehen will." Das stimmte wohl auch. Würde sich dieser aber ebenso hingeben, wenn Viktor es befahl? Diese Frage war einfach zu verneinen. Wenn es sich also tatsächlich um einen Hinweis an ihn handelte, dann war er nicht besonders effektiv. Allerdings reichte der Gedanke an diesen Hinterhalt, dass Julians Stimmung umschlug. Und er war sogar froh darüber, denn er war lieber wütend als verängstigt.

Man schob ihn ein weiteres Mal in Viktors Zimmer und ließ ihn dann ohne Kommentar oder auch nur skeptische Blicke allein. War das Gesinde in diesem Haus seiner Herrschaft so hörig, dass man wegschaute, oder war man so mit sich selbst beschäftigt, dass einem die Machenschaften der Geldgeber egal waren, solange sie nur weiterhin brav zahlten? Julian glaubte eher an die erste Variante, aber die Antwort war ihm egal. Er profitierte immerhin davon.

Oder auch nicht. Wären die Diener am ersten Tag aufmerksamer gewesen, sie hätten die versteckte Waffe entdecken können. Aber wäre das nicht umso unglücklicher für ihn gewesen? Beim Anblick vor ihm konnte er es nicht mehr sagen.

Viktor stand immer noch mit dem Rücken zu ihm vor seinem Sekretär und ließ etwas Weißes darin verschwinden. Vielleicht ein Bündel Geldscheine, die er ihm nach vollbrachtem Dienst zustecken wollte? Es konnte ein Indiz für die folgende Stunde sein oder auch gar nichts bedeuten. Viktor drehte sich ihm schließlich zu und lächelte ihn freundlich an. Von der herablassenden Miene der letzten Nacht war nichts mehr an ihm zu sehen. Er wirkte völlig anders ohne seine maßgeschneiderten Anzüge – weit lockerer und muskulöser auch. Julian zweifelte trotzdem nicht, dass sein Hemd sündteuer sein musste. Es war an der feinen Webart und den schönen Knöpfen zu erkennen. Aber Viktor war nun mal ein Adeliger und es war nicht überraschend, dass er sich feine Kleidung leisten konnte und diese auch trug. Es war deswegen weit informativer, dass Julian es überhaupt zu sehen bekam. Hätte Viktor ihn erneut ausführen wollen, hätte er sich vollständig bekleidet. Julian weigerte sich, seinen Blick sinken zu lassen, aber er dachte bei sich, dass auch Viktors Hose legerer war als jene, die er bisher an seinem Geldgeber gesehen hatte.

Julian spürte, wie ihm ein Schauer über den Rücken lief. Er versuchte, es sich beim Reden nicht anmerken zu lassen: „Ich war um punkt drei Uhr an der Tür. Nur, damit du mir das nicht vorwirfst."

„Das wundert mich … und doch auch wieder nicht." Viktor warf ihm einen belustigten Blick zu. „Ich habe gespannt gewartet, ob du den braven Lehrer mimen oder aus Trotz erst recht zu spät kommen würdest. Ich muss gestehen, dass ich doch ein klein wenig überrascht bin."

„Wahrscheinlich auch bodenlos enttäuscht?"

„Nicht einmal im Ansatz. Wenn man von unserer Kabale absieht, bist du eben doch ein Lehrer."

Julian nickte gönnerhaft und schaute über die Schulter zur Tür, durch die der attraktive Diener vor kaum einer Minute verschwunden war. „Wie wirst du rechtfertigen, dass ich trotz all unserer Treffen nicht hier angestellt werde?"

„Mit der Wahrheit."

„Mit …" Julians Sorge verpuffte in seiner aufflammenden Wut. „Was soll das nun wieder bedeuten?"

„Ich werde genau das sagen, was unsere konservative Dienerschaft hören möchte: Dass es in deiner Familie unmoralisches Verhalten gegeben hat. Dazu hast du gestern selbst den ersten Stein gelegt. Besser hätte ich es nicht tun können. Und unsere Leute lieben derartige Geschichten. Es gibt ihnen das Gefühl, besonders respektabel zu sein. Was sie natürlich auch sind."

„Vielleicht erschieße ich dich trotz allem!", fuhr Julian sein Gegenüber an. „Wage es ja nicht, das Verbrechen eines anderen meiner Schwester in die Schuhe zu schieben!"

„Oh, ich vergaß …"

Welcher Mistkerl würde eine Vergewaltigung vergessen und dem Opfer die Schuld an seinem Unglück geben? Julian bereute fast, dass die Pistole ihm nicht gehorcht hatte. Er dachte nicht, dass es um diesen Adeligen besonders schade gewesen wäre – oder die meisten anderen.

„Julian, das war ein Scherz!"

Viktor schüttelte den Kopf. Ob seine Enttäuschung vom nicht funktionierenden Witz oder Julians Wutausbruch herrührte, konnte er nicht sagen. Es war ihm auch egal. Er verschränkte die Arme vor der Brust. Sein Vorsatz der Unterwürfigkeit war völlig vergessen. „Über das Leid anderer macht man sich nicht lustig!"

„Das ist wahr. Es tut mir leid! Ich versichere dir, dass ich nicht deine Schwester meinte, sondern unser privates, kleines Abkommen. Das dich übrigens nicht weiter beschäftigen muss. Ich kümmere mich um meine Probleme." Viktor schaute ihm beim Sprechen ohne Unterlass in die Augen, um seine Behauptung zu unterstreichen. Er wirkte unbekümmert und von seinen eigenen Worten überzeugt. „Deine Sorgen sind ohnehin unbegründet. Niemand im Haus denkt, dass mein Vater dich tatsächlich einstellen wird. Schau dich doch an! Du bist jung und überaus gut aussehend. Der General würde dich niemals alleine in der Nähe der Mädchen lassen."

„Dann ist dein Vater ein Hypokrit. Alle Zimmermädchen, die ich bisher gesehen habe, waren entzückend!" Den Diener von zuvor hingegen sprach er nicht an. Viktor sollte nicht denken, dass er auf seinen Trick hereinfiel. „Und nicht eine war anders als ‚schön' zu nennen."

„Du müsstest erst einmal die Köchin sehen." Viktor warf ihm erneut einen belustigten Blick zu. Seine Enttäuschung war wohl schon wieder verflogen. „Das ist nun einmal das Vorrecht des Hausherren. Wenn er auch durch die Dienerinnen repräsentieren will, dann tut er das."

„Seltsam. Ich war sicher, dass die Hausmutter diese Aufgaben übernimmt … also die Eingestellten auswählen, einweisen und so weiter."

„Für Letzteres gibt es eigentlich eine Gesellschafterin. Was aber die tatsächliche Auswahl betrifft … nun ja … die Männer in dieser Familie können sehr überzeugend sein, wenn sie etwas wollen. Meist bekommen wir es auch." Viktor hielt ihm die Hand hin. Julian nahm sich das Recht heraus, nicht zu reagieren. Es war zu offensichtlich, was nun folgen würde. Und die Art, wie es geschah, gefiel ihm nicht. Viktor hingegen regierte nicht weiter auf sein Zögern. Er zog nur fragend eine Augenbraue hoch und fragte: „Worauf wartest du? Komm!"

„Ich warte auf eine Erklärung, was du vorhast."

„Wenn es dir weiterhilft: Ich möchte, dass du mich in mein Bett begleitest."

Also doch! Julians Herz schlug ihm bis an den Hals. Die Haare an seinen Armen standen ihm plötzlich zu Berge und seine Kehle wurde trocken. Er starrte sein Gegenüber bestimmt auch an.

Was aber hatte er erwartet? Dafür war er gekommen. Das hatte er Viktor bei ihrem Handel angeboten. Natürlich wollte er es sich nun auch nehmen.

„Gut", brachte er schließlich heraus und tat so, als kümmerte ihn das alles nichts. „Es wird doch niemand hereinkommen?"

„In meinem Haus klopft man, ehe man eintritt. Wenn es dich aber beruhigen sollte, ich habe die Order gegeben, mich bis fünf nicht zu stören." Er hielt ihm die Hand immer noch auffordernd entgegen. „Ich sagte doch, dass du dich nicht zu sorgen brauchst."

Julian wollte etwas antworten, ließ es aber blieben und marschierte an Viktor vorbei zu seinem Bett. Auch dieses Mal beschwerte sich dieser nicht über seine Reaktion. Er schien zu erraten, dass er ihm zumindest ein paar Freiheiten lassen musste, wenn das zwischen ihnen funktionieren sollte – was auch immer „das" bedeutete.

Viktor setzte sich auf das Bett und betrachtete ihn aufmerksam dabei, wie er sich etwas ungelenk an seinen Schuhen zu schaffen machte, ehe er sie endlich ausgezogen bekam. Seine Augen waren dabei nur auf sein Gesicht gerichtet, was Julian erneut überlegen ließ, was dieser Mann wirklich von ihm wollte. Dafür war aber keine Zeit.

„Ist es egal, wo ich ablege?", fragte Julian mit ungewohnt tiefer Stimme. Er klang kaum wie er selbst, als er seine Weste abstreifte.

„Lass die Kleider ruhig an!"

Julian erstarrte mitten in der Bewegung.

Was bedeutete das? Wie sollte es denn mit Kleidung gehen? Hatte er Viktor wirklich richtig verstanden?

„Ich meine es so. Bleib ruhig angezogen! Ich habe nicht vor, dich zu fressen." Viktor klopfte auf die leere Seite des Bettes. „Setz dich neben mich!"

Nach einem letzten Moment des Zögerns gehorchte Julian und zwang sich dazu, nicht an seiner Wange zu kauen oder ein anderes Zeichen seiner Nervosität zuzulassen. Viktor hatte vielleicht die Fäden in der Hand, aber er sollte sich nicht zu überlegen fühlen. Nichts schreckte einen echten Mann mehr ab als leichte Beute. Und darum ging es schließlich: Viktor sollte vernarrt in ihn werden und das so lange wie möglich bleiben – egal ob Julian das nun gefiel oder nicht.

Erst geschah allerdings gar nichts. Viktor ließ seinen Blick nur langsam über sein Gesicht streifen, als wollte er sich jede Linie einprägen. Es war ungewöhnlich harmlos. Seine Miene war zu sanft dabei. Wäre Julian nicht aus einem bestimmten Grund ins Palais gekommen und wären sie an jedem anderen Ort gewesen als auf einem Bett, es wäre das unschuldige Beieinandersein zweier Freunde gewesen, die sich länger nicht mehr gesehen hatten und sich nun musterten, ob sich der andere in der Zwischenzeit verändert hatte.

„Darf ich?", fragte Viktor irgendwann und ließ seinen Blick lange genug auf Julians Lippen ruhen, um nicht weiter erörtern zu müssen, um welche Erlaubnis er da bat. Erst danach schauten ihn die smaragdgrünen Augen wieder direkt an. Es war nichts Forderndes daran. „Wenn du dich noch nicht bereit dafür fühlst …"

„Ich bin bereit!", kam es wie aus der Pistole geschossen, ehe er den Gedanken auch nur vollendet hatte. Er wirkte dadurch bestimmt souverän und willig. Gut! Und es stimmte auch. Er wollte das erste Mal endlich hinter sich bringen. „Ich war schon bei unserem zweiten Treffen bereit für das hier."

Viktors rechter Mundwinkel wanderte ein wenig nach oben, aber er gab sich Mühe, nicht zu abwertend zu klingen. „Das warst du nicht. Du warst weit nervöser als ich."

„Du schindest Zeit. Wer also ist *heute* der Nervösere?"

„Wenn dem so ist …"

Das zuvor unterdrückte Lächeln blühte auf, ehe Viktor sich zu ihm beugte. Er war behutsam dabei und presste seine Lippen nur unschuldig auf seinen Mund, ehe er sie nicht mehr als einen Spalt breit öffnete. Julians Herz begann, schneller zu schlagen, aber er ließ es sich nicht anmerken und imitierte Viktors Bewegungen. Sie küssten sich. Julian schloss die Augen und war ein weiteres Mal irritiert, wie wenig Unterschied es machte, einen Mann oder eine Frau zu küssen. Vielleicht wenn Viktor einen prächtigen Bart gehabt hätte … aber bei seinem pedantisch rasierten Kinn war kaum etwas zu spüren, das sein Geschlecht verriet. Er hatte ohnehin das Gefühl, dass sein Gegenüber erst in dieser Stunde – vielleicht kurz vor seinem Erscheinen? – gebadet hatte. Seine Haut fühlte sich danach an und unter dem Hauch von Parfüm passte auch Viktors Geruch zu dieser Theorie. Julian rechnete ihm dieses Zuvorkommen an. Ihm graute bei der Vorstellung, wie sich so manch anderer Mann in seiner Lage verhalten hätte.

Ein seltsames Gefühl überkam ihn, als Viktor sich zurückzog und ihn erneut studierte. Es lag aber auch dieses Mal nicht an dem Blick. Die Wärme der Lippen fehlte, die ihn eben noch liebkost hatten.

„Leg dich auf die Seite!"

Dieses Mal kam Julian der Bitte sofort nach. Er lag sogar schon in den weichen Decken, als Viktor es sich gerade erst neben ihm bequem machte – und ihn erneut nur musterte. Was genau taten sie da eigentlich? Julian konnte sich nur über dieses Verhalten wundern. So hatte er sich seine selbstgewählte Prostitution nicht vorgestellt. Aber dann war Viktor eben kein typischer Freier. Wer hatte denn je davon gehört, vor dem ersten Koitus zweimal ausgeführt zu werden?

Julian schaute vom Gesicht seines Gegenübers fort und zum Himmel des Bettes. Er war kunstvoll bestickt und zeigte eine Szene aus der Bibel – Judas' Kuss auf dem Ölberg. Wie ironisch unpassend für das, was sie zu tun planten! Es war so köstlich, Julian hätte gelacht, wenn er nicht sicher gewesen wäre, dass es ihm im Halse stecken geblieben wäre.

Viktor sagte nicht ein Wort, während er so dalag und hochstarrte. Er drehte sich ihm also wieder zu und erwartete einen Befehl oder zumindest eine Bitte. Sie kam aber nicht. Es war, als wollte sein Gegenüber in ihm lesen, was natürlich unmöglich war. Niemand beherrschte eine derartige Zauberei. Viktor streckte schließlich einen Arm nach ihm aus und ließ seinen Handrücken sanft über seine Schläfe gleiten. Danach strich er eine Strähne hinter Julians Ohr, ehe er seine Hand auf seiner Wange ruhen ließ. Julian hielt den Atem an, aber nichts weiter geschah. Die halb geschlossenen Augen musterten ihn nur weiterhin sanft, und Viktors Stimme war kaum mehr als ein Flüstern: „Es ist das erste Mal, dass ich so mit einem Mann zusammen bin."

„Du hattest noch nie etwas mit einem anderen Mann?" Julians Frage klang überraschend vorwurfsvoll. „Woher weißt du dann, dass es dir gefällt?"

„Das habe ich nicht gesagt", stellte Viktor nüchtern klar. „Derart zärtlich, meinte ich. Ruhig, gelassen … ohne Zwänge oder Eile. Einfach nur beieinander zu sein und sich an der Nähe des anderen zu berauschen."

„Ich verstehe …"

„Davon abgesehen: Das weiß man eben."

„Es war nur eine Frage, mehr nicht."

Viktor zog seine Hand zurück, um sich auf beide Ellbogen zu stützen. Er musterte ihn mit zusammengekniffenen Augen. „Wäre es dir lieber, ich würde dich ohne Umschweife bespringen und mir einfach nehmen, was ich will?"

Julian dachte tatsächlich darüber nach.

„Das hängt davon ab, wie du mich in dem Fall bezahlen würdest", erklärte er schließlich ehrlich. Das war das einzig

Gute in ihrer verqueren Lage. Sie konnten schonungslos offen zueinander sein, denn um zu lügen, bedeuteten sie einander zu wenig. „Wenn du in dieser Sache bereits ein Meister wärst, würde ich dann so lange bei dir sein wie jetzt oder wäre es eine einmalige Sache, ehe du mich fortjagen würdest?"

„Es wäre gar keine Sache", antwortete auch Viktor ohne einen Hauch von mitfühlender Schwindelei. „Wozu würde ich dich dann schon brauchen?"

Julian kaute an der Innenseite seiner Wange, während er überlegte. „Eben aus Spaß?"

„Hältst du mich für diese Art von Mann? Wäre ich glücklich verliebt, es gebe sonst niemanden, mit dem ich zusammen sein wollte."

„Wie soll ich das beurteilen können? Wir sind praktisch Fremde … auch wenn wir zusammen in einem Bett liegen."

Das ließ Viktor nachdenklich werden. Seine Stirn war in tiefe Falten gelegt.

„Du hast recht. Wir sollten einander erst besser kennenlernen."

Julian wusste nicht, was er von diesem Vorschlag halten sollte. Er hätte sich darüber freuen sollen, dass ihm so eine weitere Galgenfrist eingeräumt wurde, ehe er die Dienstleistung erbringen musste, um deren Willen Viktor ihm Geld zahlte. In Wahrheit war er dankbar für das zuvorkommende Verhalten des Adeligen. Dieser hätte ihn genauso gut über den nächsten Tisch beugen und sich nehmen können, was ihm angeboten worden war. Noch schlimmer! Er hätte immer noch zum nächsten Richter gehen und ihm einen Strick um den Hals legen lassen können. Julian war nicht so weltfremd, zu glauben, dass man einem niemand

wie ihm mehr Glauben schenken würde als einem einfluss-
reichen Herrn von Stand … von seinen Manieren und
seinem ruhigen Charakter erst gar nicht gesprochen. Julian
war dafür bekannt, aufzubrausen und auch schon mal
zuzuschlagen, wenn es sein musste – und das trotz seines
Broterwerbs als Pianist, für den er heile Finger brauchte.
Aber dann war auch Viktor nicht der untadelige Herr von
Welt, für den man ihn hielt. Dass sie in diesem Moment
zusammen in seinem Bett lagen, war Beweis dafür. Wer
aber wusste schon von seinen Neigungen? Ein gebildeter
Adeliger war bestimmt nicht so dumm, mit seinen
Geheimnissen hausieren zu gehen.

Und doch hatte er es bei ihm getan.

Um ihn davon abzuhalten, einen weiteren Fehler zu
machen, für den man ihn hinrichten konnte.

„Also, dann!" Viktor setzte sich derart plötzlich auf, dass
es Julian durchrüttelte. „Lernen wir uns so schnell wie
möglich kennen! Ich werde ein paar Termine vorziehen.
Du kommst heute Abend wieder und wir werden
zusammen ausgehen. Dieses Mal in ein Lokal, in dem wir
reden können … und etwas Spaß haben."

Julian war nicht sicher, was er bei diesen Worten fühlte.
Erneut wurde hinausgezögert, was er hinter sich bringen
sollte. Aber wie konnte er Nein sagen? Und war es nicht
besser, den Mund zu halten und Viktor gewähren zu
lassen? Er fühlte sich unsicher in seiner Rolle als männliche
Dirne. Wie konnte er auch wissen, ob er gut genug war, das
Interesse seines Gegenübers zu halten, sobald er ihn erst
besessen hatte? Und darauf lief es über kurz oder lang eben
hinaus. Je mehr sich Viktor für ihn interessierte, je öfter er
ihn zu sich rief, desto mehr Geld war aus ihm herauszu-
holen. Und es war auch nichts Falsches daran! Viktor hatte

seinem Angebot schließlich zugestimmt. So bekamen sie beide, was sie wollten.

„Wir verschieben *es* also ein weiteres Mal?"

„Bis wir einander besser kennen." Viktor legte ihm eine Hand an die Schulter und schob ihn in Richtung Tür, kaum dass Julian seine Weste und Schuhe aufgelesen hatte. „Ich bin weit langweiliger als du denken magst. Du wirst mich schnell in- und auswendig kennen."

Und dann stand Julian mit einem Mal auf dem Gang und die Tür schloss sich hinter ihm. Da war wohl jedes weitere Wort verschwendet, dachte er bei sich, zog eine unzufriedene Miene und marschierte auf die Treppe zu. An Viktors dahingesagten Worten, er sei leicht zu durchschauen, zweifelte er aber berechtigterweise. Im Moment gelang es ihm nämlich nicht einmal im Ansatz.

Auf dem Weg nach unten fragte er sich, ob er sich bei einem der Diener „abmelden" musste. Man hatte ihn schließlich kommen sehen, aber bis zur Eingangstür begegnete ihm nicht eine Menschenseele, was allen Geschichten von Adelshäusern widersprach und seinen vorherigen Besuchen ebenso. Aber hatte ihn das wirklich zu kümmern? Wie hatte Viktor so schön gesagt? Er solle sich nicht um seine Belange kümmern. Und dazu hatte er auch keine Lust!

Die Sonne stand ihm gegenüber, sodass er die Hand über die Augen hob, als er ins Freie getreten war. Was er bis zur Rückkehr an diesen Ort mit seinem Tag anfangen sollte, war ihm ein Rätsel. Es war wegen seines schlechten Beins ein unangenehm weiter Weg bis nach Hause, aber er wollte kein Geld für eine Kutsche ausgeben. Wenn er darüber nachdachte, wäre es das Einfachste gewesen, ins nächste Kaffeehaus zu gehen und sich dort mit den aufliegenden Zeitungen die Zeit zu vertreiben, bis er wieder vor Viktor erscheinen sollte. Andererseits hatte man ihm dieses Mal keine genaue Zeitangabe gemacht, also war es besser, den Heimweg anzutreten, ehe er noch zu früh zurückkehrte und übereifrig wirkte.

Er brachte also den Marsch hinter sich und lenkte sich von der Mühe ab, indem er eine Melodie pfiff, die ihm seit dem Konzert nicht mehr aus dem Kopf ging. Seltsamerweise erinnerte er sich nicht daran, sie am Vortag gehört zu haben.

„Du bist schon wieder zurück?", fragte seine Mutter überrascht, als er mit einem kurzen Gruß durch die Eingangstür kam.

„Ja, mein Termin wurde verschoben." Julian wurde nicht einmal rot dabei, als er diese Worte sprach. Sie waren ja auch nicht gelogen. „Ich muss am Abend aber wieder hin. Und es wird wohl länger dauern. Der Herr des Hauses … beziehungsweise sein ältester Sohn … will mich noch näher kennenlernen."

„Das ist verständlich." Ihre Stimme war nur noch ein Hauch derer, die so kraftvoll mit ihm geschimpft hatte, wenn er als Junge seine Schwester gepiesackt oder mit ihr Unfug getrieben hatte. Aber die ganze Frau war nur noch ein Schatten ihrer Selbst – und Julians Bereitschaft, Viktor in jeder Form zu gehorchen, wuchs bei diesem Gedanken rapide. Wenn er seiner Mutter damit die beste Medizin verschaffen konnte, sollte der blonde Adelige ihn eben über jede Oberfläche beugen, die ihm gerade recht erschien. Julian konnte sich so kaum auf das konzentrieren, was seine Mutter ihm sagte: „Du bist ein sehr junger, sehr attraktiver Mann. Es wäre verständlich, wenn sich das eine oder andere Töchterchen in dich verlieben würde, während du sie unterrichtest." Ein Husten stoppte den Redeschwall. Allerdings nur für einen Moment. Sie schien fröhlicher als sonst. Ihre Wangen wirkten beinahe rosig. Erst dann erinnerte sich Julian, dass seine Eltern sich genauso kennen- und lieben gelernt hatten. Deswegen klang seine Mutter so vergnügt bei ihrer Rede. „Ungestört Stunde um Stunde beieinander ... unmittelbar nebeneinander ... zu sitzen mit gewollten und ungewollten Berührungen. Und wenn in der eigenen Familie keine Freundlichkeit zu erlangen ist, dann wendet man sich eben der zu, die man haben kann."

„Reden Sie nicht so viel, Mutter! Ruhen Sie sich lieber noch etwas aus!" Julian lächelte sein Gegenüber an. „Wo ist Helene? Wieso bereitet sie denn das Mittagessen noch nicht zu?"

Da war etwas an ihrem Blick, das Julian nicht deuten konnte. Und dann schaute seine bis aufs Geripp abgemagerte Mutter peinlich berührt zu Boden. Da kam ihm ein schrecklicher Verdacht, aber er wollte ihn nicht aussprechen. Hätte er recht behalten, wäre das zierliche Persönchen vor Scham wohl noch kleiner geworden, irrte er sich aber, beleidigte er seine Mutter. Also schwieg er. Wenn sich aber herausstellen sollte, dass die beiden wichtigsten Menschen in seinem Leben nur dann aßen, wenn er mit ihnen am Tisch saß, würde er ein ernstes Wort mit Helene reden. Nein, das reichte nicht. Es würde ein regelrechtes Donnerwetter geben! So viel Geld verdiente er gerade noch, dass seine Mutter und Schwester nicht hungern mussten. Wenn es aber so gewesen wäre ... Wieso hätten sie es ihm nicht gestanden? Er dachte, dass er dieses Vertrauen verdiente. Ihm wurde heiß von all dem Zorn, den er gewaltsam zu schlucken versuchte.

Er schaute zu dem Klavier hinüber, das viel zu groß für ihre Wohnküche war. Sie hätten es längst verkaufen sollen. Sie hätten es längst verkaufen *müssen*! All das Spielen im privaten Kreis würde doch keinen erfolgreichen Konzertpianisten mehr aus ihm machen. Und auch wenn seine Mutter bestimmt mit ihrem Herzblut daran hing, war es wichtiger, genügend Lebensmittel kaufen zu können, dass sie, verdammt noch mal, nicht mehr zu hungern brauchte! Er musste es loswerden. Irgendjemand würde vielleicht einen fairen Preis dafür zahlen, wenn er sich nur nicht einschüchtern ließ.

Vielleicht blieb ihnen das doch noch erspart, ging Julian plötzlich durch den Kopf. Er würde Viktor noch einmal an diesem Tag sehen. Wenn er es geschickt anstellte, konnte seine Familie der Armut noch einmal entkommen. Er musste nur seinen Stolz überwinden. Das sollte das kleinste Problem sein, dachte er bei sich und kniete sich vor den Herd, um ihn anzuheizen. Er bedeutete ihm nicht halb so viel wie seine Familie.

◆ℬ Kapitel 7 ℭ◆
Von Regentropfen und zu viel Wein

Er hasste es, ohne Regenschirm in einem Wolkenbruch herumzuirren. Er hasste es, wenn nasse, kalte Kleidung an ihm klebte. Noch mehr hasste er allerdings, wenn nach einem Regen die Sonne hervorkam und die nasse Kleidung zu dampfen schien. Julian hasste das unbeständige Wetter dieser Tage. Es war einer der Gründe, wieso seine Mutter krank geworden war. Viktor hasste er allerdings nicht. Ganz und gar nicht. Im Laufe dieses Tages hatte sich etwas in seinem Inneren verändert. Es war bestimmt ungerecht, aber es war keinesfalls falsch, eine goldene Gans in ihm zu sehen. Der Adelige sah ja auch seinen Lustknaben in ihm. Dass dieser sich bisher zurückgehalten hatte, hieß gar nichts. Er war nicht besser als er! Sie beide hatten sich auf ihr Abkommen eingelassen. Und es war an der Zeit, endlich Geld aus Viktor herauszuschlagen.

„Ich hoffe, ich habe dich nicht warten lassen", entschuldigte sich Julian mehr oder weniger bei ihm, als er in den Salon geführt wurde, in dem der Adelige mit einem Buch vor dem Kamin saß. „Es hat wie aus Eimern gegossen und ich dachte, ich könnte den Regen abwarten."

„Du bist aber klatschnass", sprach Viktor das Offensichtliche an.

„Der zweite Schauer hat mich überrascht." Wenn der Adelige nur über Dinge reden wollte, die die dafür notwenige Luft nicht wert waren, dann sollte er das haben. „Aber keine Sorge! Mein Schirm liegt trocken und wohlbehalten zu Hause."

„Um deinen Schirm mache ich mir bestimmt keine Sorgen", ignorierte Viktor den Scherz. Das „Um dich sorge ich mich allerdings schon!" klang deutlich in seiner Stimme. „Willst du nicht ablegen?"

Julian ignorierte die Alarmglocken, die in seinem Inneren läuteten. Irgendwann würde es schließlich so weit kommen. Es war besser, wenn sie es bald hinter sich brachten. Es würde auch zu seinem Vorteil sein. Dann wusste er zumindest, an was er war und wie lange er es würde ertragen können.

So lange, wie Viktor bereit war, zu zahlen, dachte Julian und spürte, wie sich seine Wangenmuskulatur verspannte. Anzeichen der Nervosität konnte er aber so gar nicht gebrauchen. Immerhin musste er das Interesse seines Freiers halten. Verhindern konnte er sie nur eben auch nicht. Zumindest nicht ganz. Er räusperte sich, um seine Kiefer zu lockern.

Viktor hatte sich erhoben und kam auf ihn zu. Ohne Scheu griff er nach dem Stoff seines Ärmels und ließ Daumen und Zeigefinger darüber gleiten. „So kannst du jedenfalls nicht wieder hinaus. Du würdest dir den Tod holen."

„Gut, dann bleiben wir hier." Er war zu allem bereit.

„Oder", schlug Viktor vor, „du leihst dir erneut Kleidung von mir. Es ist von Vorteil, dass wir eine ähnliche Größe und Statur haben."

„Wenn es dir so lieber ist …"

„Das ist es. Also komm!" Der Blondschopf war schon auf dem Weg zur Tür gewesen, als er auf dem Absatz kehrt machte und wieder zum Kamin zurückging, neben dem ein Glas mit Brandy stand. Er schnappte es und hielt es Julian entgegen. „Das sollte schon einmal von Innen wärmen."

Da sagte er bestimmt nicht Nein. Julian nahm es an sich und machte beim Gehen den ersten Schluck. Es war köstlich! Seine Geschmacksnerven tanzten und ein Gefühl der wohligen Wärme breitete sich in seinem Magen aus. Er genoss das Glas aber nicht wie ein Gentleman, sondern leerte es bereits, ehe sie den ersten Stock erreicht hatten. Inzwischen kannte er sich in diesem Teil des Hauses recht gut aus, dachte er bei sich und überlegte, ob es ihm eines Tages gestattet sein würde, alleine anzukommen.

„Such dir aus, was dir gefällt!", bot Viktor großzügig an und öffnete einen Schrank, der bis an die Decke reichte. Er war so breit wie das Anziehzimmer einer weniger betuchten Dame. „Du kannst das Ensemble danach behalten. Diese Kleidung stammt ohne Ausnahme aus der letzten Saison. Mein Bruder würde sich schämen, wenn ich sie nicht austauschen würde."

Eine Welle von Eifersucht und Ekel schwappte bei diesen Worten über Julian hinweg, aber er verdrängte die negativen Gefühle und trat an den Schrank heran, um einen Blick hineinzuwerfen. Viktor hingegen zog sich zurück und setzte sich auf das Sofa wenige Schritte hinter ihm. Julian bemerkte das nur aus den Augenwinkeln, denn er war von der möglichen Auswahl fasziniert. Er schämte sich ein wenig dafür, aber er wollte einen dieser Anzüge besitzen — und wenn es ihm erlaubt wurde, nahm er sich dafür auch Zeit, obwohl seine nasse Kleidung immer noch an seiner Haut klebte und ihm kalt wurde.

„Der dritte von rechts", schlug Viktor von hinten vor. „Schwarz ist immer modisch, macht eine schlanke Linie und wäre ideal, wenn du auf einer Bühne spielen solltest."

Es stimmte alles, aber die letzte Bemerkung versöhnte Julian sogar mit Viktors verschwenderischem Reichtum. Der Adelige erinnerte sich an seinen Wunsch und dachte sogar einen Schritt weiter als er. Und es ließ sich nicht abstreiten: Er hätte wunderbar damit bei einem Konzert ausgesehen – Geschenk hin oder her.

Julian ließ sich also nicht zweimal bitten und zog den Anzog hervor. Der Stoff war so kostbar, er hatte ein schlechtes Gewissen, ihn ohne gewaschene Hände anzufassen. Er war sprachlos bei dem Gedanken, ihn in einer Minute am Leib zu tragen.

„Die Hemden findest du in der obersten Lade."

„In dieser?"

„Ja. Genau diese ist die oberste."

Viktor ließ sich nicht lumpen. Wenn er ein Geschenk machte, dann richtig. Und Julian hockte sich hin und zog das oberste Gewand hervor. Es war strahlendweiß und weicher als alles, das er je zuvor berührt hatte. Er konnte es nicht erwarten, es überzustreifen, also warf er es vorsichtig auf den bereitgelegten Anzug und machte sich an seiner eigenen Kleidung zu schaffen. Am liebsten hätte er sich die nassen Fetzen heruntergerissen.

Viktor betrachtete ihn aufmerksam, während er sich auszog. Natürlich! So wie jeder Geschäftsmann begutachtete er die Ware, die er zu kaufen beabsichtigte. Julian war es gleich. Er dachte sogar bei sich, dass er eine recht gute Figur machte. Aus Ermangelung an Aufträgen musischer Natur verdiente er Kleingeld mit körperlichen Arbeiten wie das Hinaufschleppen von Kohlesäcken in die obersten Stockwerke ihres Gebäudes oder durch das Fortschaufeln der Schneemassen im Winter. Wenn ihm sein Bein nicht noch immer im Weg gestanden hätte, wäre er wohl ein noch besserer Anblick für Viktor gewesen. Aber dann wusste er nichts darüber, welche Art von Mann diesen überhaupt ansprach. Vielleicht träumte dieser von zierlichen, kleinen Bübchen, die man im Zwielicht mit Mädchen verwechseln konnte. Daran glaubte Julian aber nicht so ganz, denn als er sich umdrehte, um Viktor sein Geschenk an ihm zu präsentieren, leuchteten dessen Augen auf. Es war eindeutig, dass er ihn am liebsten wieder ausgezogen hätte. Gut so, dachte Julian und erlaubte sich den Spaß, seinem Gegenüber den Arm hinzuhalten, als wollte er sich bei ihm einhängen wie die Damen beim Flanieren.

„Er steht dir ausgezeichnet", lobte Viktor mit Sicherheit ehrlich und erhob sich, um tatsächlich auf seinen Scherz einzugehen. Sie drehten sogar eine Runde, ehe er ihn wieder losließ, um die Tür zu öffnen. „Wollen wir also gehen?"

„Jünger werden wir ja nicht mehr."

Als Julian am Spiegel vorbeikam, stutzte er einen Moment. Er war plötzlich feiner angezogen als Viktor! Aber wenn dieser das so wollte, dann widersprach er ihm bestimmt nicht. Trotzdem konnte er das Kribbeln nicht verdrängen, das ihm bei seinem eigenen Anblick in dieser Aufmachung überkam. Er sah wie ein Mann von Welt aus. Und hatte seine Mutter das nicht immer behauptet? Kleider machen Leute. Und an diesem Abend wirkte er wie ein echter Gentleman.

„Sollten wir Schirme mitnehmen? Was denkst du?", riss ihn Viktor aus seinen Gedanken.

„Das hängt davon ab, ob du eine Kutsche nehmen willst … und wie der Himmel inzwischen aussieht."

„Ich würde gerne gehen. Den ganzen Tag habe ich über Briefen und einem sehr verworrenen Bauplan gesessen. Ich muss mich bewegen. Mein Rücken schmerzt."

„Du bist ein junger Mann …"

„Du bist ebenfalls ein junger Mann und du hinkst."

93

Julian kniff die Augen zusammen und warf seinem Gefährten einen unzufriedenen Blick zu, aber er behielt seine Widerworte für sich. Viktor hatte ja auch recht. Jugend alleine sagte nichts über körperliche Gebrechen aus. Davon abgesehen, wollte er an diesem Abend nichts tun, das ihre traute Zweisamkeit irgendwie beeinflussen konnte.

Sie verließen das Anwesen also zu Fuß und machten sich in Richtung Norden auf. Julian hatte keine Ahnung, in welches Lokal er verschleppt werden würde, aber die Aussicht auf guten Wein und schöne Musik hob seine Stimmung. Sie erfuhr auch jedes Mal einen Höhenflug, wenn sie an einem Fenster vorbeikamen und er sich darin anschauen konnte. Er fühlte sich fantastisch in seinem neuen Anzug. Die Freude daran wollte er voll auskosten, ehe er ihn zu Geld machen würde, um die nächsten Mieten damit zu stemmen.

Erwartete Viktor wohl von ihm, dass er ihn behielt? Er hatte sich schon in der ersten Nacht Kleidung leihen müssen. Was, wenn das Geschenk durchaus eigennützig war? Aber dann konnte er sich beim besten Willen nicht vorstellen, dass Viktor ihn noch charmant ausführen würde, wenn sie erst einmal intim miteinander geworden waren. Diese Ausflüge in die Stadt dienten schließlich dem Zweck, das erste Mal weniger verrucht zu machen … wenn das in ihrer Situation denn möglich war.

Sie erreichten unerwartet schnell eine kleine Schenke mit einem Schanigarten, der im Sommer bestimmt mit Gästen überfüllt war. Der kühlen Temperaturen wegen fanden sie aber noch einen leeren Tisch. Er war sogar ein wenig von den anderen weggerückt, da die mit wildem Wein bewachsene Stütze des Baldachins zwischen ihnen und den nächsten Sitzmöglichkeiten lag. Es war für den Zeck ihres Besuches ideal. Julian ergriff also das Wort: „Dafür, dass du mich … unter Zeugen offensichtlich … besser kennenlernen willst, redest du bisher nicht viel."

„Du hast recht. Ich wollte dir die Chance geben, die Initiative zu ergreifen. Also, möchtest du etwas Bestimmtes über mich wissen?"

„Ich denke, ich weiß bereits alles, was ich wissen muss."

Viktor zuckte mit den Schultern und lächelte der Kellnerin hinterher, die ihre Getränke praktisch beim Vorbeigehen vor ihnen abgestellt hatte. Sie eilte mit dem für sie eigentlich zu schweren Tablett bereits zum nächsten Tisch, ohne sie besonders zu beachten. Die Schenke war bis zum Bersten voll mit angeheiterten Menschen, die es darauf anlegten, noch viel, viel betrunkener zu werden. Es war der ideale Ort, um gesehen, aber nicht beachtet zu werden. Sein Gegenüber schaute also unbekümmert zu ihm zurück. „Es ist bestimmt einfach, Informationen über einen Adeligen einzuziehen. Geburtstag, Datum der Taufe … all das ist öffentliches Wissen."

„So lernt man einen Menschen nicht kennen", widersprach Julian und griff nach dem Glas, das ihm etwas voller vorkam. „Das sind nur unveränderliche Eckdaten. Was einen Menschen wirklich ausmacht, sind seine Wünsche, seine Abneigungen und Leidenschaften … alles was hier oben passiert."

Viktor nickte ihm zu, während er sich an die rechte Schläfe tippte.

„Also gut, dann erzähl mir von deinen Wünschen, deinen Abneigungen und besonders deinen Leidenschaften."

„Nein", begann Julian und schüttelte den Kopf. „Erzähl mir erst von dir."

„Hast du Angst, ich könnte etwas gegen dich verwenden? Das ist absurd. Ich hatte die Entscheidungsgewalt über dein Leben bereits und ich habe es dir gelassen. Und wenn du genau darüber nachdenkst, kennst du mein größtes Geheimnis bereits." Viktor lächelte, aber er versuchte, diese Tatsache hinter seinem Bier zu verstecken. Er nahm einen großen Schluck und leerte das Glas bis fast zur Hälfte. Es war beeindruckend – und Julian hätte es ihm nicht zugetraut. „Also! Lass mich an deinen Gedanken teilhaben! Wie hast du dich dazu entschlossen, mir dein Angebot zu unterbreiten? Bist du am Morgen nach unserem Treffen aufgewacht und hast gedacht: ‚So kann ich ihn bis aufs Hemd ausnehmen?' Oder wie sonst ist es gewesen?"

„Nein, ich habe die ganze Nacht wach gelegen und habe einen Gedanken nach dem anderen gewälzt, bis sich mir diese Idee von selbst aufgedrängt hat. Einmal in meinem Kopf, bin ich sie nicht mehr losgeworden." Julian ließ sich nicht lumpen und trank seinerseits so viel er konnte auf einmal. Er schaffte etwas mehr. Allerdings hatte er es darauf angelegt, was er von Viktor nicht sagen konnte. Es war also ein schaler Sieg. „Und? Wie hast du dich dazu entschieden, mein Angebot anzunehmen? Bist du eines Morgens erwacht und dachtest: ‚Ach, ich sollte meine Männlichkeit nicht nur an mich selbst verschwenden?' Und vergiss nicht: Wir wollen ehrlich zueinander sein."

„Ich habe keinen Grund, zu lügen. Nein, es war ein sehr langer Überlegungsprozess, in dem ich alle Für und Wider sorgfältig gegeneinander abgewogen habe."

„Interessant! Möchtest du ein wenig davon für mich wiederholen?"

Viktor zog einen Mundwinkel hoch, wie er es scheinbar immer tat, wenn er amüsiert war, es aber noch nicht für ein waschechtes Schmunzeln oder gar Lachen reichte. Er drehte das Glas zwischen seinen Fingern und holte tief Luft, während er zum dunkel gewordenen Himmel hochschaute. Julian wusste, dass er eine ausführliche Bemerkung zu hören bekommen würde, ehe sein Begleiter schließlich zum Sprechen ansetzte: „Ich habe mir zuerst beide Seiten angesehen. Du bist erwachsen und weißt, welche Opfer du zu bringen bereit bist. Und ich schätze dich für einen Mann ein, der keine Almosen annimmt oder andere bestiehlt. Von der Waffe deines Oberst einmal abgesehen … Nein! Sag nichts! Du hattest beabsichtigt, sie nach dem Attentat an mich zurückzugeben."

„Was sich von selbst versteht."

„Du selbst hast das Szenario ersonnen, also habe ich meine Überlegungen in Bezug auf dich positiv abgeschlossen. Und auch was mich betrifft, fand ich vor allem Gutes an der Idee. Es geht mir nicht um die Lust … nein, nicht nur … sondern um das, was sie für mich bedeutet. Wenn ich eines Tages meine wahre Liebe treffe, möchte ich unwiderstehlich für sie sein. Wie du dir vorstellen kannst, findet man in meinen Kreisen nicht einfach den passenden Partner. Ich möchte also dafür gewappnet sein. Unsere erste Nacht soll vollkommen sein und nicht von Ängsten oder Versagen verdorben werden."

„Verständlich", stimmte Julian zu. Es machte auf eine seltsame Weise Sinn. „Ich bin mit Sicherheit aber noch weit unerfahrener in diesen Dingen, als du es bist. Ich nehme ja wohl an, dass du zumindest unzählige Stunden damit verbracht hast, dir vorzustellen, wie … die größte Lust zu finden ist."

„Die eine oder andere", gab Viktor offen zu und trank sein Glas leer. Um sein Erröten zu verstecken? „Ich will Schnaps. Was ist mit dir? Der soll die Zunge ja lockern."

„Du zahlst die Zeche. Gib mir also aus, was auch immer du willst."

Der junge Adelige hob umgehend den Arm und winkte der Kellnerin zu, die gerade erst die letzten Bestellungen serviert hatte. Julian beobachtete die beiden, wie sie mit wenigen, sehr laut gerufenen Worten miteinander kommunizierten. Vielleicht war an Viktor ein Opernsänger verloren gegangen. Er hatte ein kräftiges Stimmorgan, und nur darauf kam es wirklich an.

„Also ja", setzte Viktor genau da fort, wo sie das Gespräch unterbrochen hatten, „ich will von dir profitieren, so wie du von mir. Du finanziell, ich in Können und Erfahrung."

Und doch war alles, was sie jemals taten, zu reden – von einem einzigen, sehr langen Kuss abgesehen. Aber selbst dieser war sanft und vorsichtig gewesen. Von „Erfahrungen sammeln" konnte da nicht die Rede sein. Julian hatte das ansprechen können, aber er wartete ab, bis die Bedienung zwei Gläschen und eine ganze Flasche vor ihnen abstellte. Viktor nickte zustimmend und drückte der Frau Geld in die Hand. Sofort waren seine zurechtgelegten Worte vergessen, denn er war überzeugt davon, dass der Wert der Banknote den der Flasche und der Biere bei Weitem überstieg. War er aber wirklich so klein, dass er dem abgekämpften Persönchen diese Aufmerksamkeit nicht gönnte?

Nein, entschied Julian selbstgerecht und verspannte seine Wangenmuskeln. Sie selbst standen von Monat zu Monat aufs Neue vor dem Rauswurf und Viktor hatte bisher nur große Reden geschwungen und mit seinem

Reichtum geprahlt, ihm aber noch nicht eine Münze gegeben.

Aber warum auch? Er hatte bisher nichts getan, um eine zu verdienen. Vom ersten Kuss abgesehen, dachte Julian bitter und schalt sich selbst, dass er es nicht geschafft hatte, Viktor auf seinem Bett zu verführen. Allerdings brachten ihn diese Vorwürfe nicht weiter. Sie lenkten ihn nur von dem ab, was in diesem Moment geschah. Und er musste bei klarem Kopf bleiben. Es war deswegen auch besser, nicht jedes Getränk anzunehmen, das sein Gegenüber ihm anbot. Er ergriff also das Wort und fragte: „Wie wird es weitergehen, wenn deine Eltern zurück sind? Ich kann mir nicht vorstellen, dass der *Herr* Graf sich so leicht hinters Licht führen lassen wird wie deine Dienerschaft, die ja wegsehen muss, wenn du es willst."

„Du machst Pläne für die Zukunft? Ich fühle mich geehrt!"

Sie stießen mit den von Viktor eingeschenkten Gläsern an und kippten den Inhalt mit einem Schluck hinunter. Es brannte regelrecht in Julians Hals. Er musste sich räuspern, ehe er weitersprechen konnte: „Wenn dir das gefällt, dann bitte! Es ist trotzdem eine Sache, über die du nachdenken solltest. Wie lange ist deine Familie denn überhaupt noch verreist?"

„Meine Eltern kehren recht bald wieder zurück. Ich denke, zwei Wochen von heute an dürfte nicht zu verwegen als Schätzung sein. Bei den Mädchen ist es anders. Sie werden noch einen Monat bei unseren Großeltern mütterlicherseits bleiben."

„Freie Bahn für jedes noch so verdorbene Abenteuer dann?"

„Darauf trinke ich einen!"

Viktor war schnell darin, die geleerten Gläschen wieder zu füllen. Julian konnte es gleich sein. Weil er nicht selbst für den Alkohol aufkommen musste, ließ ihn diese Tatsache kalt. Es war auch ein Weilchen her, seit er sich selig dem Alkohol ergeben hatte, um etwas Abstand von ihrer finanziellen Lage zu gewinnen. Wenn er darüber nachdachte, war es nicht lange nach seinem Sturz und der ärztlichen Diagnose geschehen. Verdammte Adelige!

Julian schnappte aus reinem Trotz selbst nach der Flasche und füllte nach.

„Was ist mit deiner Familie?", fragte Viktor nach einem weiteren Glas und schaute ihn neugierig an. „Wie erklärst du deine Termine, die du um nichts in der Welt verschieben darfst … oder die du sofort annehmen musst, egal ob du Zeit hast oder nicht? Lügst du? Lässt du sie im Unklaren?"

„Keines von beidem. Ich bleibe einfach so ungenau wie möglich bei meinen Antworten. Zum Beispiel würde ich nicht sagen: ‚Ich gehe jetzt und treibe es die ganze Nacht mit einem lüsternen Tier!' …"

„*Darauf* trinke ich erst recht einen Schluck!"

„… sondern ich sage, dass es mich ein weiteres Mal zu meiner neuen Stelle treibt. Oder wenn man mich fragt, wie mein neuer Schüler so ist, antworte ich, ohne auch nur schwindeln zu müssen: ‚Er schiebt die Dinge gerne hinaus und verwickelt mich lieber in Gespräche, als etwas zu lernen'. Du siehst, es ist leicht, wenn man nur weiß, wie."

Viktor lachte und schüttelte dabei den Kopf. Die letzte Beschreibung schien ihn wirklich zu amüsieren. Er winkte der Kellnerin erneut und bestellte einen Likör, ehe er wieder zu ihrem Gespräch zurückkehrte: „Ich hoffe, du erzählst ihnen auch, dass es nur an seiner Schüchternheit liegt."

„Ja, genau *daran* wird es wohl liegen!", spottete Julian und bemerkte doch, dass ihm die Worte sanfter als geplant über die Lippen kamen. „Aber ich muss ihm lassen, dass er sehr zuvorkommend mir gegenüber ist."

„Wie unhöflich von mir! Ich habe dich nicht gefragt, ob du einen Wein oder etwas anderes bestellen möchtest …"

„Es war kein Vorwurf", stellte er richtig und schüttelte den Kopf, als sein Gastgeber die Kellnerin noch einmal zurückrufen wollte.

„Keine falsche Bescheidenheit! Machen wir der Gaststätte und uns selbst doch eine Freude!", rief Viktor in bester Stimmung und kippte das nächste Glas ohne Scheu.

Julian konnte nicht glauben, wie schnell dieser Mann eines nach dem anderen leerte. Hastig nahm er selbst einen weiteren Schluck. Viktor sollte nicht denken, dass er nicht mit ihm mithalten konnte – obwohl Julian durchaus davon ausging, dass es wohl den Tatsachen entsprach. Dabei hatte er bisher gedacht, dass Adelige nur am teuersten Champagner aus Paris oder dem feinsten Perlwein aus der Wachau nippen würden.

„Nun denn! Prost!"

* * *

Es war weit nach ein Uhr morgens und sie beide waren durchaus betrunken, als sie sich aufrafften und in die Nacht hinauswankten. Julian bemerkte erst im aufrechten Gang, wie sehr die Welt um ihn herum sich zu drehen schien. Er war umso dankbarer, dass er schon vor einiger Zeit jedes weitere Gläschen abgelehnt hatte. Wie schaffte sein wackerer Begleiter es, sich noch so sicher auf den Beinen zu halten? Julian hätte sich für sein fehlendes Durchhaltevermögen geschämt, wenn er nicht schon vor Stunden Dank des Alkohols jedes Empfinden von Scham verloren gehabt hätte. Die kühle Nacht und die Bewegung halfen ja zum Glück, wieder klarer im Kopf zu werden.

„Wir kennen einander jetzt schon so viel besser als gestern", stellte Viktor aus heiterem Himmel fest, als sie eine Abkürzung durch ein enges Gässchen nahmen.

„Und morgen werden wir uns schon wieder weniger kennen. Die Hälfte von unserem Gespräch wird nämlich sicher mit dem Alkohol ausgespült."

„Dann müssen wir wieder zusammen trinken gehen!"

Julian seufzte und blieb stehen. Er lehnte sich an die Rückwand eines recht heruntergekommenen Hauses und wischte sich übers Gesicht. Er war so müde, er hätte im Stehen einschlafen können, wenn er die Augen nur lange genug geschlossen hätte. Seine Stimme klang gar nicht nach ihm, wie er fand. „Du willst noch einmal eine Sauftour mit mir machen?"

„Was spricht dagegen?"

Er zuckte mit den Schulten. Viktor war nun ebenfalls stehen geblieben und drehte sich zu ihm um. Er war nur eine schwarze Silhouette vor dem Platz mit dem Brunnen, zu dem sie sich aufgemacht hatten. Das kalte Wasser würde warten müssen.

„An sich spricht gar nichts dagegen."

„Was ist es dann?"

„Ich frage mich nur, wieso du mir ausweichst. Oder ob ich mir gar einen neuen Freier suchen soll."

Viktor sagte einen Augenblick nichts und Julian hasste, dass er sein Gesicht nur als dunklen Schatten vor kaum hellerer Kulisse wahrnehmen konnte. So war es unmöglich, zu erahnen, was in seinem Begleiter vorging. Er kam auch nicht mehr dazu, danach zu fragen, denn ein Schmerz raste plötzlich durch Julians Hinterkopf. Es dauerte eine Sekunde, bis ihm klar wurde, dass Viktor ihn gegen die Wand geschoben hatte ... und ihn küsste! Allerdings nur den kürzesten Moment. Er hatte seine Lage gerade erst begriffen, als die gierigen Finger sich schon wieder von ihm lösten.

„Ist das in Ordnung ...?" Viktors Stimme nahm von einem Moment zum nächsten mehr Härte an. „Natürlich ist es das. Dafür bezahle ich dich ja."

„Das ist richtig", antwortete Julian. Sein Gegenüber wartete trotzdem, bis er ihm zunickte. „Es ist in Ordnung."

Viktor küsste ihn daraufhin erneut. Verlangend, ganz ohne Scheu und mit eisernem Griff an seinen Wangen. Julian dachte, das zweite Herz gegen seine Brust pochen zu spüren. Es war zum Verrücktwerden! Hätte eine Frau ihn so geküsst ... Was aber war der Unterschied? Die Leidenschaft war dieselbe und die Hitze ebenso.

Julian schnappte entsetzt nach Luft, als Viktor es wieder zuließ. Er leckte über seine Lippe, die sich heiß anfühlte und nach Salz schmeckte. Kam das vom schottischen Whiskey? Was hatte sein Gegenüber nicht alles in dieser Nacht getrunken?

Er dachte nicht weiter darüber nach, weil Viktor sich erneut gegen ihn presste und ihm den Atem stahl. Der Adelige fiel regelrecht über ihn her. Als wäre er ausgehungert nach dieser Art von Nähe. Julian verstand das. Er selbst hatte sich seit beinahe zwei Jahren nicht mehr mit ganzem Körper vergnügt.

Seit dem Rückfall seiner Mutter hatte er nicht einmal daran gedacht – nicht bis zu dem Tag, an dem Viktor ihn zuerst geküsst hatte. Unschuldig verglichen mit dem, was in diesem Moment mit ihm geschah, aber eindeutig. Viktor musste ihn damals schon anziehend gefunden haben, oder er hätte sein Argument nicht derart zu untermauern versucht. So musste es gewesen sein. Welchen anderen Grund hätte es dafür geben können? Keinen! Es konnte keinen geben.

Aber er dachte schon wieder zu viel nach, warnte Julian sich selbst, als Viktor ihm erneut eine Pause erlaubte. Er atmete also tief durch und hielt weiterhin die Augen geschlossen, um sich schnell wieder zu erholen. Was er empfand, war schließlich egal. Es musste nur Viktor gefallen. Um ihn ging es – um sein Interesse anzustacheln und zugleich zu halten. Wenn er ihn nur lange genug an sich binden konnte, um eine regelmäßige Behandlung seiner Mutter zu ermöglichen … Viktor musste genießen, wenn sie zusammen waren.

Was machte dieser eigentlich? Wo blieb der nächste Kuss?

Julian öffnete die Augen und blinzelte verwirrt. Er hatte erwartet, noch einmal vor Leidenschaft – und Alkohol – trunken geküsst zu werden. Viktor krallte seine Finger aber nur in seine Weste, um sein Gleichgewicht zu halten. Dann ging er vor ihm auf die Knie und lehnte seinen Kopf gegen seinen Bauch. Erst nach einem Moment schaute er zu ihm auf. Es war offensichtlich, wie betrunken er war, aber in seinen Augen funkelte auch unverblümte Lust. Sie starrten sich im Mondlicht an. Die Wolken hatten sich endlich verzogen – und es war eindeutig, was Viktor zu tun gedachte.

„Ich habe davon geträumt, seit du ihn mir zum ersten Mal gezeigt hast … Ich habe an kaum etwas anderes gedacht seither …“, brachte dieser trotz schwerer Zunge fehlerlos hervor. „Und du bist zu *mir* gekommen.“

„Ich bin zu dir gekommen“, wiederholte Julian monoton. Er war betrunken, aber nicht betrunken genug, um keine Angst zu verspüren. Nur wovor? Was konnte so schlimm daran sein, dass ihm trotz seiner Kleidung fröstelte?

Wenn Viktor bemerkte, dass er seine Entscheidung überdachte, zeigte er es nicht. Er war zu beschäftigt damit, seine Knöpfe zu öffnen. Julian schloss die Augen wieder und lehnte sich fester an die Wand. Er musste es genießen, machte er sich selbst Mut und biss sich doch vor Schreck auf die Lippe, als Viktor sein entblößtest Glied küsste. Ein unerwartetes Kribbeln breitete sich in seinen Lenden aus. Es ließ ihn nach Luft schnappen und entlockte ihm einen undefinierbaren Laut. Er presste eilig eine Hand über den Mund, damit man ihn nicht auf dem nahen Platz hörte. War das nach ihrer lauten Diskussion aber noch nötig? Er krallte seine Fingerkuppen trotzdem in seine Wange, als seiner Kehle ein Stöhnen entkam.

Viktors Mund fühlte sich feucht und ungewöhnlich warm auf seiner nackten Haut an. Und als er darüber leckte und sich zurückzog, traf die kalte Nachtluft Julian beinahe wie ein Schlag. Er wollte nach dem blonden Haar fassen, aber sein Geliebter hatte sich zur Seite gekrümmt und war nicht mehr aus diesem Winkel zu erreichen.

Von dem unerwarteten Würgen aufgeschreckt, riss Julian die Augen auf und starrte die am Boden kauernde Gestalt sprachlos an.

Viktor übergab sich.

Julian war von so starken Emotionen hin- und hergerissen, er dachte, zwei Klauen mussten an ihm zerren. Er fasste sich erneut an den Mund, aber es half nichts. Ein Zittern schüttelte ihn durch. Seine Scham lähmte ihn beinahe. Hätte er nüchtern ebenso gefühlt? Wie hatte er nur annehmen können, mit Alkohol würde es leichter gehen?

„Verzeih mir …", stammelte Viktor immer noch auf den Knien. „So wollte ich das nicht!"

„Schon gut", wehrte Julian jede weitere Entschuldigung ab. Er wollte nur von hier verschwinden. „Es ist in Ordnung … aber mir geht es nicht gut … auch nicht gut. Es ist besser, wenn ich mich hinlege. Ja, ich brauche Schlaf. Bestimmt hilft das! Du solltest auch … in die nächste freie Kutsche springen und heimwärts fahren."

„Julian …"

„Ich muss gehen. Mir geht es nicht gut." Er wehrte Viktors Hand ab, als dieser, halbwegs wieder auf die Beine gekommen, nach ihm fassen wollte. Es ging so einfach nicht. Diese Nacht war nicht mehr zu retten. Sein Gegenüber durfte ihr erstes Mal nicht so in Erinnerung behalten – von Übelkeit und Brechreiz begleitet! Um das zu verhindern, mussten sie in ihr jeweiliges Zuhause zurückkehren. Sofort! „Ich gehe jetzt! Nimm eine Kutsche … Es ist zu weit zu Fuß in deinem Zustand."

Als er ohne einen Blick zurück in Richtung Wienfluss wankte, hoffte er inständig, dass der Alkohol Viktors Erinnerung an diese Zusammenkunft völlig auslöschen würde. Es musste so sein! Sonst wäre jede Mühe umsonst gewesen.

◆⁊ Kapitel 8 ⁊◆
Vergeben, aber nicht vergessen

„Herr Längenstädt!", seufzte Viktor nach dem Anklopfen und wischte sich mit der Linken über die Stirn. „Ich sagte doch, dass es mir heute Morgen nicht gut geht und ich meine Briefe deswegen in *Ruhe* zu beantworten wünsche. Ihr lautes Hämmern schmerzt mich!"

„Seien Sie ihm nicht böse, Herr von Eppenberg! Ich habe gedroht, sonst eine Szene zu machen." Julian stellte sich mit einem Lächeln neben die Tür, damit der Diener ebenfalls eintreten konnte, falls er das wünschte. „Davon abgesehen, wäre ich ohnehin schneller. Er könnte mich kaum davon abhalten, Sie zu sehen."

Viktor fuhr regelrecht in seinem Stuhl hoch. Er konnte sich gerade wieder fassen, ehe sein Angestellter es bemerkte. Sein Starren bekam er allerdings nicht sofort in den Griff.

„Es ist wahr!", verteidigte sich der ältere Mann und artikulierte wild mit der Rechten vor Julians Nase. „Dieser *Herr* hat sich einfach nicht abweisen lassen."

„Schon gut … Vielen Dank, Herr Längenstädt. Sie wussten einmal mehr, was ich zu tun gedenke, ehe es mir selbst klar war. In der Tat wollte ich heute noch mit … Herr Landner sprechen. Sie dürfen wieder gehen." Er blickte zu Julian zurück, der ihn immer noch aufmunternd anschaute. „Im Notfall werde ich läuten."

Wenn es darauf ankam, würde Viktor erneut nicht dazu kommen, dachte Julian. Er dachte auch an die Waffe, die noch irgendwo in diesem Palais versteckt war und die ihn den Kopf kosten würde, wenn er sie nicht bald an ihren Besitzer zurückgeben konnte. Sobald der Oberst von seiner

Kur zurückkam, würde er ihr Fehlen bemerken. Er hatte das Glück der Narren, dass es ihm nicht schon am Tag seiner Abreise aufgefallen war.

Im Moment gab es allerdings andere Wogen zu glätten. Sein Gegenüber starrte ihn noch immer an, als wäre er das achte Weltwunder. Es war rührend, diesen Blick zu sehen.

„Du bist wiedergekommen?", fragte Viktor beinahe atemlos, fast so, als könnte er es selbst noch nicht glauben.

„Natürlich", antwortete Julian mit einem entwaffnenden Lächeln. Er schämte sich nicht für das, was in der Nacht zuvor passiert war. Das musste er auch nicht, denn Viktor genierte sich genug für sie beide. „Hast du daran gezweifelt?"

Sein Gegenüber nickte ohne Scheu und antwortete trocken: „Ja."

„Wieso? Weil du zum ersten Mal das eingefordert hast, wofür du mich bezahlst? Vergiss nicht! *Ich* war es, der mit dem verruchten Angebot zu dir gekommen ist."

Viktors Augen weiteten sich einen Moment noch mehr, dann flatterten seine Lider mehrmals darüber. Diese Verwirrung war beinahe hinreißend – bestimmt wäre das eine oder andere naive Mädchen ihm deswegen verfallen. Julian war aber weder ein Mädchen noch naiv. Er wusste genau, wieso er innerhalb dieser prunkvoll ausgestatteten Wände stand. Es war fast amüsant, dass Viktor es zu verdrängen schien.

„Das heißt, dass du trotz meines … unschicklichen Verhaltens immer noch an unserer Abmachung festhalten willst?"

Julian zuckte mit den Schultern. „Ich dachte, ich hätte mich klar genug ausgedrückt. Aber ja, das will ich."

Viktor legte die Feder endlich zur Seite und wischte sich über den Mund. An seiner rechten Wange blieb ein blauer Schimmer der darauf verschmierten Tinte zurück. Auch das hätte der holden Weiblichkeit bestimmt ein verzücktes Seufzen entlockt. Julian war allerdings immer noch ein Lehrer und ihm gefiel nicht, wie jung sein Gegenüber plötzlich wirkte. Mit einem erfahreneren Mann wäre alles um so vieles einfacher gewesen. Aber dann musste er sich die Frage stellen, ob ein „erfahrener" Mann seine Dienste überhaupt in Anspruch genommen hätte – was auch immer diese Dienste am Ende auch sein mochten.

„Keine Verzögerungen mehr. Kein Warten, kein Bangen, keine Ungewissheit." Julian kam an den Schreibtisch und wischte den Fleck an Viktors Wange fort. Er schaffte es, dabei nicht zu zittern. Es war immerhin er, der den ersten Schritt machte. Und Viktor schaute ihn von unten so verblüfft an, er schien von seinem Mut hingerissen. „Deine Korrespondenzen können bestimmt warten. Wenn ich von letzter Nacht ausgehe, wird es ohnehin nicht zu lange dauern."

Damit marschierte er um den Tisch herum, bis er vor Viktor stand, der es noch immer nicht geschafft hatte, sich aus seinem Stuhl zu erheben. Er hatte aber zumindest seine Stimme wiedergefunden, denn er fragte vorsichtig: „Was hast du dir vorgestellt?"

„Gestern hast du gesagt, dass du seit Tagen an etwas Bestimmtes gedacht hättest. Du kannst es haben, wenn du es willst."

Viktor musterte sein Gesicht, nickte ihm schließlich zu und ließ seine Fingerkuppen über Julians rechtes Handgelenk streifen. Dann umfasste er es. Seine eigene Berührung schien ihn zu faszinieren, denn seine Miene nahm einen völlig weichen Ausdruck an. Sein Blick ebenso, als er ihm erneut in die Augen schaute.

„Bist du dir sicher? Ich zwinge dich zu nichts …"

„Wenn du nicht willst, kann ich auch wieder gehen."

„Nein!", rief Viktor, ehe er sich weit leiser wiederholte: „Nein. Bleib bitte!"

Um seine Worte zu untermauern, erhob er sich, nur um vor seinem Stuhl auf die Knie zu gehen. Julian sog einen Atemzug ein. Viktor hielt ihn mit der Rechten immer noch fest, aber mit der Linken fasste er bedächtig nach seinem Hemd und presste die Handfläche schließlich auf seinen Bauch. Es kam Julian seltsam vor, dass er den Stoff nicht zuerst hochgeschoben hatte, aber er sagte nichts dergleichen und regte sich auch sonst nicht. Er wollte den Adeligen auf seinen Knien nicht verschrecken. Und scheinbar war er ängstlich, wenn der Alkohol seinen Verstand nicht betäubte. Weil es aber zu lange dauerte, legte Julian seine eigene Hand auf Viktors und drückte sie fester an sich. Die grünen Augen suchten sofort Blickkontakt zu ihm. Julian fand, dass es der passende Moment war, die Finger weiter nach unten zu schieben. Es entlockte seinem Gegenüber einen überraschten Laut.

„Kein Grund für übertriebene Vorsicht", erklärte er mit einem Kopfschütteln. „Sonst muss ich mich wirklich nach einem anderen Gönner umsehen."

Das saß. Viktor zog seine Hand sofort zurück, aber nur, um sich damit an der Hose zu schaffen zu machen. Er nahm schließlich auch die zweite zu Hilfe und schaute Julian dabei nicht mehr an. Wozu auch? Sein Gesicht kannte er zur Genüge. Dafür bezahlte er ihn nicht.

Julian fühlte sich plötzlich so überlegen in seiner Rolle, dass er erneut eine Bemerkung machen wollte, um sein

Gegenüber anzustacheln. Dieses Mal wurde allerdings er überrascht. Er sog überrumpelt einen Atemzug ein, als Viktor sein Glied ohne jegliche Vorwarnung in seinen Mund schob. Es fühlte sich so anders an! In der letzten Nacht war es mit Küssen überschüttet worden, ehe sein Geliebter daran geleckt hatte. Seine Länge von solcher Wärme umgeben ... Er hatte es sich nicht so vorgestellt. Julian wankte. Er lehnte sich schnell mit einer Hand an den Schreibtisch, um sein Gleichgewicht wiederzuerlangen. Trotzdem dachte er, dass seine Knie weich wurden. Ob Viktor seine Lage bemerkte oder nicht, konnte er nicht wissen. Dieser hatte die Augen geschlossen und konzentrierte sich auf das Saugen und Lecken. Wenn es so war, spielte er sein Wissen nicht gegen ihn aus. Oder es war ihm schlicht und einfach egal, weil er endlich bekam, was er sich wünschte. Die Zeit für Galanterie und Werben war damit wohl vorbei.

„Guter Gott ...", flüsterte Julian, ehe er sich auf die Lippe biss, um weitere Bemerkungen dieser Art zu verhindern.

Viktor presste seine Zunge gegen seinen Penis, ließ sie in seinem Mund kreisen und grub seine Finger zur selben Zeit tief in seine Hüften. Es schmerzte ein wenig, aber Julian registrierte es nur am Rande seines Bewusstseins. Die Hitze um sein Glied nahm zu viel von seinem Verstand gefangen. Sie war unerträglich erregend! Julian schämte sich dafür, dass er hart wurde, aber nur für den Bruchteil einer Sekunde. Für falsche Scham war in einem Moment solcher Lust kein Platz. Er war hingerissen von dem Gefühl, das sein Geliebter ihm schenkte, fasziniert von den Reizen, die bei jeder Drehung dieser Zunge durch seinen Körper strömten ...

„Passt du auch auf?", riss ihn Viktors Stimme aus seinen Gedanken. „Das tue ich nicht aus Spaß. Ich will, dass du es lernst und später bei mir so machst, wie ich es dir zeige."

„Ich passe auf", versicherte er schnell, obwohl er sich dem nicht so sicher war. „Es ist nur schwer, sich darauf zu konzentrieren."

Viktor zog einen Mundwinkel hoch, ehe er neckend erwiderte: „Das nehme ich als Kompliment."

„Wie du meinst."

Er kam nicht dazu, noch eine abwertende Bemerkung von sich zu geben. Viktors Mund umfing seine Erektion erneut und Julians Gegenwehr verpuffte. Er grub die Zähne regelrecht in seine Unterlippe, um jeden Laut zu unterbinden. Es fühlte sich zu gut an, dachte er immer noch von dieser Erkenntnis verwirrt. Es fühlte sich traumhaft an. Nur deswegen fanden sich seine Finger in Viktors Haar wieder. Sein Körper genoss, was mit ihm geschah. Warum auch nicht? Was genau verwunderte ihn so sehr an dieser Tatsache? Eine Zunge war eine Zunge, Lippen nun einmal Lippen. Es machte keinen Unterschied. Zumindest im Moment nicht.

Viktor schob die gesamte Länge in seinen Mund, und Julian stöhnte entsetzt auf. Er machte eine verdammt schlechte Figur. Die Oberhand hatte er nun verschenkt … aber im Gegensatz zu seinem Liebhaber hatte er auch keine Ahnung, was mit ihm geschah. Er stand jeglicher Erkenntnis völlig wehrlos gegenüber.

Julian keuchte, als Viktor sich auf seine Fesseln setzte und ihn von unten musterte. Sie sagten beide kein Wort. Er konnte aber spüren, wie rot seine Wangen waren. Sie glühten regelrecht. Welchen Eindruck das auf Viktor machte, konnte er nur raten. Dieser rührte sich nicht. Er schaute ihn nur an und lauschte seinem rasselnden Atem. Nicht einmal die gierigen Finger lagen noch an seiner Haut. Es verwirrte Julian. Noch mehr, dass er sich wünschte, dass er erneut berührt wurde. Viktor erfüllte seinen unausgesprochenen Wunsch auch umgehend, denn er fasste mit der Rechten nach seiner Erektion und strich darüber. Julian erlaubte sich ein kurzes Stöhnen, ehe er die Augen schloss und erneut mehr Gewicht auf die Tischplatte verlagerte. Sein Unterleib wurde bei jedem einzelnen Strich von seiner Lust erschüttert. Das sagte er aber nicht. Er hätte es wohl auch nicht hervorgebracht.

Als Viktor auch die zweite Hand an ihn legte, öffnete er die Augen wieder. Er wollte sehen, was mit ihm geschah. Sein Geliebter weitete mit den Daumen seinen Schlitz und leckte dann langsam darüber. Es durchfuhr Julians gesamten Körper, ließ ihn zittern und erneut zusammenfahren, als das nächste Lecken folgte. Er ließ den Kopf sinken und atmete gezwungen ruhiger. Sein Penis sprang oder wollte es tun. Viktor hielt ihn immer noch fest umklammert. Dennoch reagierte er von selbst auf die erregende Behandlung. Julian reckte sich zurück, stöhnte und krallte sich fest in Viktors Haar. Dieser schob seine Eichel wieder zwischen seine Lippen und biss sanft zu. Das aber war zu viel. Julian stöhnte ein letztes Mal auf, kam gewaltsam und verlor erneut den Halt. Viktor packte ihn geistesgegenwärtig und zog ihn an sich. Er saugte gierig an dem feuchten Glied, als wollte er selbst den letzten Tropfen daraus befreien. Julian war alles gleich. Sein Mund blieb auch ohne Stimme geöffnet, vor seinen Augen tanzten helle Punkte … und seine Lenden brannten. Er war völlig überfordert, als er plötzlich den Halt verlor und die Luft aus seinen Lungen gepresst wurde. Erst einen

Moment später erkannte er, dass Viktor ihn hochgehievt und auf den Schreibtisch befördert hatte, auf dem sie nun beide lagen. Sein Geliebter mit seinem Gewicht auf ihm, einen leidenschaftlichen Kuss nach dem anderen stehlend. Julian war nicht klar genug im Kopf, um sich darüber zu wundern. Er öffnete sogar die Lippen und ließ Viktors Zunge so tief in ihn eindringen, wie er es wünschte.

Es war so unerwartet schnell vorbei, wie es begonnen hatte. Zumindest dachte Julian das, denn er hatte jegliches Zeitgefühl verloren. Er zog nur seine Rechte über den Mund und stellte fest, wie geschwollen seine Lippen waren. Sie schmerzten beinahe. Der junge Adelige saß neben ihm auf der Tischplatte und hatte die Augen fest geschlossen. Julian kam erst nach kurzem Überlegen darauf, dass Viktor seine Erektion zu unterdrücken versuchte. Er setzte sich ebenfalls auf und kaute am Fingernagel seines Daumens. Weil er noch immer nicht angeschaut wurde und auch keine Befehle zu hören bekam, überwand er seinen Widerwillen und fasste zwischen Viktors Schenkel. Die grünen Augen flogen sofort auf und starrten ihn überrascht an. Weil er nicht wusste, was er sagen sollte, lehnte sich Julian zur Seite und küsste seinen Liebhaber auf den Mund – allerdings mit geschlossenen Lippen, wie bei ihrem ersten Mal.

Wie nicht anders zu erwarten, brauchte es nur wenige Streicheleinheiten, ehe Viktor kam. Er unterdrückte jeden Laut, lehnte sich aber an ihn und verschnaufte so für eine knappe Minute. Danach sprang er sofort vom Tisch und strich sich nervös durch die Haare. Julian konnte an nichts anders denken als an die Stelle, an der diese Finger zuvor gelegen hatten. Dachte sich Viktor nichts dabei, sich damit durch die Strähnen zu fahren? Es war ein klein wenig

belustigend. Es half dabei, nicht über andere Dinge nachzudenken.

„Geht es dir gut?"

Julian zuckte mit den Schultern. „Wieso sollte es mir
nicht gut gehen?"

„Nun ja … Du weißt schon …"

„Nicht so ganz, nein", wehrte er jede Diskussion über
die Intimität zwischen ihnen ab. Es war in Ordnung, sich
einander hinzugeben, aber darüber zu reden, war es nicht.
Darauf hatte er keine Lust. Vor allem, weil er selbst noch
nicht wusste, was er von seinen Reaktionen halten sollte.
Und wenn er ehrlich mit sich war, wollte er auch nicht
darüber nachdenken. Julian beschloss also für sich, jeden
Gedanken in diese Richtung abzublocken. „Hast du dir
bereits überlegt, wie du mich bezahlen willst? Du sagtest,
du würdest auch für die Zeiten aufkommen, wenn wir nicht
miteinander schlafen. Wäre dir also ein wöchentliches
Gehalt recht?"

„Wie kannst du …" Viktor brach ab, ehe er sich zum
Narren machen konnte, aber es war einfach zu erraten,
welche Frage ihm beinahe über die Lippen gekommen
wäre: „Wie kannst du das nur in diesem Augenblick
fragen?" Weil er sich der implizierten Anhänglichkeit
offenbar bewusst war, stellte Viktor stattdessen fest: „Das
ist der unpassendste Moment für dieses Gespräch. Noch
unromantischer geht es wohl kaum."

„Unsere Treffen haben ja auch nichts mit Romantik zu
tun. Wir sind Geschäftspartner, mehr nicht."

Einen Moment lang glaubte er, etwas wie Enttäuschung
in den grünen Augen zu erkennen. Es konnte aber auch
Einbildung sein, denn Viktor schüttelte unmittelbar darauf
den Kopf und meinte vor Ironie triefend: „Das hatte ich

doch in der Tat vergessen! Wie schrecklich! Sofort muss ich die Hochzeitsvorbereitungen stoppen!"

„Auf den Arm nehmen kann ich mich durchaus auch selbst."

„Ich weiß. Deswegen redest du auch ständig von Geschäftspartnern, wenn wir in Wahrheit nur Hure und Freier sind."

„Kein Grund, überheblich zu werden … Außer wenn ich dafür extra entlohnt werde."

„Du bist unmöglich!", rief Viktor, aber er sah belustigt dabei aus. „Du wirst nicht einmal rot, wenn du derartige Dinge von dir gibst."

„Das gehört alles zum Dienstleistungsgewerbe." Julian zuckte mit den Schultern, während er sich selbst ungeniert mit seinem Taschentuch reinigte. Wozu sollten sie jetzt auch noch Anstand heucheln? „Ernsthaft. Du kannst mich nennen, wie auch immer du es willst. Aber nicht umsonst. Das muss dir klar sein."

„Es kommt nicht mehr vor. Abwertendes Gerede, meine ich."

„Ich sagte doch eben, dass es mich nicht stört. Was ist mit dir?" Er deutete auf Viktors Hose. „Du solltest raus aus dieser Kleidung. Oder sie am besten gleich verschwinden lassen, ehe jemand das Malheur zu Gesicht bekommt."

Es war seltsam anziehend, als Viktor instinktiv eine Hand vor seinen Hosenstall schob. Er versteckte damit ja nichts, wovon Julian nichts wusste. Immerhin waren sie beide daran beteiligt gewesen. Es schien dem jungen Mann aber tatsächlich peinlich zu sein, denn seine Wangen färbten sich erneut rot. Seine Stimme war ebenfalls einen Hauch höher als sonst, als er ihm zustimmte, die Geldange-

legenheiten genauso zu behandeln, wie es ihm vorgeschlagen worden war.

Julian sprang zufrieden vom Schreibtisch und machte
sich nicht einmal die Mühe, sein Aussehen im Spiegel zu
prüfen. Das Haarband saß fest in seinem Nacken. Er ging
davon aus, dass er halbwegs passabel aussah. Er wollte sich
also schon mit einer kurzen Geste verabschieden, als Viktor
ihn zurückrief: „Vielleicht ist es wirklich besser, die Hose
verschwinden zu lassen. Wenn du sie irgendwo unauffällig
waschen kannst, wickle ich sie dir in meine Zeitung."

◆⁊ Kapitel 9 ⳩◆
Gewonnene Einsichten, verlorener Glaube

Julian spürte, wie seine Kräfte ihn verließen. Den ganzen Vormittag hatte er auf einem Fest gespielt und nach nur einer Suppe, die er im Stehen hinuntergeschlungen hatte, war er heimgeeilt, hatte seine Schwester abgeholt und mit ihr den Weg in die Innenstadt angetreten, um Erledigungen für diverse Bewohner ihres Wohnhauses zu machen. Der letzte Punkt auf seiner Liste war das Entfachen einer Kerze in der Votivkirche – und er war froh, es überhaupt bis zu dieser geschafft zu haben. Zu Hause angelangt, würde er für eine Stunde oder zwei ins Bett fallen und wenigstens etwas Schlaf nachholen, ehe er dem Nachbarn von gegenüber beim Umzug helfen würde – wodurch vielleicht ein paar alte Möbel für ihn abfallen würden. Wie er das mit seiner Müdigkeit überhaupt schaffen wollte, wusste er im Moment noch nicht so genau. Die durchzechte Nacht mit Viktor war für ihn nur die erste von fünf aufeinanderfolgenden Nächten ohne ausreichenden Schlaf gewesen. Der Maestro hatte ihn aus Ermangelung eigener Zeit für ein Fest vorgeschlagen und Julian war dankbar für die ehrliche und moralisch einwandfreie Arbeit, aber selbst ein junger Mann musste sich ausruhen.

Es war aber nicht nur seine Müdigkeit, die ihn beschäftigte. Julian fühlte sich unwohl. In eine Kirche einzutreten, war früher selbst an fremden Orten wie heimkommen gewesen. Er hatte die Heiligen trotz unterschiedlichster Stile stets an ihren Attributen erkannt. Die Heilige Mutter Gottes mit dem heiligen Kind im Arm hatte in jeder Pose und von jedes Meisters Hand Ruhe und Zuversicht in ihm geweckt, egal, wie prekär seine Lage auch gewesen sein mochte.

Nun aber war alles anders. Nach Helenes Schändung und ihrem missglückten Selbstmordversuch haderte er mit der Kirche, ihren Vertretern und – am schlimmsten von allem! – ihrem Gott. Julian kannte die Geschichten aus beiden Testamenten und wusste nur zu gut, welches Leid die allmächtige Gestalt selbst über ihre treuesten Gläubigen gebracht hatte, nur um ihre Loyalität zu prüfen. Aber im Gegensatz zu Hiob hatte er in seinem Leid nicht noch größeren Glauben gefunden. Er hatte zu zweifeln begonnen. Wenn Gott gnädig und gerecht war, wieso strafte er seine eigenen Gläubigen, während die Herrscher anderer Religionen in Prunk und Reichtum lebten – gesund und fröhlich und voll des Spottes für denselben Gott, der ihnen dieses Leben geschenkt haben sollte?

Diese Gedanken waren Blasphemie, die schlimmste Sünde in Wien, dem Sitz des Kaisers. Und doch konnte er sie nicht mehr vertreiben. Ihm blieb nur das Schuldgefühl, wann immer seine Mutter ihn bat, in die Kirche zu gehen, ein Licht für die Verstorbenen zu entzünden und ein Gebet an Gott oder zumindest eine Fürbitte an einen der Heiligen zu schicken.

Julian wusste nicht, wie lange er mit der brennenden Kerze in der Hand vor dem Altar stand und zu dem Bild hochschaute, das ihm so viele Male Zuversicht geschenkt hatte und ihn jetzt so unberührt ließ wie eines der unleserlichen Gekritzel, die in so manche Häuserwand geritzt waren. Nicht einmal die Wut war ihm geblieben, mit der er das Kruzifix in ihrer Wohnung angeschrien hatte, nachdem das Schlimmste passiert war, das seiner Familie bis dahin zugestoßen war. Dieser Zorn war ihm lieber gewesen als die Leere, die er nun empfand. Sie hatte zumindest davon gezeugt, dass er noch an einen Gott im Himmel geglaubt hatte. Nun stand er in einem prunkvollen Gotteshaus und fragte sich zum ersten Mal in seinem Leben: Gibt es ihn oder ist alles Lug und Trug?

Julian fuhr zusammen, als ihn jemand von der Seite ansprach. Als er den Schrecken überwunden hatte, erkannte er aber sofort, wer es war.

„Viktor." In seiner Stimme klang einiges seiner Verärgerung mit. „Das ist eine Kirche …"

„Ich bin nur hier, um zu beten und dem Tag der Gründung zu gedenken." Der Adelige schenkte ihm ein Lächeln, das ein wenig belustigt und ebenso selbstgefällig wirkte. Julian mochte ihn in diesem Moment gar nicht. „Weißt du denn, wieso man die Votivkirche gebaut hat? Auf unseren geliebten Kaiser wurde in jungen Jahren ein Attentat verübt. Weil er es überlebte, wurde als Dank der Grundstein für dieses Gotteshaus gelegt. Es ist also sehr passend, dass wir uns hier treffen."

Julian steckte die Anspielung auf sein eigenes Attentat mit der Aura eines Königs weg. Er zuckte nicht einmal mit der Wimper, als er erwiderte: „Für mich hat diese Kirche eine andere Bedeutung. Meine Großmutter stammt aus Wiener Neustadt. Als sie nach der Hochzeit hierhergekommen war, ist mein Großvater schwer erkrankt. Weil sie noch keine neue Gemeinde gefunden hatte, kam sie hierher. An genau dieser Stelle hat sie für ihn gebetet und geschworen, ihr Haar im Fall seiner Genesung zu schneiden, um es der Votivkirche zu spenden."

„Wiener Neustadt also? Die allzeit Getreue. Wie interessant!"

„Du kennst sie?", fragte Julian erstaunt, ehe er sich wieder kühl und überheblich geben konnte.

„Wer kennt sie nicht?" Offensichtlich konnten zwei dieses Spiel spielen. „Immerhin war sie die Lieblingsstadt Friedrichs III. und damit kurzzeitig die Residenz des Kaisers des Heiligen Römischen Reiches."

„Und der Geburtsort von Kaiser Maximilian I."

„Dem letzten Ritter", fügte Viktor mit einem verträumten Blick hinzu. „Rittergeschichten haben mich immer schon fasziniert. Ich weiß, dass die ruhmreichen Gestalten in ihnen nicht den Rittern der Realität entsprechen, aber als Kind habe ich diese Vorstellung geliebt. Ich habe immer versucht, ein besserer Mensch zu sein, so wie sie es in meiner Fantasie waren."

„Hast du mir deswegen nicht gleich den Hals umgedreht, als ich dich angegriffen habe?"

„Wer weiß? Vielleicht verdankst du den Poeten früher Zeiten dein Leben."

„Julian, wo bleibst du denn?" Helene kam im Schnellschritt zu ihnen herein. „Hast du so viele Sünden zu beichten?"

„Leni!", rief er mit vor Schreck geweiteten Augen.

„Oh … Verzeihung!" Sie blieb ein Stück von ihnen entfernt stehen. „Ich habe nicht gewusst, dass du in ein Gespräch vertieft bist."

„Grüß Gott! Ich bin … ein Freund Ihres Bruders. Und Sie sind die bildschöne Schwester, von der ich schon so viel Gutes gehört habe?"

„So ist es. Ich bin Helene. Es freut mich, Ihre Bekanntschaft zu machen!"

Sie brachte die letzten Schritte hinter sich und hielt Viktor die Hand zum Schütteln entgegen. Viktor ergriff sie und küsste die blassen, aber von harter Arbeit geschundenen Finger. Julian starrte seine Schwester nur an. Sie wirkte fröhlich und das freundliche Kompliment hatte etwas Röte auf ihre Wangen gezaubert. Es war offensichtlich, dass sie Viktor nicht kannte, dass sie nicht einmal eine Ahnung davon hatte, wer er war. Viktor hatte also tatsächlich keine Schuld daran! Er war es nicht gewesen, der seine Schwester ins Unglück gestürzt hatte! Und nie zuvor war es Julian so bewusst gewesen wie in diesem Augenblick: Er hätte um ein Haar einen Unschuldigen getötet!

„Geht es dir nicht gut?", fragte Helene besorgt und fasste nach seinem Arm. „Du wirst ganz blass."

„Vielleicht die Luft hier drin", riet Viktor, der zum Glück nicht ahnte, was sein Gegenüber dachte.

Zum Glück? Was bedeutete das? Er musste ihm so schnell wie möglich seine tief empfundene Entschuldigung aussprechen!

Und doch auch nicht. Viktor mochte seine Schwester nicht entehrt haben, aber er bezahlte ihn dafür, seine eigene Ehre wegzuwerfen. Nicht gegen seinen Willen, natürlich nicht! Er selbst hatte sich Viktor ja sprichwörtlich an den Hals geworfen … aber der reiche Adelsspross wusste um seine Geldsorgen und ließ es zu, dass er sich dafür verkaufte. Das war widerlich und überheblich und selbstgerecht!

Und es nahm Julian den Funken Zuneigung, den er für Viktor empfunden hatte.

„Sehen wir uns heute Nacht?", fragte dieser von all dem unberührt.

Julian nickte. „Ja."

* * *

Viktor freute sich auf das Wiedersehen. So sehr, dass er es mit seinen Vorbereitungen übertrieben hatte. Er dachte sich aber nichts weiter dabei, denn er wollte Julian ein Gefühl von Geborgenheit schenken. Immerhin würde es auch für ihn das erste Mal sein, mit einem Mann zu schlafen. Wenn er also wollte, dass sein Geliebter nicht vor Ekel oder Panik die Flucht ergriff, musste er sich anstrengen. Besser Julian hielt ihn für einen affektierten Affen als einen brutalen Vergewaltiger. Dieser Gedanke hatte Viktor lange nicht in Ruhe gelassen, aber er beruhigte sich damit, dass er Julian nicht mit Ketten an sein Bett fesseln und dann über ihn herfallen würde. Es stand seinem Liebhaber jederzeit frei, zu gehen. Das hatte er sich und Julian versprochen. Er wollte, dass sie beide Erfüllung in dem fanden, was er plante. Geld hin oder her, er mochte den jungen Mann. Dieser sollte sich wohlfühlen und gerne zu ihm und in sein Bett kommen … und eines Tages vielleicht sogar in seinen Körper. Was waren da schon das großzügig versprengte Parfum, die frischen Blumen oder die verschwenderische Auswahl an geistigen Erfrischungen?

Seine Bemühungen blieben nicht unbemerkt. Julian schaute sich sprachlos im Zimmer um, als er in dem geschenkten Anzug hereinkam. Die liebevollen Vorbereitungen verblüfften ihn offensichtlich. Viktor war gespannt, ob sein Gast es auch zugeben würde.

„Wie hast du deiner Dienerschaft erklärt, wozu du all die Kerzen brauchst?"

„Ein paar Dochte anzuzünden, schaffe ich verwöhnter Adeliger gerade noch allein."

„Trotzdem ..." Julian schluckte seine nächsten Worte und drehte sich ihm wieder zu. „Es wirkt ... romantisch."

„Wenn ich mich schon in diesen ‚Dingen' schulen will, dann in allen."

„Ich verstehe schon. Du übst dich vom sanften Werben über die tatsächliche Verführung bis hin zum animalischen Konsum deiner Gelüste. In diesem Fall: Rosenblätter. Rosenblätter auf das Bett zu streuen, empfinden viele als einladend. Die Damen sind verrückt danach."

„Nicht, wenn man in demselben Bett liegen möchte", widersprach Viktor mit einem Schmunzeln. „Aber ich danke dir für den Vorschlag."

Nach diesen Worten trat eine unangenehme Stille ein. Was blieb ihnen auch zu sagen? Worüber sprach man denn, wenn man sich für Geld verkaufte oder für körperliche Nähe zahlte? Julian war keine der Dirnen, die professionell lächelnd mit dem Zeigefinger lockten und dann ihre Freier geübt mit ihren Reizen becircten. Auch für ihn war es ein erstes Mal – sogar in zweierlei Hinsicht. So standen sie also kleinlaut voreinander und wussten nicht, wer den ersten Schritt machen sollte. Julian trat sogar von einem Fuß auf den anderen – wie ein Kind, das vor einer Predigt stand. Wieso nur war es um so vieles schwieriger als beim letzten Mal, fragte sich Viktor verunsichert, ehe er selbst auf die Antwort kam: Sie hatten es damals nicht geplant. Es war einfach dazu gekommen. Und es war wundervoll gewesen, gerade weil Julian ihn mit seinem Erscheinen überrascht hatte. Sein Besuch hatte ihn überwältigt. Er hatte ihn für sich verloren geglaubt. Und nun standen sie voreinander und er würde ihn ganz und gar besitzen. Sein Herzschlag nahm an Kraft zu. Er konnte ihn beinahe in seinen Ohren hören.

„Wein?", fragte Viktor nervös und zeigte zu dem Tisch, auf dem Gläser und mehrere Flaschen auf sie warteten.

„Ich nehme einen Likör, falls das einer sein sollte."

Er kam der Bitte sofort nach und füllte das passende Glas bis zum Rand, ehe er es zu seinem Gast balancierte. Dieser ließ sich nicht zweimal bitten und kippte den süßlichen Inhalt regelrecht hinunter. Danach leckte er sich über die Unterlippe – und Viktors Knie wurden weich. Er wollte es ebenfalls tun! Er wollte seine Zunge über die rosige Haut gleiten lassen. Statt seinem Drang nachzugeben, füllte er das Glas erneut und musterte Julian dabei. Dieser schien sich ebenfalls in den Griff zu bekommen, denn er nippte dieses Mal nur daran.

„Der Anzug steht dir ausgezeichnet. Es war eine gute Wahl."

„Viktor …" Julian schüttelte den Kopf und stellte das Glas zur Seite. „Tun wir doch nicht so, als würdest du ihn nicht am liebsten schon am Boden sehen. Lügen sind nicht notwendig und Verblendung ebenso wenig. Ich weiß genau, wofür ich hier bin."

Julian begann, sich auszuziehen und obwohl Viktor ihm versichern wollte, dass es nicht nur darum ging, ließ er es doch bleiben. Seine Worte waren zu nahe an der angesprochenen Selbsttäuschung. Julian hätte ihm bestimmt auch nicht geglaubt. Er machte also nur einen Schritt zurück und lehnte sich an den Tisch, um seinem Geliebten fasziniert zuzusehen.

„Langsamer! Ich möchte mir diesen Augenblick einprägen."

Viktor bildete es sich vielleicht nur ein, aber er dachte, dass Julian wegen dieser Worte mit den Augen rollte. Es hätte ihn nicht verstimmt. Im Gegenteil. Wenn sein

Geliebter sich von ihm veräppelt fühlte, empfand er zumindest keine Angst. Viktor erinnerte sich daran, wie er vor ihm gekniet und sein Glied zum ersten Mal geküsst hatte. Nein, Julian war furchtlos. Es hätte mehr als einen Menschen bedurft, um ihm Angst einzujagen.

Als das Hemd neben den anderen abgelegten Kleidungsstücken lag, konnte Viktor zum ersten Mal einen Blick auf Julians Rücken werfen. Er war schön, war der einzige Gedanke, der ihm dabei kam. Die Haut war makellos und nur wenig von der Sonne gefärbt. Die Muskulatur darunter weit ausgeprägter als er von einem Künstler erwartet hatte. Aber dann verdiente er das meiste Geld wohl mit primitiver, körperlicher Arbeit. Es tat seinem Aussehen gut.

Viktor wischte sich über die Lippen und hielt den Atem an, als sein Gegenüber sich an die Masche faste und das Band löste. Die schwarzen Strähnen fielen ihm daraufhin wild auf die Schultern – und Viktor schluckte. Er ballte die Hände zu Fäusten, damit er sie nicht danach ausstreckte. Das hätte nicht geholfen, seine Lage nur noch schlimmer gemacht. Julian hielt ihn bestimmt schon jetzt für ein vernarrtes Hündchen. Eines mit Geld und Einfluss … aber nicht mehr. Als er den Blick wieder fallen ließ, entledigte sich Julian gerade seiner Hose und warf sie achtlos zur Seite.

„Also? Worüber soll ich mich beugen?"

Die wackere Art, mit der sein Geliebter ihre Abmachung hielt, ließ Viktor aus seiner Trance hochschrecken. Er musste sich ebenfalls wieder in den Griff bekommen.

„Hol erst eines der Fläschchen von dort drüben! Egal, welches. Such dir einfach eines aus!" Viktor zeigte auf seinen Sekretär und hatte dabei doch nur Augen für den nackten Körper vor sich. Sein Liebhaber wollte gerade gehorchen, als Viktor seine Meinung änderte. „Nein ... warte!"

Er kam zu Julian, lehnte sich von hinten an ihn und roch an seinem Haar. Der Geruch war völlig anders, als er ihn erwartet hatte. Die billige Seife machte es unmöglich, den natürlichen Duft zu erahnen. Das bedauerte er. Weil er aber bereits das Gefühl hatte, dass Julian ihn für verrückt hielt, sagte er nichts weiter. Er schlang nur die Arme um ihn und legte sein Kinn auf dessen Schulter. So standen sie ein paar Sekunden da und sagten nichts. Erst danach ließ Viktor eine Hand sinken. Es erregte ihn, die Veränderungen unter der Haut zu spüren, über die er strich. Julians Muskeln spannten sich an. Wie faszinierend das war! Er freute sich darauf, seinen ganzen Körper so zu erkunden. Viktor ließ seine Finger für den Moment nur sanft über den Penis streifen, den er unbedingt anschwellen lassen wollte. Ob es gelang, würde sich zeigen.

„Lass und anfangen!" Er trat selbst an den Sekretär und nahm wahllos eines der aufgereihten Fläschchen an sich. Nachdem er es aufgedreht hatte, hielt er es Julian entgegen. „Nach was riecht es für dich?"

Julian schaute ihn mit gerunzelter Stirn an, beugte sich aber schließlich zu ihm und riet immer noch verdutzt: „Rosen?"

„Weit verfehlt! Flieder."

Er bekam einen weiteren Blick zugeworfen, der zwischen Ärger und Skepsis schwankte. „Wenn du das sagst."

„Möchtest du mit Rosen beginnen?"

„Viktor", begann Julian und zog die letzte Silbe in die Länge. Er klang wie sein Hauslehrer, als er noch ein Knabe gewesen war. „Was auch immer *dir* das meiste Vergnügen bereitet."

Es war eine Einladung und Viktor nutzte sie schamlos aus. Der Kuss schmeckte süß nach Likör und dessen Früchten. Er leckte über Julians Lippe, als er sich wieder zurückzog, dann strich er mit Zeige- und Mittelfinger darüber. Ihm wurde heiß deswegen. Es brauchte unmenschliche Kraft, sich nicht sofort zu nehmen, was er so sehr begehrte. Das durfte er aber nicht. Julian sollte es ebenfalls gefallen. Dafür würde es jede Regel der Verführung brauchen. Es *musste* ihm einfach gefallen! Das oder es würde rein gar nichts bedeuten.

„Sag mir, wenn es zu viel wird! Du kannst es jederzeit beenden."

Sein besorgtes Entgegenkommen wurde mit einem verächtlichen Schnaufen abgelehnt. Das durfte ihn nicht verletzen, redete sich Viktor ein und konzentrierte sich auf das Fläschchen mit dem wohlriechenden Öl. Er benetzte seine Finger damit und legte sie auf Julians rechtes Schlüsselbein, ehe er sie sinken ließ. Das Licht glänzte darin. Es war ein irrsinniger Anblick. So konnte ein Mann den Verstand verlieren. Sein Blick wanderte trotzdem wieder zu Julians Augen. Sie würden ihn immer gefangen nehmen, wenn sie einander so nahe waren. Er hauchte also einen Kuss auf die mit Öl beschmierte Brust und drehte Julian am Arm um. Wenn sie sich nicht anschauten, würde es einfacher gehen.

Viktor träufelte mehr von der kostbaren Flüssigkeit auf Julians Haut und ließ die Tropfen darüber laufen, ehe er ihre Bahnen mit seinen Fingerspitzen nachzeichnete. Sein Geliebter bekam eine Gänsehaut, als diese sanft über sein Kreuz und etwas tiefer strichen. Noch war alles recht unschuldig. Viktor wurde trotzdem hart – gerade weil ihre Berührungen so zärtlich waren. Er ging auf die Knie und massierte Julians Hintern sanft.

„Wozu all die Mühe?", fragte sein Geliebter verwirrt und schaute über seine Schulter. „Ich gehöre heute Nacht dir, egal ob Kerzen brennen oder Champagner bereitsteht ... oder wie gut die Öle auch immer riechen mögen."

„Wenn du nicht auch Freude daran hast, bedeutet es mir nichts."

Das entlockte Julian ein weiteres seiner verächtlichen Pahs. Seine Stimme klang kalt beim Sprechen: „Du bist also einer dieser Freier, der seinen Dirnen Rosen schenkt und deswegen denkt, ein Gentleman zu sein, obwohl er genauso dafür zahlt wie alle anderen?"

„Auch den untersten Schichten der Gesellschaft Respekt zu zollen, ist nichts Falsches. Blumen verwelken allerdings. Ein kleines Schmuckstück oder ein wenig Schokolade hingegen ... damit kann man einer Prostituierten Freude machen. Das Leben in den Etablissements ist nur für die Betreiberinnen spaßig. Für die Unglücklichen auf den Straßen erst gar nicht gesprochen."

„Und du sprichst aus Erfahrung?"

Es traf ihn, wie abwertend Julian mit ihm redete. Aber dann dachte er wieder, dass sein Geliebter seinen Stolz bewahren musste. Wenn es nur so ging, dann sollte er eben über ihn spotten. Er konnte das ertragen. Am Ende des Tages war doch er es, der bekam, was er sich wünschte.

Viktor schob den Zeigefinger höher und testete, wie viel Widerstand er noch zu erwarten hatte. Julian zog die Luft ein, ehe er warnte: „Vorsicht!"

„Verzeih ..."

Vielleicht war es so doch schwieriger. Wenn er erst stoppen konnte, wenn sich sein Gegenüber bereits beklagte, würde er ihm nicht das Vergnügen bereiten, das er mit ihm teilen wollte. Er zog seine Hand also zurück und drehte Julian wieder zu sich. An seinem Gesicht konnte er schließlich ablesen, wenn er sich gut anstellte.

„Ich wünschte, ich wäre geübter darin", lockerte Viktor die verworrene Situation ein wenig auf. Sein Lächeln war aber bestimmt so kläglich, wie er sich gerade fühlte.

„Dann wäre ich nicht hier, richtig?" Julians Blick munterte ihn auf. Er war sanft und verständnisvoll. Und seine Rechte fand sich in Viktors Haar wieder. Es fühlte sich beinahe wie Tätscheln an. „Lass all die Vorsicht und Zweifel bleiben! Leb dich aus! Dafür bin ich hier."

Jeder wusste selbst am besten, was er vertrug, dachte Viktor und drang mit der Fingerkuppe ein. Julians gesamter Körper verspannte sich deswegen. Es war erregend, jeden Muskel bei dieser Bewegung zu betrachten. Viktor wollte sie aber auch spüren, also legte er die Linke an Julians Unterleib. Die Kontraktion der überraschend harten Muskeln faszinierte ihn. Er strich höher bis an Julians Brust, dort presste er die Handfläche sanft gegen die warme Haut. Es war als erotisches Spiel geplant, aber der Herzschlag unter seinen Fingern riss ihn aus seinem Konzept. Julian war keine Puppe, an der er seine Fähigkeiten erproben oder vervollkommnen konnte. Genau genommen, war er nicht einmal sein Geliebter ... er war nur jemand, der sich an ihn verkaufte.

Sein eigenes Herz begann, zu rasen, aber er konnte die Zweifel abschütteln. Er würde Julian nicht wehtun. Nein, er würde alles tun, um ihn erneut vor Lust vergehen zu lassen.

„Geht es?", fragte er ehrlich besorgt und hielt still.

Julian nickte ihm zu und brachte seine Versicherung drei Sekunden später auch noch verbal hervor: „Ja, es geht. Es ist nur ungewohnt ..."

Das glaubte Viktor ihm, auch wenn er dachte, dass ein Mann beim Erkunden seines Körpers doch bestimmt auf die Idee kam, einmal einen Finger einzuführen. Wenn sein Geliebter sich aber nie selbst kennengelernt hatte, musste er noch behutsamer mit ihm umgehen. Viktor arbeitete sich also Millimeter für Millimeter hoch und kämpfte gegen Julians Verspannung an. So viel also zu seinen hochtrabenden Worten! Sie waren nichts weiter als heiße Luft gewesen!

„Entspann dich! Oder soll ich …"

„Konzentrier dich einfach!", fuhr ihn Julian unverblümt an.

Das verärgerte ihn, aber er dehnte das feste Muskelband trotzdem weiter, indem er seinen Finger sanft kreisen ließ. Einen Moment bildete er sich ein, dass Julian etwas flüsterte, aber wenn sein Partner etwas zu sagen gehabt hätte, wäre es in einer anderen Lautstärke passiert. Er dachte allerdings selbst, dass er sich zu viel Zeit ließ und die Lage für Julian damit nur noch schlimmer machte. Er schob seinen Finger also bis zum Anschlag hoch. Julian verspannte sich noch mehr, die Muskeln in seinem Unterleib arbeiteten, der Druck um Viktors Finger nahm weiter zu.

Viktor war so dankbar für die Öle, die er auf dem Sekretär aufgereiht hatte! Julian aber bestimmt noch mehr. Dieser schien bisher keinen Spaß an ihrem Stelldichein zu haben. Viktor beugte sich also zu ihm und leckte langsam über seinen Bauch. Dann richtete er sich auf, presste seinen Mund auf Julians rechte Brustwarze und biss sanft zu. Er bekam einen Laut zwischen Lust und Schock zu hören. Es motivierte ihn zu ausgedehnten Streicheleinheiten mit der Zunge. Julians Atem kam plötzlich in Schüben, als müsste er dazwischen jeden möglichen Laut schlucken. Es war fast boshaft, ihm in diesem Zustand auch noch die Luft mit einem Kuss zu stehlen. Vielleicht würde es Julian wütend machen und die weiteren Zärtlichkeiten dadurch einfacher. Er musste sich endlich entspannen!

„Es wird die ganze Nacht dauern, nicht wahr?", fragte Julian ihn zwischen Spott und Sorge hin- und hergerissen.

„Dachtest du, du bekommst mein Geld für fünf Minuten lecken?"

Julian schüttelte den Kopf. Seine Kieferpartie arbeitete. Hatte er ihn nun beleidigt oder verängstigt?

Viktor zog seine Hand zurück und träufelte noch einmal Öl darüber. Er achtete darauf, mehr als nötig zu verwenden, ging auf die Knie und massierte es in die warme Haut. Danach kreiste er mit dem Zeigefinger um Julians After, ehe er mehr Druck ausübte und erneut in ihn eindrang. Dieses Mal gab sein Geliebter nicht einen Laut von sich.

Hieß das, dass es bereits leichter ging? Viktor riskierte nichts und schob seinen Finger nur bis zum zweiten Glied, ehe er ihn beugte und streckte.

„Ist das wirklich notwendig?", fragte Julian atemlos und das alleine hätte ihm klarmachen müssen, dass es das in der Tat war.

„Vertrau mir!"

Um Julian zu beweisen, dass er durchaus wusste, was er tat, ließ er die Kuppe seines Mittelfingers gegen das dafür noch zu angespannte Muskelband drücken. Es hatte etwas Mechanisches, dachte er bei sich und wunderte sich darüber, wie wenig es ihn erregte. Weil er sich nicht gehen lassen durfte? Waren seine Nerven zu angespannt dafür?

„Vertrau du mir auch", presste Julian zwischen zwei Atemzügen hervor. „Ich bin kein Kleinkind!"

133

Viktor ließ sich nicht zu übereilten Aktionen hinreißen. Er spürte aber seine eigene Ungeduld an seinen schönen Vorsätzen nagen. Als sein zweiter Finger schließlich Einlass fand, kam ihm deswegen sogar ein Seufzen über die Lippen. Er dachte auch, dass das Hinein- und Heraus- schieben nun leichter ging. Möglicherweise bereits leicht genug?

Er spreizte die Finger und ließ Julian damit aufstöhnen. Es klang keinesfalls nach Schmerz, es war fast süß ... und dieser Gedanke ließ Viktors Penis endlich wieder Interesse zeigen. Er schluckte hart. Wenn er nur endlich hätte mit ihm schlafen können! Und Julian rührte sich. Er wehrte sich nicht gegen ihn, im Gegenteil, er drehte seine Hüften. Nur das kleinste bisschen, aber er tat es. Viktor schaute ihn fragend und fasziniert zur selben Zeit an. Nein, er hatte sich nicht geirrt! Julian drehte seinen Unterleib, schob sich ihm sogar entgegen. Viktors Finger drangen so ohne sein Zutun tiefer und er traf den Punkt, der Julian Genuss schenkte. Er wollte sein Stöhnen noch einmal hören! Mit einem anderen Winkel zielte er darauf und übte zugleich mehr Druck darauf aus.

Es war genau richtig! Das Beben des schönen Körpers wurde von einem genüsslichen Seufzen begleitet. Viktor betrachtete Julians Gesicht. Es lief rot an. Seine Lider flat- terten. Das schenkte Viktor mehr Selbstvertrauen und pumpte mehr von seinem Blut zwischen seine Schenkel. Jedes Streichen wurde inzwischen mit einem leisen, kaum hörbaren Stöhnen belohnt. Das vollbrachte es endlich! Sein Glied schwoll zu voller Größe an, pulsierte, trieb Hitze durch seinen Unterleib und Röte in seine Wangen. In seiner Brust hämmerte sein Herz in wahnsinnigem Tempo. Und Julian? Sein Penis wuchs ohne jegliche Berührung und streckte sich ihm entgegen. Viktor beugte sich über ihn und leckte darüber. Die Eichel war noch trocken, aber sein Speichel konnte Abhilfe schaffen. Er saugte sie in den Mund und ließ seine Zungenspitze darüber geistern, ehe er sie mit ganzer Kraft gegen die salzige Haut presste. Der Geschmack veränderte sich. Julian ließ sich endlich fallen. Der Widerstand löste sich beinahe in Nichts auf.

Und er wollte nicht länger warten!

Viktor sprang regelrecht auf, packte Julian dabei an den Hüften und hievte ihn hoch. Er warf ihn rücklinks auf das Bett und machte einen Schritt zurück, um sich auszuziehen – und Julian sollte es sehen. Er sollte ebenso jeden Makel an ihm ausmachen oder fasziniert jeden Handgriff betrachten können. Ihm wurde wegen dieses Gedankens noch um so vieles heißer. Unter seiner Haut schien Magma zu fließen. Umso schneller musste all der Stoff weichen.

Endlich nackt und vor Lust bebend kletterte Viktor über Julian und küsste ihn leidenschaftlich. Dieser schnappte entsetzt nach Luft, als er den Kopf senkte, um an seinem Hals zu lecken, direkt über seiner Halsschlagader. Dass Julian das zuließ! Dass er ihn endlich haben durfte!

„Ich will dich!", erklärte er besitzergreifend zwischen zwei feuchten Küssen auf Julians Schulter.

„Dann nimm dir, was du willst!"

Die Worte hätten Viktor wohl eher abgeschreckt, aber das Gefühl von gierigen Fingern an seinem Rücken spornte ihn an. Er presste seine Lippen noch einmal auf den geröteten Mund und küsste über seinen Körper bis zum Nabel, aus dem er den angesammelten Schweiß leckte.

„Komm wieder hoch zu mir", flüsterte Julian so leise, dass Viktor nicht sagen konnte, ob es eine Bitte oder ein Befehl sein sollte.

Was auch immer es gewesen sein mochte, er gehorchte und stöhnte entsetzt, als seine Erektion über die seines Geliebten strich. Sie waren beide so hart und feucht und das Präejakulat lief über seine Finger, als er sie zwischen ihre Körper schob und nach Julians Penis fasste.

„Gott …", presste dieser hervor, aber Viktor wollte den Rest seines Satzes nicht hören.

Es war unmöglich, dass er immer noch den Likör auf diesen Lippen schmeckte. Viktor begann, zu glauben, dass es Julians natürlicher Geschmack war, so unmöglich das auch sein mochte. Es war ihm ohnehin egal. Er fand den richtigen Winkel, kreiste mit dem Fingernagel über den Eichelrand und schluckte Julians Stöhnen. Er wollte, dass er kam! Er wollte ihn auf seiner Haut kommen spüren! Und er wollte endlich in ihn eindringen!

Julian gab einen erschrockenen Laut von sich, als Viktor ihn an den Kniekehlen packte und seine Beine hochzog, um sich besser dazwischen zu platzieren. Er richtete sich auf, strich ein paarmal über sein Glied und schob es zwischen die heiße Haut, tief in das ihn empfangende Fleisch. Sein Stöhnen war lauter als Julians Schrei. Er drang dennoch so tief, bis ihre Körper aufeinanderschlugen, erst dann schlang er einen Arm um Julians Rücken und gab ihnen einen Moment zum Verschnaufen.

„Es geht schon …", half sein Geliebter weiter. Er schaute ihn keuchend und mit roten Wangen an. Seine Lider waren halb gesenkt. „Keine Rücksicht auf kleinliche Befindlichkeiten …"

Julian wickelte die Beine um Viktors Seiten und zog ihn noch näher zu sich – als wollte er seine Worte damit untermauern.

„Ich bin glücklich, dass du es bist", erwiderte Viktor von
so viel Mut und seinen eigenen Emotionen übermannt. Er
hatte es sich so gewünscht und nun geschah es. Es gab
keinen Grund, es zu verschweigen. „Ich habe es mir so
sehr gewünscht."

„Dann tu etwas dafür, dass dein Wunsch wahr wird!"

Julian würde niemals romantisch sein. Es lag ihm einfach
nicht. Vielleicht war es wirklich sein Weg, um zumindest
etwas Würde zu bewahren. Viktor war dankbar dafür. Er
überschüttete das schöne Gesicht und den nassen Hals mit
Küssen. Es reichte aber nicht mehr. Bei Weitem nicht!

Viktor schob seinen Unterleib nach vorne und wippte
vorsichtig zurück. Es war ein Test, mehr nicht. Beim
nächsten Stoß wandte er bereits all seine Kraft auf – und es
trieb unsichtbare Flammen in jede einzelne Faser seines
Körpers. Solche Befriedigung musste Sünde sein! Und er
stürzte sich mit offenen Armen hinein, schrie Julians
Namen in seine Haut und ignorierte den Schmerz in
seinem Rücken. Sein Geliebter fasste nach seinem Kopf
und zog ihn für einen Kuss zu sich, der erst dazu wurde, als
er sein Kinn zur Seite schob. Ihre Lippen trafen sich
trotzdem nur einen Moment. Viktor befreite sich sofort
wieder aus diesem Griff. Er wollte härter zustoßen und so
ging es nicht. Julian ließ es zu, grub seine Hände in die
Polster und fletschte die Zähne, während er mit geschlossenen Augen jeden Stoß empfing.

Viktors Blut rauschte in seinen Ohren, Schweiß lief ihm
von der Stirn, tropfte über seine Nase und sein Kinn auf
die bebende Brust unter sich. Er verausgabte sich zu
schnell. Seine Lunge schmerzte, seine Lenden brannten und
Julians Fersen schnitten in sein Kreuz. Und doch wollte er
mehr und mehr und noch tiefer, noch um so vieles tiefer in

den heißen Körper unter sich eintauchen! Etwas in ihm wusste, dass es nicht weiterging, aber er ignorierte es und versuchte es doch.

„Vorsicht!"

Er krallte seine Finger zu tief in Julians Seiten. Es musste schmerzen. Er hatte bereits Striemen auf der weißen Haut hinterlassen – und sie gefielen ihm! Seit er in seinen Geliebten eingedrungen war, hatte er dessen Penis nicht auch nur angerührt, so selbstsüchtig war er mit dem ersten Stoß geworden. Und doch spürte er ihn unentwegt über seine Haut streichen. Die Eichel war feucht, die Lusttropfen perlten regelrecht heraus und klebten an seinem Unterleib, verband sie für den Hauch einer Sekunde, bis die nächste Bewegung sie wieder auseinanderriss. Viktor wollte danach greifen und an sich drücken, mehr von der glänzenden Flüssigkeit herauspumpen. Aber er genoss seine Stellung zu sehr. Und Julian gefiel es doch auch! Er streckte sich ihm entgegen, stöhnte und warf seinen Kopf von einer Seite zur nächsten … und sein Penis war so hart und über und über mit seinem Präejakulat bedeckt.

Viktor ließ den Kopf in den Nacken fallen und biss sich auf die Lippe. Die Welt musste in Flammen stehen, so glühte seine Haut. Wie er jemals wieder ohne dieses Gefühl leben sollte, wusste er nicht.

Musste er es denn? Er konnte immer wieder diese Lust erleben. Aber mit Julian? Wie lange würde er bei ihm bleiben? Wie viel von seinem Geld wollte er?

„Geht weg!", befahl er seinen Gedanken.

„Konzentrier dich auf mich!", rief Julian ihm zwischen mehreren Atemschüben zu.

Und er gehorchte. Natürlich! Viktor griff nach dem vernachlässigten Penis und setzte einen harten Strich nach dem anderen. Er kam dabei aus dem Takt, aber das entsetzte Stöhnen seines Liebhabers peitschte ihn weiter an. Seine Hüften rammten sich gnadenlos in ihn, ließen seine Kraft durch den gesamten Körper unter ihm fahren. Julian stützte sich mit einem Arm am Bett ab, um zumindest etwas Halt zu bekommen. Es machte alles noch um so vieles besser. Der zurückgewonnene Widerstand ließ Viktor aufschreien. Aufhören konnte er aber nicht. Es fühlte sich längst so an, als würde er auseinanderbrechen und sich mit Julians Scherben neu zusammensetzen. Er schaffte es nicht länger, über das Glied in seiner Hand zu streichen. Seine Finger verkrampften sich darüber. Er konnte sie einfach nicht lockern – und Julians Körper verspannte sich gewaltsam. Es schnürte Viktor die Kehle zu, so eng wurde er dabei. Es schmerzte. Viktor stöhnte entsetzt auf, konnte und wollte seinen Rhythmus aber nicht stoppen. Es war gigantisch. So heiß und feucht und eng ... Der Druck raubte ihm den Verstand. Er spürte Julians Sperma über seinen Bauch laufen ... tiefer ... zu seinem eigenen Penis, an die Stelle, an der sie eins waren ... und Viktor kam so hart wie nie zuvor in seinem Leben. Seine Wahrnehmung explodierte in grellen Farben, sein Körper brach zusammen. Die Ekstase schwappte über ihn hinweg und dämmte die Welt außerhalb seines Körpers. Da war nichts mehr außer pulsierender Wonne und Wärme ... nein, Hitze ... und Julians Finger verhakt in seine. Er spürte auch einen Arm um seinen Nacken, dann Rücken ... Ob es wirklich passierte, war ihm gleich. Dieser Moment gehörte ihm allein. Er dauerte ohnehin nur kurz an. Ihm wurde schwarz vor Augen.

* * *

139

Seit ihrem Höhepunkt musste mindestens eine Viertelstunde vergangen sein. Zumindest dachte Julian das. Die Uhrzeit war ihm allerdings recht egal. Er lag immer noch erschöpft in dem Himmelbett, das vier oder mehr Menschen zum Schlafen hätten nutzen können. Die Szene aus der Bibel war das Einzige, das er seit einer geschlagenen Minute anstarrte. Natürlich hätte er aufstehen, sich mit dem bereitgestellten Wasser säubern und sich wieder anziehen können … aber er war zu müde dazu. Die Laken fühlten sich herrlich auf seiner Haut an und das Bett war so verdammt weich. Er wollte nicht aufstehen. Das war die Wahrheit. Er wolle es einfach nicht.

Viktor hatte den Anstand, ihn in seinem Zustand zwischen Dösen und Wachen in Ruhe zu lassen. Nur hin und wieder spürte er seine Fingerspitzen über seine nackte Schulter streifen. Er war dabei aber so sanft, dass Julian es kaum bemerkte. Es störte ihn zumindest nicht. Wenn er die Augen wieder schloss, fühlte es sich sogar gut an. Ja, es war schön, in diesem Bett zu liegen und einmal an nichts denken oder sich sorgen zu müssen.

„Ich hätte nicht gedacht, dass du mir so lange Gesellschaft leisten würdest."

„Nur weil ich müde bin. Diese Woche hat mir die letzten Kraftreserven geraubt."

Viktor bewies ein weiteres Mal, dass er zuvorkommend sein konnte, wenn er es wollte. Er sprach einige Zeit kein Wort mehr, um ihn ausruhen zu lassen. Julian erkannte aber aus den Augenwinkeln, dass er ihn die ganze Zeit fasziniert musterte. Auch die unschuldigen Zärtlichkeiten kehrten zurück.

„Mein Gott, wie schön du bist", flüsterte Viktor ihm zu.

„Dieses Bild ist geschmacklos", ignorierte Julian das Kompliment und zeigte über sich. „Wer stickt denn eine solche Szene in den Baldachin eines Bettes?"

„Wieso nicht?" Sein Geliebter ging auf den Themenwechsel ein und schaute ebenfalls hoch. „Es ist ein wichtiger Moment in der Bibel."

„Es stellt den Untergang dieses Mannes dar."

„Dieser *Mann* ist der Sohn Gottes, der uns durch seinen selbstgewählten Untergang von allen Sünden befreit hat. So ist aus diesem Untergang der Sieg der Welt geworden."

Diese Deutung war leicht für Adelige, die sich immerzu alles ungestraft nahmen und dachten, die schlimmsten Gräuel mit Geld und einem kurzen Stoßgebet begleichen zu können. Es war kein Wunder, dass der Wiener Adel zutiefst christlich war. Aber dann waren die gläubigsten Menschen doch in den ärmsten Vierteln zu finden, denn auch für sie war jede Schuld mit einer Beichte und ein paar Rosenkränzen erledigt. Julian schämte sich dafür, dass er den Glauben verloren hatte, aber ändern könnte er es nicht mehr. Vielleicht kam sein Gefühl der Einsamkeit daher. Er hatte nichts gefunden, um die Leere in seinem Herzen zu füllen. Und seiner Familie von seiner Abkehr des „einzig wahren Glaubens" zu berichten, stand außer Frage. Seine Mutter hätte sofort einen Rückfall erlitten und Helene hätte aus Sorge um sein Seelenheil jede Nacht geweint.

Viktor hingegen empfand nichts für ihn und hatte andere Dinge zu tun, als sich um das ewige Leben seiner Dirnen zu kümmern. Wenn es anders gewesen wäre, hätte er sie nicht erst dazu gemacht, indem er mit ihnen ins Bett ging. Julian vermutete bereits, dass er es später bereuen würde, aber in diesem Moment war ihm danach, seine Unzufriedenheit kundzutun und damit nicht gleich eine Katastrophe auszulösen.

„Denkst du, dass die Welt gesiegt hat? Was ist die ‚Welt' dann für dich? Die Hungernden in Wien, die selbst im Schneegestöber kein Obdach haben? Die ausgesetzten Tiere, die im Müll nach Überresten graben? Oder die armen Seelen, die man schlachtet? Was ist mit den Wäldern, die wir für den Fortschritt roden? Sind sie alle errettet von diesem einen Opfer am Kreuz?"

Viktor starrte ihn an, als hätte er vor ihm die Existenz der Welt als solche geleugnet. Wahrscheinlich war es so. Er selbst hätte es vor einem halben Jahr noch so empfunden. Aber wie so oft überraschte sein Geliebter ihn, indem er weder wütend noch abweisend wurde. Er erklärte nur sehr bedächtig, als müsste er Julian von einem selbstmörderischen Drahtseilakt auf sicheren Boden zurücklocken: „Vielleicht nicht unsere irdische Welt … Aber steht es nicht genauso in der Bibel? Sein Reich ist ‚*nicht* von dieser Welt'? Es sind unsere Seelen, die er gerettet hat. Und ist es nicht ein wunderschönes Sinnbild? Die Welt … die Seelen aller errettet durch einen Kuss?"

„Verrat. Der Judaskuss war ein Verrat."

„Das war er nicht. Bei der Salbung in Betanien sagte Jesus, sein Leib sei nun für sein Begräbnis bereit. Und beim letzten Abendmahl beantwortete er Judas' Frage, ob er ihn an die Römer ausliefern würde, dass es so sei. Es war ein Auftrag an seinen treuesten Jünger. Und Judas gehorchte."

Julian wollte etwas erwidern, aber ihm fehlten die Worte dazu. Auf diese Weise hatte er die Bibelszenen nie gedeutet. Er hatte – von den Reden der Priester und seiner Mitmenschen angestachelt – immer nur einen Treuebruch in der Tat gesehen, die Viktor in seiner Gutherzigkeit als loyales

Gehorchen eines Jüngers ansah. Es gab dem Selbstmord des Jüngers nach vollbrachter Tat eine völlig neue Tragik. Er wollte Viktor allerdings nicht zeigen, wie sehr ihn seine Ansicht berührte. Er erwiderte also so gelassen wie möglich: „Dafür würde dich der Papst exkommunizieren."

„Ich bin nicht wichtig genug, dass sich der Heilige Vater mit einem kleinen Adeligen wie mir herumschlagen würde." Viktor lachte sanft und lächelte ihn dabei an.

Und etwas geschah. Julian verstand nicht sofort, was es war. Erst auf dem Weg nach Hause mit der frischen Nachtluft in der Lunge und einer Brise in seinem Haar wurde es ihm klar: Er fühlte sich zum ersten Mal seit Langem frei — irgendwie leichter. Als er die Wohnung verlassen hatte, um seinem unvermeidbaren Schicksal entgegenzugehen, hätte er niemals gedacht, dass er glücklicher wiederkehren würde, als er sein Heim verlassen hatte. Und das *war* er. Nach all der Zeit der Sorgen und Vorwürfe war er für diesen einen Moment wahrlich glücklich. Viktor missbilligte seinen Abfall von Religion und Glauben zwar, verurteilte ihn aber nicht dafür. Und wie heilsam es gewesen war, es auszusprechen! Es endlich vor einem anderen Menschen gesagt zu haben! Sein Körper schmerzte etwas, aber seine Seele frohlockte. Die schweren Ketten seiner Scham waren abgefallen. Davon abgesehen, war es endlich geschehen. Sie hatten miteinander geschlafen. Jede Angst vor Viktors Körper war nun lächerlich und vergessen. Als ob dieser Mann es fertiggebracht hätte, ihn zu quälen! Es würde von nun an alles besser für sie werden, dachte Julian und streckte sich dem Mond entgegen. Er liebte diese Nacht. Sie war der Anfang von etwas völlig Neuem.

◆ఴ Kapitel 10 ఴ◆
Vom Borgen und Schenken

Das Verlangen nach Julian war trotz ihres ersten Mals nicht verschwunden. Viktor hatte es nicht anders erwartet, auch wenn er es insgeheim gehofft hatte. Er grämte sich aber nicht deswegen. Im Gegenteil. Es war nicht nur Lust, die er empfand. Julian interessierte ihn als Mensch, nicht nur als Befriedigung seiner heimlichen Gelüste. Aber auch das traf es nicht genau. Er mochte ihn und wollte mehr über ihn erfahren.

So trieb es Viktor keine vier Tage nach ihrer lustvollen Nacht in Julians Viertel und er spazierte fröhlich zu der Adresse, die er zuerst auf dessen zerknülltem Zettel gesehen hatte. Es schienen Monate seither vergangen zu sein, dabei waren es kaum ein paar Wochen.

Viktor nickte einer grimmigen Gestalt zu, die gerade aus dem Haus kam, als er es betreten wollte. Als Antwort hörte er nur ein Schnaufen, aber zumindest wurde die Tür weit genug aufgerissen, damit Viktor hindurchtreten konnte, ohne sie selbst öffnen zu müssen. Was er davon halten sollte, wusste er nicht genau. Wahrscheinlich wurden Fremde in dieser Gegend ungern gesehen, vor allem, wenn sie besser gekleidet waren. Welcher Mann mit Geld sollte schon in diese Gegend kommen, außer wenn er Schulden eintreiben wollte?

Im dritten Stock angekommen, zückte er den Zettel und überprüfte noch einmal die Nummer. Er hatte sich nicht geirrt, auch wenn er das Ambiente hier oben noch weit unangenehmer als in den unteren Stockwerken fand. Es roch nach steter Feuchtigkeit, die aus den Wänden kam.

Derartige Gedanken verdrängte er allerdings, um unbekümmert klopfen zu können.

„Einen Moment!"

Es war Julians Stimme, stellte Viktor erfreut fest. Er hatte auch damit gerechnet, nur die vielerwähnte Mutter oder die hübsche Schwester anzutreffen. Die Erleichterung war beinahe so groß wie die Freude des Wiedersehens. Es war nur gerecht, dass er seinen Liebhaber aufsuchte, nachdem dieser bereits so oft in seinem Heim aufgetaucht war. Darüber hinaus ersparte er ihm so den weiten Weg zu Fuß. Das verletzte Bein dankte es ihm bestimmt, wenn schon nicht der Mann selbst.

„Viktor!", rief sein Gegenüber überrascht, als sie sich gerade erst durch einen Spalt erspähen konnten.

„Guten Morgen. Ich hoffe, ich komme nicht ungelegen."

„Was machst du hier?", fragte Julian nervös und schaute zur Treppe hin. „Du kannst doch nicht einfach hierherkommen!"

„Wieso nicht?"

„Weil ... Es geht einfach nicht! Normalerweise wäre meine Mutter hier! Was denkst du dir dabei?"

„Keine Sorge! Ich habe nicht vor, über dich herzufallen. Das ist nur ein Höflichkeitsbesuch meinerseits. Ich wollte sehen, wie du lebst."

Julian schaute ihn ohne eine Antwort an. Es war keine Regung in seinen schönen Zügen zu sehen. Trotzdem schien er nachzudenken, denn einen Moment später machte er einen Schritt zurück und ermöglichte seinem Gegenüber damit den Eintritt. Viktor nahm diese Chance wahr, ehe Julian es sich noch einmal überlegen konnte. Er zog sich die Handschuhe aus und schaute sich neugierig um. Die Räumlichkeiten waren klein und nur bescheiden eingerichtet. Die Möbel hatten mit Sicherheit schon die eine oder andere Generation der Familie miterlebt. Überall lagen Stoffe und Wäsche verstreut – allerdings alles fein säuberlich zusammengelegt. Es war auch nicht ein Spinnennetz oder Schmutz zu sehen. Man hätte vom Boden essen können. Es befand sich zwar auch ein Klavier im Raum, aber es diente wohl eher als Ablage als zur Zerstreuung. Die Familie schien es als Schreibtisch zu missbrauchen. Das Haushaltsbuch der Mutter lag aufgeschlagen darauf. Und das alte Sofa war mit dicken Polstern und zwei Decken ausgestattet. Es war eindeutig, dass ein Familienmitglied in der Wohnküche schlief.

Nun verstand er Julians seltsames Gehabe. Er schämte sich für die schäbige Unterkunft, in der sie lebten. Etwas daran rührte Viktor, machte ihn aber ebenso traurig. Sein Freund sollte nicht denken, dass er auf derartige Dinge achtete, wenn er mit ihm zusammen war. Das allerdings war der springende Punkt: Julian sah immer noch den Geldgeber in ihm und nur das. Es war verletzend, wie sehr er sich über jedes einzelne Treffen freute – sexuell oder nicht – und wie wenig Julian hingegen auf ihn gab. Woher dann aber diese Scham kam, war Viktor ein Rätsel. Julian war wie ein Buch mit sieben Siegeln. Er verstand ihn einfach nicht.

„Wenn ich darüber nachdenke, ist es mir ganz recht, dass du gekommen bist."

„Ach ja?" Viktor zog eine Augenbraue hoch. Irgendetwas musste hinter diesen Worten stecken. Die Reaktion auf sein Auftauchen war eindeutig gewesen.

„Durchaus! Ich wollte ohnehin die Tage zu dir kommen, um dich etwas zu fragen. So ist mir der Weg erspart geblieben."

Julian gab auf, die Wäsche verschwinden zu lassen, die seine Mutter und Schwester wohl für andere ausbesserten, wie es viele verarmte Frauen in Wien taten. Viktor war nicht blind. Er wusste von der bitteren Armut in ihrer von Prunk und Schönheit strahlenden Hauptstadt. Nachts fanden sich an so mancher Straßenlaterne Frauen allen Alters, die so ihre Näharbeiten beenden konnten, ohne Kerzen zu verschwenden. Wenn es nach ihm gegangen wäre, hätte Julian die Stoffe nicht verstecken müssen. Er sollte stolz auf seine Familie sein. Das sagte er ihm allerdings nicht. Mit Sicherheit wäre sein Gegenüber wütend geworden. Trotz seiner Lage war Julian ein stolzer Mann – immerhin hatte er für die Ehre seiner Schwester einen Mord begehen wollen. Es war bestimmt besser, ihn nicht zum Feind zu haben, auch wenn es ihm an Talent für einen Meuchelmord fehlte.

„Nun gut. Da ich schon einmal bin hier bin, kannst du mich auch fragen."

„Ich zahle es zurück. Darauf hast du mein Wort." Julian lehnte sich an den Schrank und wischte sich den Staub von der Stirn. Danach stützte er die Hände in die Seiten, um gelassener zu wirken. „Darf ich mir Geld leihen?"

„Wie bitte?" Viktor konnte ihn nur verwirrt anstarren. „Was hast du eben gesagt?"

„Geld", wiederholte Julian trocken und ohne eine Miene zu verziehen. „Ich will mir Geld von dir leihen."

„Ist dir mein ‚Sold' nicht genug?"

„Darum geht es nicht. Leni … Helene hat in zwei Wochen Geburtstag und ich möchte ihr etwas schenken. Etwas Großes, das sie von ihrem Kummer ablenkt."

„In zwei Wochen … Ich vergaß! Ihre Schwangerschaft schreitet ja beständig voran. Bestimmt kann sie das Kind bald spüren oder tut es bereits. Eine Ablenkung von dieser Verantwortung wird ihr bestimmt guttun. Da hast du recht."

„Du leihst mir also etwas?"

„Wenn du willst, kann ich es dir auch schenken."

„Genau das wünsche ich eben nicht. Ich will keine Almosen. Wenn du mir freundlicherweise Geld vorstrecken solltest, werde ich jede einzelne Münze zurückzahlen. Mit Zinsen."

„Natürlich." Viktor klang gefährlich abwertend. „Weil du derart rosige Aussichten hast."

„Sobald mein Bein in Ordnung und Gras über die ‚Sache' gewachsen ist, wird mich die Armee bestimmt wieder einstellen."

Viktor spürte einen seltsamen Stich in seiner Brust. Er wusste nicht, weswegen. War es Mitleid, weil er nicht dachte, dass Julians Verfassung sich nach so langer Zeit noch bessern würde? Weil er so dumm war, zu glauben, dass ein gekränkter Adeliger seinen Groll jemals vergaß? Oder war da etwas ganz anderes? Etwas Verborgenes, Kleinliches, das er sich nicht eingestehen wollte? Viktor schüttelte den Kopf und antwortete: „Na gut. An welche Summe hast du gedacht?"

„Ich weiß es noch nicht. Bisher habe ich nichts gefunden, das die Wirkung auf Leni haben könnte, die ich mir wünsche."

Viktor nickte ihm verständnisvoll zu. Vielleicht huschte dabei sogar ein Lächeln über seine Lippen. Man konnte Julian vieles vorwerfen, aber nicht die Liebe zu seiner Schwester. Dieses Gefühl teilten sie. Nur hatte sein Gegenüber die Möglichkeit, die seine ständig zu sehen, was ihm verwehrt blieb.

„Du kannst nach Lust und Laune nach dem passenden Geschenk suchen. Achte nicht zu sehr auf die Kosten! Und wenn du es gefunden hast, kannst du auf meine Hilfe zählen."

Julian lächelte dankbar zurück. Es ließ etwas in Viktors Herz aufblühen. Seine Brust fühlte sich warm an. Er hätte den ganzen Tag nur so dastehen und die schön geschwungenen Lippen betrachten können. Leider war ihm das unmöglich. Julian hätte auch die falschen Schlüsse daraus gezogen. Oder noch schlimmer: die richtigen!

„Ich gehe wohl besser, ehe deine Familie zurückkommt."

„Ja, die beiden sind bestimmt bald zurück. Ich begleite dich hinaus."

Es war eine höfliche Geste, wenn auch unnötig. Die Wohnung war klein und die ihnen nächste Tür bildete den Eingang. Sich zu verlaufen, stand also außer Frage. Viktor nahm das Angebot dennoch an. Er wartete, bis Julian ihn passierte und streckte dann einen Arm nach ihm aus. Er zog Julian sanft an sich und küsste ihn. Es verwunderte ihn immer wieder, wie kratzbürstig sein Geliebter bei jedem gesprochenen Wort sein konnte, wie willig und beinahe schon hingebungsvoll aber bei ihren Küssen. So war es kein Wunder, dass er ihn lieber küsste, als mit ihm zu schlafen. Er konnte seine Arme kaum von ihm lösen. Es brauchte viel seiner Beherrschung, um Julian nicht erneut an sich zu ziehen, nachdem er ihn wieder freigegeben hatte.

„Du kannst jederzeit ins Palais kommen und dir von Herrn Längenstädt eine Summe aushändigen lassen. Ich werde ihm Bescheid geben. Am liebsten wäre mir aber natürlich, du würdest es von mir selbst nehmen. Das würde weniger Aufsehen erregen."

„Wieso bietest du es mir dann anders an?"

„Wenn du das Geld von Herrn Längenstädt erhältst, ist es offiziell", erklärte Viktor mit hochgezogenem Mundwinkel. „Dann musst du es zurückzahlen."

Julian blinzelte ihn verdutzt an, begriff allerdings unmittelbar, dass er ihm damit seinen Stolz ließ. Er nickte ihm erneut zu. „Gut, dann machen wir es so und nicht anders."

„Das dachte ich mir." Viktor verlor den Kampf, indem er sich noch einmal zu Julian streckte und ihm einen Kuss stahl. „Ich werde nach dir schicken lassen, wenn deine Dienste unabdingbar sind. Auf Wiedersehen."

„Bis demnächst dann", scherzte Julian scheinbar unbekümmert und grinste sogar, als er die Tür hinter ihm verschloss.

* * *

Drei Wochen waren seit ihrem ersten Mal vergangen und dennoch hatten sie einander kaum gesehen. Julian begann, sich zu sorgen. Hatte er Viktor mit der Bitte um Geld doch beleidigt? War seine letzte Bemerkung vielleicht zu neckend gewesen? Er befürchtete ebenso, dass Viktor das Interesse an ihm bereits verlieren könnte. Wie er das verhindern sollte, wusste er aber nicht. Nun gut, er hatte eine Vorstellung – die seiner Meinung nach einzig logische. Wie er aber im Bett unverzichtbar werden sollte, ohne erst ein besserer Liebhaber zu werden, wusste er ebenso wenig. Natürlich kamen ihm völlig abstruse Ideen, wie etwa eine männliche Prostituierte für eine Nacht zu bezahlen … Wo aber eine solche finden, da doch selbst Viktor mit allem Geld und Einfluss nicht wusste, wo ein käuflicher Mann zu finden war?

Von seiner eigenen Kammer einmal abgesehen, dachte Julian bitter.

Er erinnerte sich daran, als Viktor vor ihm gekniet und ihm Vergnügen abgerungen hatte. Ob er selbst wohl auch ...

Es ging nicht! Alleine beim Gedanken raste sein Herz wie verrückt und ein Schauer lief über seinen Rücken. Das würde er niemals zustande bringen, ohne dass sein Freier seinen inneren Widerstand bemerken würde ... was alle Mühe mit Sicherheit zunichtegemacht hätte. Wäre Viktor ein schlechterer Mensch gewesen, es hätte ihn nicht gestört – vielleicht sogar gefallen. Weil der Adelige aber nun einmal so gut war, wie er es bereits mehrmals bewiesen hatte, würde er keine Lust dabei empfinden, wenn Julian es nicht auch tat.

Hatte Viktor etwa deswegen in den letzten Tagen so gar nichts von sich hören lassen? Wollte er ihm nicht zu viel auf einmal abverlangen? Was war denn nun der wahre Grund? Langweilte Viktor sich bereits oder hatte sein schlechtes Gewissen doch noch die Oberhand gewonnen?

Julian schnappte nach seinem Kissen, presste es fest über seinen Mund und schrie. Er hätte seine Frustration lieber aus seinem Leib gespielt, aber es war mitten in der Nacht und er wollte seine Familie nicht wecken. Davon abgesehen, war das Klavier höllisch verstimmt.

Zumindest stand Helenes Geburtstag unmittelbar vor der Tür, dachte Julian und atmete laut aus. Das war wenigstens eine Sache, auf die er sich freuen konnte – obwohl das geborgte Geld seine Vorfreude drückte. Immerhin war es der Beweis dafür, dass er nicht einmal imstande war, wenigstens einmal im Jahr eine größere Menge aus eigener Kraft aufzubringen.

∗ ∗ ∗

Als Viktor der Familie Landner das nächste Mal einen
Besuch abstatten wollte, traf er Julian vor dem Eingang
zum Haus an. Dieser hatte mehrere Holzscheite auf seinen
Armen aufgehäuft, die er niemals über die vielen Stufen zu
seiner Wohnung tragen konnte, ohne zumindest einige
davon zu verlieren. Der Stapel wackelte bereits gefährlich.

„Kann ich dir zur Hand gehen?“, bot sich Viktor deswegen bereitwillig an.

Der Knall der drei aufschlagenden Holzstücke hallte
durch das Treppenhaus. Er wartete nicht auf eine
Erlaubnis, sondern bückte sich, um sie aufzuheben.
Danach behielt er sie bei sich, anstatt sie dem ohnehin
überladenen Julian in die Arme zu legen, denn dieser war
nicht gerade begeistert von seinem Besuch – und es lag
wohl nicht nur an dem Schrecken, im Dunkeln überrascht
worden zu sein.

„Was machst du denn hier?“

„Ich wollte dich besuchen. Wir haben einander länger
nicht mehr gesehen.“ Er zwinkerte seinem Gesprächspartner zu, war aber nicht sicher, ob dieser es erkennen
konnte. Sie standen zwischen den erhellten Fenstern.
Zumindest waren sie alleine. „Böse Zungen würden
behaupten, dass ich Sehnsucht nach dir hatte.“

„Du erkennst deine eigene Charakterschwäche zumindest an. Nun, Erkenntnis soll ja der erste Schritt zur Besserung sein.“

„Es tut mir leid, dass dich mein Erscheinen so erzürnt“,
gab Viktor ohne Scheu zu. Wieso hätte er auch lügen
sollen? „Möchtest du, dass ich wieder gehe?“

„Ich wollte dich nicht beleidigen", ruderte Julian zurück, klang aber immer noch verstimmt.

„Das hast du nicht. Was ist mit mir? Habe ich etwas getan, um deine Ablehnung zu verdienen?"

Julian antwortete nicht sofort. Er schien sich einen Moment nur auf das Holz zu konzentrieren, das er balancierte. Es musste inzwischen schwer auf seinen Armen liegen. Und dann kam doch noch eine Erklärung, als Viktor gar nicht mehr damit rechnete: „Ich würde es keine Beleidigung nennen. Das wohl nicht. Du hast dich aber länger nicht gemeldet. Und jetzt erscheinst du plötzlich, als wäre nichts gewesen. Spielchen dieser Art mag ich nicht. Mir ist bewusst, dass du tun und lassen kannst, was du willst … Ich war nicht besonders genau, als ich dir meinen Vorschlag unterbreitet habe … das weiß ich. Aber es missfällt mir. Und du hast mich nach meiner schlechten Stimmung gefragt."

Er durfte nicht zu viel in diese Worte hineininterpretieren, riet sich Viktor in Gedanken. Es war nicht möglich, dass es Julian um seine Gesellschaft ging. Mit Sicherheit meinte er das Geld, das ihre Treffen für ihn und seine Familie bedeuteten – und dass auch Julian trotz ihres Handels noch Stolz besaß, gefiel ihm sehr. Es machte alles weitaus leichter. Er wollte diesen auch nicht beugen oder gar brechen. Nicht mehr, seit er ihn trotz seiner Scheu gezwungen hatte, sich vor ihm zu entblößen.

„Spielchen, wie du sie nennst, sind unter meinem Niveau", stellte Viktor klar, ohne auch nur mit der Wimper zu zucken. „Darauf hast du mein Wort. Ja, ich habe mich nicht gemeldet, aber aus einem anderen Grund, als du mir ungerechtfertigt zugetraut hast. Meine Eltern sind unerwartet zurück nach Wien gekommen. Ich habe also mit dem nächsten Treffen gewartet, bis sie sich auf die Reise nach Venedig gemacht haben.“

„Venedig?“, fragte Julian und man hörte ihm an, dass sich in seinem Inneren etwas abspielte. Hatte er denn wirklich gedacht, ihre Affäre wäre bereits beendet? „Venedig ist im Frühling bestimmt wunderschön.“

„Ja, schöner als zu jeder anderen Jahreszeit. Aber deswegen sind sie nicht dort. Mein Vater überlegt, mit feinen Stoffen zu handeln. Er trifft sich mit einem alten Freund und Mutter wird sich bestimmt an der kulturellen Vielfalt erfreuen. Das bedeutet für mich zwei weitere Wochen in völliger Freiheit.“ Er hatte viel zu viel gesagt. Mit Sicherheit interessierte Julian nichts davon, wenn man von der Zeitspanne absah, in der er ihn vermehrt zu treffen wünschte. Etwas an diesem Gedanken schlug Viktor auf den Magen, aber er ließ es sich nicht anmerken. „Komm, ich helfe dir beim Tragen!“

„Und deine Kleidung?“, wehrte Julian sein Angebot ab, aber nur mit Worten. Mehr konnte er ohnehin nicht tun, ohne auch noch die anderen Scheite fallen zu lassen. „Bitte! Sie ist die deine.“

Viktor klemmte sein Paket unter den rechten Arm und fasste nach ein paar Scheiten mehr. Er grinste dabei, aber es war wohl auch nicht recht im Dunkeln zu sehen. Es war gut, dass sie endlich ins Haus kamen. Das Treppenhaus war zwar nicht erleuchtet, aber aus dem ersten Stock schien Licht. Als sie hinaufgestiegen waren, grüßte Viktor den alten Herren, der auf seinen Knien saß und die Tür notdürftig mit einem Brett ausbesserte. Er hatte beinahe vergessen, wie arm die Menschen in diesem Viertel waren. Er fügte deswegen umso freundlicher hinzu: „Ich wünsche Ihnen noch eine gute Nacht.“

„Mach nicht mehr zu lange, Johann", fügte Julian weit weniger charmant hinzu. „Bei dem Hämmern fällt man sonst noch aus dem Bett."

„Geh dahin, wo der Pfeffer wächst, und grab dich dort ein, Landner!", erwiderte der ältere Mann in dessen Richtung und griff sich dann mit dem Blick zurück zu Viktor an die Kappe. „Ihnen ebenfalls eine gute Nacht!"

„Ein netter Mann", flüsterte er Julian zu, kaum dass sie außer Hörweite des Greises gekommen waren. Als Antwort bekam er nur ein unzufriedenes Schnaufen. Viktor ging trotzdem davon aus, dass sich die beiden recht gut verstanden, denn sonst wären wohl härtere Worte gefallen. „In einem solchen Haus bekommt man seine Nachbarn bestimmt häufig zu Gesicht. Ich weiß gar nicht mehr, wann ich die von Wohlensteins das letzte Mal gesehen habe."

„Du musst nicht um den heißen Brei herumreden. Weswegen bist du gekommen?"

„Kann ich erst hinein?"

„Das geht nicht", flüsterte Julian sich ihrer Situation plötzlich bewusst und schaute über die Schulter zur geschlossenen Tür. „Mutter und Helene sind daheim."

„Umso besser!", rief Viktor und fasste an seinem Gegenüber vorbei zur Türklinke und ließ sich selbst ein. „Guten Abend!"

„Oh! Guten Abend!", grüßte eine ältere Frau von dem Sofa her, auf dem sie sich wie erwartet ein Lager gerichtet hatte. Sie hielt eine Stickerei in den Händen. „Wen hat uns Julian denn da mitgebracht?"

„Das ist der Herr von Eppenberg!", rief Helene überrascht und sprang von ihrem Stuhl. Sie war dabei gewesen, Socken zu stopfen. Nun ließ sie die Wäsche samt Nadel und Faden auf den Tisch fallen und kam zur Tür, um ihm die Hand zu reichen. „Welche Freude … und Überraschung! Was treibt Sie denn in diesen Teil von Wien?"

„Guten Abend." Er ergriff die ihm dargebotene Hand und drückte einmal fest zu. „Eine wichtige Angelegenheit, wenn ich mir diese Behauptung erlauben darf. Sie betrifft auch Sie, Fräulein Helene. Wenn ich Sie so nennen darf?"

„Mich?" Sie schaute Hilfe suchend zu Julian hinüber, der aber ebenso irritiert war und nur mit den Schultern zuckte.

„So ist es. Sagen Sie mir zuvor nur noch, wo ich das Holz ablegen kann!"

Die ältere Dame zeigte zum Herd, aber Helene war schneller und nahm die Scheite an sich. Julian kam nun ebenfalls herein, sagte aber nicht ein Wort. Es war also nicht schwer zu erraten, dass er wütend auf sein Eindringen war. Viktor dachte, dass er bestimmt damit leben konnte. Wie hatte Julian es zuvor so schön gesagt? Ihm war bewusst, dass Viktor sich dank ihrer Abmachung so einiges herausnehmen durfte.

„Nun denn", ergriff Helene erneut das Wort, nachdem sie sich wieder aufgerichtet und den Schmutz an ihrer Schürze abgestreift hatte. „Wieso treibt meine bescheidene Anwesenheit Sie hierher? Muss ich denn mit meinem Bruder schimpfen? Sagen Sie bitte nicht, dass er sich unschicklich in Ihrem Haus verhalten hat! In dem Fall müssen Sie sich an meine Mutter wenden, damit sie ihm eine passende Predigt halten kann."

Viktor schaffte es kaum, ein Lachen zu unterdrücken. Die junge Frau hatte ja keine Ahnung, welche Anstellung ihr Bruder bei ihm erhalten hatte. Wahrscheinlich wäre sie deswegen in Ohnmacht gefallen. Oder sie kam nach ihrem Bruder. In diesem Fall hätte sie ihn wohl geohrfeigt.

„Ich tue nichts im Palais der Familie von Eppenberg, um das ich nicht gebeten werde", stellte Julian mit pikierter Tonhöhe fest.

„Nein, Fräulein! Es ist bestimmt keine Beschwerde, die mich hierher geführt hat."

„Das ist schön! Was also ist der Grund? Nur heraus damit! Wir werden alle nicht jünger."

„Sehr gerne! Ich habe gehört, dass Sie heute Geburtstag feiern und um Ihnen eine Freude zu machen, möchte ich Sie zu dem Ball einladen, der morgen in dem Palais einer sehr lieben Bekannten stattfindet."

„Ihre Freundlichkeit in allen Ehren, aber Helene hat wohl kaum die Mittel, sich wie eine Dame in besseren Kreisen zu präsentieren", mischte sich Julian erneut in das Gespräch ein.

„Daran habe ich natürlich gedacht", erklärte Viktor mit einem überlegenen Lächeln. „Ich habe ein Kleid mitgebracht, dass Ihnen gut stehen sollte. Bis morgen können Sie auch eventuelle Änderungen vornehmen. Es ist mein Geschenk an Sie, also nähen Sie es ruhig um, wenn es sein muss! Obwohl ich der Schneiderin Ihre Masse doch recht genau beschreiben konnte. Es ist schließlich für Sie gedacht."

„Aber … für mich? Wir kennen einander doch kaum …"

„Bitte, machen Sie mir die Freude und sehen Sie es sich zumindest einmal an."

Helene zögerte und suchte erneut Rat bei ihrem Bruder, nahm das für sie hochgehaltene Paket aber schließlich an sich und legte es auf den Tisch, um die Schnüre durchzuschneiden. Ihre Mutter war aus ihrem Lager geklettert und half dabei, das Papier aufzufalten. Schon beim ersten Aufblitzen des kostbaren Stoffes waren gehauchte Ahs und Ohs zu hören.

„Das ist zu viel!", flüsterte Julian ihm in diesem Moment der Unachtsamkeit zu und zog ihn einen Schritt weiter zur Tür. „Ein Ballkleid abzubezahlen ... das werde ich sehr lange nicht zustande bringen! Das weißt du genau! Dabei sagtest du eben noch, du würdest keine Spielchen mit mir treiben!"

„Ich sagte auch, dass es ein Geschenk ist", antwortete Viktor mit einem zufriedenen Lächeln auf den Lippen. Er konnte nicht sagen, was ihm mehr Vergnügen bereitete: die ehrliche Freude der jungen Frau oder der Blick auf dem Gesicht ihres Bruders.

„Du kannst mich nicht kaufen", presste Julian nach kurzer Pause hervor.

„Ach, nein? Tue ich das nicht bereits? Ich dachte, das ist es, was unsere Beziehung ausmacht. Oder muss ich etwa für deine Dienste nicht mehr bezahlen?"

Er war einen Schritt davor, eine Ohrfeige zu kassieren. Viktor erwartete es. Er war sogar darauf aus, sein Gegenüber ohne seine Maske zu sehen – so wie es bei ihrer ersten Begegnung gewesen war. Ihn dazu zu bringen, war allerdings schwerer, als er es gedacht hatte. Julian setzte nämlich ein Lächeln auf und rief ohne Vorwarnung: „Habt ihr das eben gehört? Der Herr von Eppenberg hat mir gerade zugesichert, mich mindestens ein Jahr in Anstellung zu behalten!"

„Ist das wahr? Was für eine wunderbare richt!" Julians Mutter schaute mit freudigem Glanz in den Augen zu ihnen hinüber. „Mir fehlen die Worte, Ihnen zu danken, Herr von Eppenberg."

Was für ein geschickter Mistkerl ihr Sohn war! Er hatte seinen Schwachpunkt erkannt und nutzte ihn ohne Scheu aus. Viktor war nun einmal ein Mann mit Prinzipien und nahm ein einmal gegebenes Wort nicht mehr zurück.

„Danken Sie mir nicht, Frau Landner! Ich bitte Sie!" Er konnte sich selbst nicht davon abhalten, Julian seine Unverschämtheit zurückzugeben. „Wenn Sie wüssten, welche *Befriedigung* es für mich ist, das Talent Ihres Sohnes in Anspruch nehmen zu dürfen!"

„Da kommt er nach seinem Vater! Seine Finger waren magisch, wenn ich das so behaupten darf."

Julian hustete oder tat, als ob er hustete. Vielleicht versteckte er damit nur ein Geräusch, das seiner Kehle entfleucht war. Seine Mutter war zu ihrem Glück völlig planlos. Und auch Viktor bereute inzwischen, dass er sich diesen Scherz mit dem kränklichen Persönchen erlaubt hatte. Er durfte andere nicht in seine Gefechte hineinziehen. Es war viel zu riskant.

„Mutter, bitte", meldete sich Julian schließlich zu Wort.

„Es ist keine Angeberei! Dein Vater *war* ein begnadeter Pianist."

„Denken Sie, dass Sie das Kleid bis morgen fertigstellen können?", fragte Viktor schnell, um seinen Liebhaber aus der misslichen Lage zu retten, in die er ihn erst gebracht hatte. „Ich gestehe, dass ich vielleicht zu wenig Zeit für Änderungen bemessen habe."

„Es wird schon gehen!", versicherte die hagere Mutter und lächelte ihre Kinder freudig an. „Sie haben offenbar ein gutes Auge für die Formen einer Frau, Herr von Eppenberg."

„Oh, Sie haben keine Vorstellung!" Viktor musste kurz lachen. Danach verabschiedete er sich von der Familie.

„Ich fürchte, ich muss Sie bereits wieder verlassen. Wenn es angenehm ist, hole ich Sie morgen um sieben von hier ab, Fräulein Helene."

„Sieben wäre wunderbar!", stimmte diese freudestrahlend zu, ehe Julian einen Einwand auch nur andeuten konnte.

„Das freut mich. Wir sehen uns also morgen. Bis dahin eine angenehme Nachtruhe und einen möglichst ruhigen Tag."

„Gute Nacht, Herr von Eppenberg!", verabschiedete sich Julian, ehe er ihn mehr oder weniger durch die Tür hinausschob und sie hinter ihm schloss.

Viktor konnte seine Stimme trotzdem glockenklar hören, als er seiner Mutter erzählen musste, wer der geheimnisvolle Rosenkavalier war, der seine Schwester auf einen Ball verschleppen wollte. Es war amüsant, wie Julian es ihr erklärte, ohne auch nur eine Lüge zu erzählen oder alle Fakten auf den Tisch zu legen. Viktor hätte ihm Stunden dabei zuhören können, aber seine gute Erziehung gebot, dass er nicht mit Absicht lauschte. Er strich also nur noch ein paar Holzspäne von seinen Ärmeln und machte sich auf den Weg nach Hause.

◆ঌ Kapitel 11 গ◆
Ein Ball und seine Folgen

Viktors Euphorie war im Laufe des folgendes Tages immer größer geworden, anstatt abzunehmen. Es wunderte ihn aber nicht besonders. Er freute sich auf den Ball und das angekündigte Feuerwerk, das ihm als Kind immer Angst eingejagt hatte. Helene eine Freude zu machen, verschaffte ihm ein gutes Gefühl und fachte seine Vorfreude immer wieder aufs Neue an. Und dann war da natürlich Julian, den er mit seinem Einfall mindestens ebenso ärgerte wie mit der Tatsache, dass er ihn nicht einmal eingeweiht hatte. Es war vielleicht ein wenig kindisch, aber Viktor fand diesen Teil seines Plans am amüsantesten. Er schmunzelte jedes einzelne Mal, wenn er an Julians Gesicht dachte. Wie er wohl an diesem Abend dreinschauen würde, wenn er mit Helene am Arm die Wohnung verließ? Zu seinem Glück hatte das Warten nun endlich ein Ende.

Viktor klopfte mit einem beschwingten Takt an die Tür.

„Einen Moment!", erklang Julians Stimme aus dem Inneren, ehe er wenige Sekunden darauf auch schon vor Viktor erschien. „Sie sind zu früh!"

„Fünf Minuten. Ich dachte, falls es irgendwelche Probleme geben sollte, bei denen ich zur Hand gehen kann …"

„Was haben Sie uns denn da mitgebracht, Herr von Eppenberg?", fragte Julians Mutter neugierig, als sie die längliche Schachtel unter seinem Arm entdeckte.

„Eine Kleinigkeit, die zum Kleid gehört. Allerdings nur geliehen. Meine Mutter wäre untröstlich, wenn ich sie entwendet hätte." Viktor hob die Rechte zum Gruß und lächelte die alte Dame an. „Guten Abend."

„Einen guten Abend auch Ihnen! Meine Tochter ist jeden Moment fertig. Sie trägt nur noch etwas Puder auf."

„Gut, sie soll sich fertig machen, ehe ich meine Mitbringsel präsentiere. Ich muss gestehen, dass ich mich schon den ganzen Tag auf unser Ausgehen gefreut habe. Es wird mit Sicherheit ein erhebender Abend für uns alle."

„Ich halte Herrn von Eppenberg nur kurz einen Vortrag, wie man eine Dame behandelt", rief Julian seiner Mutter zu und schob ihn auch schon zur Tür hinaus, ehe seine Mutter erklären konnte, dass er es bestimmt nur als Scherz meinte. Viktor war anderer Meinung und deswegen umso neugieriger auf die Predigt, die er zu hören bekommen würde. Sie klang erschreckend nach dem, was er sich dabei vorgestellt hatte: „Du weißt, wie wir uns zuerst begegnet sind! Wenn du ihr wehtust, wiederholt sich das Szenario! Nur werde ich dieses Mal sichergehen, dass auch alles funktioniert!"

„Muss ich dich auf dieselbe Weise wie damals überzeugen, dass ich ihr nichts antun könnte?"

Es war vielleicht Einbildung, aber Julian schien rot zu werden. Bestimmt spielte ihm das fahle Licht nur einen Streich. Trotzdem machte Viktors Herz einen Sprung. Wie gerne er sich in genau diesem Moment zu seinem Geliebten gebeugt und ihn geküsst hätte. Wie sehr er es genoss, die samtene Wärme dieser Lippen zu spüren! Vor allem, weil Julian dann keine seiner abfälligen Bemerkungen machen konnte. Leider stand die Tür einen Spalt offen und die aufgeregte Mutter konnte unverhofft zu ihnen herauskommen. Ihm stand dieser Weg also nicht frei und er musste seinem Gegenüber weiter zuhören. „Findest du das lustig, Herr Graf? Sind das wieder deine *angeblich* nicht existenten Spielchen?"

„Ich bin doch nicht …"

„Mir ist egal, was du bist, warst oder einmal sein wirst! Du bringst sie mir vor Mitternacht wieder! Unversehrt! Oder ich werde dich …"

Julian stoppte sofort, als Viktor nach seinem Oberarm griff und ihn beruhigend drückte. „Ich schwöre beim Namen meiner Familie und allen Heiligen im Himmel, dass ich Helene sicher und gesund wieder zurückbringe. Aber nach Mitternacht. Es wird ein Feuerwerk geben und sie soll es bis zum Ende genießen können. Lass ihr die Freude! Es ist schließlich ihr Geburtstagsgeschenk. Sie soll einmal alle Sorgen vergessen und sich an der Atmosphäre des Balls berauschen."

„Was alles noch um so vieles schlimmer machen kann", meinte Julian nach einem Moment des eisernen Schweigens und ließ den Kopf sinken. Seine Hand legte er an Viktors Schulter, als müsste er sich stützen. Wahrscheinlich war es so. „Du weißt nicht, welches Unglück du damit vielleicht heraufbeschwörst. Sich in den Kreisen zu bewegen, die eigentlich die unseren sind … und es doch nie waren. Danach wieder in diese Armut zurückzukommen …"

Das hatte Viktor in seiner Euphorie nicht bedacht. Er war von seiner Idee hingerissen zur nächsten Schneiderin geeilt und hatte ein Dienstmädchen von Helenes Statur mitgenommen, um sein Geschenk anfertigen zu lassen. Auch an die Gefühle der kleinen Bernadette hatte er nicht gedacht, an der das Kleid zwar entworfen worden war, die es selbst aber nur zur Anprobe hatte tragen dürfen. Im Nachhinein schämte er sich dafür, auch wenn dem Mädchen so zumindest ein Tag Hausarbeit erspart geblieben war.

„Ich habe nicht alles bis zum Ende durchgedacht", gestand Viktor kleinlaut. Weil er es offen zugab, suchte

Julian erneut Blickkontakt zu ihm. So schön konnte kein anderer Mann auf der Welt sein! Und er nutzte ihn aus, Geld hin oder her. Er hätte das Angebot niemals annehmen dürfen. „Es tut mir leid. Ich gebe dir aber mein Wort, dass ich deiner Helene zumindest auf dem Ball nur Freude bereiten werde. Sie soll den Abend genießen. Deine Sorgen verstehe ich allerdings recht gut. Wieso hast du es ihr erlaubt, wenn du solche Zweifel hast?"

„Weil ich überrumpelt von deinem Angebot war." Julian gab ebenfalls einen Fehler zu. Das machte ihr Gespräch leichter. „Und sie hat sich so über das Kleid gefreut. Sie hat es den ganzen Tag beim Sticken angehabt. Damit es für heute Abend eingetragen ist, wie sie meinte. Wie hätte ich ihr da verbieten können, dich zu begleiten?"

„Es wird schon gut gehen. Wer weiß? Vielleicht ist sie ebenso von allen Adeligen angeekelt wie du, wenn sie uns erst einmal in unserem natürlichen Habitat sieht."

Julians Lider sanken einen Hauch, was ihm einen Ausdruck zwischen Ärger und Ungläubigkeit verlieh. Er stieß ihm seinen Zeigefinger regelrecht in die Brust. „Du passt auf sie auf! Ich meine es ernst! Du weißt, was sonst mit dir passiert. Und jetzt komm gefälligst wieder rein, ehe sich meine Mutter noch wundert!"

Viktor ließ sich nur zu gerne von Julian mitziehen, der weit stärker war, als er es vermutet hatte. Sie mussten sich an Kraft gleichen, obwohl er ihn beim Kampf um Leben und Tod niedergerungen hatte. Allerdings hatte er in jenem Moment auch den Mut eines Todgeweihten besessen. Daran wollte Viktor aber nicht denken. Er genoss den festen Griff um seinen Arm, solange er andauerte.

„Da seid ihr ja endlich wieder!", grüßte Frau Landner und deutete zur Tür, die in Helenes Kammer führte. „Gleich gibt es die große Präsentation!"

„Ich bin sicher, dass sie wunderschön aussehen wird", stellte Julian wie der gute Bruder klar, der er offenkundig auch war.

„Dem kann ich nur beipflichten. Ihre Tochter wird das schönste Fräulein auf dem Ball sein."

„Sie sind ein Charmeur, Herr von Eppenberg!"

„Ich bin nur ehrlich. Helene hat ein anziehendes Lächeln und eine angeborene Eleganz."

„Und einen beschwingten Fuß! Sie hat schon immer gerne getanzt. Das Taktgefühl liegt in unserer Familie", fügte Julian mit einem Lächeln in Viktors Richtung hinzu.

„Das ist wahr! Sie wird sich sehr gut als Ihre Tanzpartnerin machen. Die Schuhe sind zwar geliehen, aber sie hat sie den ganzen Tag eingetragen", erklärte Julians Mutter stolz. „Sie passen auch zur Farbe des Kleides. Sie müssen sich also nicht schämen, auch wenn sie sich so schnell drehen sollte, dass man einen Blick darauf werfen kann."

Viktor versteifte sich. Er hatte an das Kleid, Handschuhe und Schmuck gedacht, aber nicht an das wichtigste Accessoire fürs Tanzen: Schuhe. Es grenzte an Idiotie. Sofort verspürte er eine verräterische Hitze in seine Wangen kriechen. Seine Ohren waren bestimmt schon rot geworden. Zu seinem Glück schauten die beiden anderen im Raum bereits wieder von ihm fort, denn die Tür zu Helenes Kammer öffnete sich und die junge Frau trat zu ihnen in die gute Stube. Sie wirkte wie ein anderer Mensch, in ein Mieder geschnürt und von Unmengen von glänzendem Stoff gehüllt. Ihr Haar war elegant in Locken hochgesteckt und gab den Blick auf ihre makellosen Schultern preis. Sie war wunderschön. Natürlich. Beide Geschwister glichen ihrer Mutter, die als junge Frau eine der strahlendsten Gestalten der Wiener Gesellschaft gewesen sein musste.

„Und? Wie sehe ich aus?"

„Die Damen auf dem Ball werden eifersüchtig sein", stellte Julian fest und es war seiner Stimme anzuhören, dass er es genauso meinte.

„Bezaubernd, Leni!", stimmte ihre Mutter zu, und in ihren Augen blitzten Tränen auf.

„Und was denken Sie, Herr von Eppenberg? Müssen Sie sich auch nicht mit mir genieren?"

Viktor überlegte, welches Lob er aussprechen sollte und entschied sich für die Wahrheit: „Ich habe noch nie eine schönere Frau gesehen."

„Komm, Leni! Zeig es von hinten!", bat ihre Mutter aufgeregter als Helene selbst. „Die Schleife ist so elegant! Ach! All diese Posamente! Ein Traum!"

Wie befohlen drehte Helene sich im Kreis. Der Stoff des weiten Rocks tanzte um sie. Er raschelte, die Schuhe klapperten. Viktor konnte noch immer nicht fassen, dass er vergessen hatte, das passende Schuhwerk zu besorgen. Es tat dem Anblick aber keinen Abbruch. Helene sah wie eine Fee aus einem Märchen aus. Oder wie Aschenputtel vor ihrem großen Auftritt. Es fehlte nur noch eines.

„Ich habe Ihrer Familie noch nichts Genaueres verraten, aber ich habe eine Leihgabe meiner Mutter dabei. Achten Sie bitte gut darauf! Sonst werde ich noch enterbt." Viktor ließ die Schachtel erst noch auf dem Tisch liegen und zog stattdessen das Schmuckkästchen aus seiner Tasche hervor. Die drei Landners umringten ihn neugierig. Er öffnete es deswegen umso langsamer, um die Spannung zu erhöhen. „Ich hoffe, es wird Ihnen stehen."

166

Helene machte keinen Mucks, ihre Mutter hingegen gab ein lautes „Oh!" von sich. Und Julian? Der knirschte beinahe mit den Zähnen.

„Ich wage nicht, sie auch nur anzurühren", begann Helene vom offensichtlichen Wert der Schmuckstücke verschreckt.

„Umso besser! Das bedeutet, dass ich Ihnen das Collier höchstpersönlich anlegen darf." Viktor zog es vor, keinen Blick in Julians Richtung zu werfen. Er platzierte das Schmuckkästchen auf den zittrigen Händen der Mutter und hob das wertvolle Stück heraus, um es zu öffnen. Helene hatte sich ohne Widerspruch umgedreht und schaute zu Boden. Ihr Nacken war schneeweiß im Vergleich zu ihrem rabenschwarzen Haar. Er ließ seine Finger sanft darüberstreichen. Bei seiner Berührung zuckte sie zusammen. Nur ein klein wenig, aber Viktor erinnerte sich daran, was ihr zugestoßen war. Er räusperte sich und legte ihr das Collier schnell mit geübten Fingern um. Er hatte es viele Male bei seiner älteren Schwester getan, ehe sie geheiratet hatte und fortgezogen war. Inzwischen sprachen sie kaum noch miteinander. „Sehen Sie? Perfekt!"

Helene machte einen Schritt zu dem kleinen Spiegel und schaute hinein. Sie trug ein stolzes Lächeln auf den Lippen, als sie sich ihnen wieder zudrehte. Ihre Augen funkelten dabei ebenso hell wie die Saphire um ihren Hals. Es verschlug wohl nicht nur ihm den Atem, denn auch Julian hielt sich mit Kommentaren zurück. Es war erneut die Mutter, die praktisch dachte und unberührt fragte: „Sie haben auch lange Handschuhe mitgebracht, nicht wahr? Die Form der Schachtel verrät Sie, mein Lieber."

„Ich bin ein offenes Buch für Sie!" Viktor angelte danach und hob den Deckel hoch. „Sie sollten zuvor aber auch noch die Ohrringe anlegen, Fräulein. Sie werden schon noch sehen, wie herrlich sie beim Tanzen schwingen."

„Sie haben wahrlich einen königlichen Geschmack!"

Er ignorierte das Lob der Mutter und hob die Handschuhe aus ihrer Verpackung. Helene erfüllte in der Zwischenzeit seine Bitte, auch wenn sie recht unglücklich dabei aussah. Es war durchaus verständlich. Ein einziger der beiden Ohrringe hatte mehr gekostet, als sie in ihrem ganzen Leben erwirtschaften konnte. Nachdem sie die Schmuckstücke angelegt hatte, griff sie nach dem weißen Stoff und streifte ihn über. Nun war der Spuk perfekt und sie wirkte noch wichtiger als eine Gräfin. Sie hätte eine Herzogin sein können.

„Nun denn! Wollen wir?" Viktor hielt Helene den Arm hin und lächelte sie aufmunternd an. Natürlich ergriff sie ihn ohne weitere Verzögerung. „Herr Landner, Frau Landner! Ich bringe sie Ihnen wohlbehalten in ein paar Stunden wieder."

Die ältere Dame verabschiedete sich überschwänglich und winkte ihnen sogar hinterher. Julian begleitete sie nur mit einem Nicken zur Tür und schaute ihnen nach. Viktor kommentierte das nicht weiter. Er spürte eine seltsame Erregung dabei, Helene in die bessere Gesellschaft einzuführen. Anderen eine Freude zu machen, genoss er selbst am meisten. Nur deswegen war es zu seinen monatlichen Kulturbesuchen mit Mitgliedern der Dienerschaft gekommen. Bekannte mochten den Kopf deswegen schütteln, aber sein Zeitvertreib machte anderen Freude, anstatt ihr Leben zu erschweren oder gar zu zerstören.

Viktor beschloss, an diesem Abend an nichts Negatives mehr zu denken. Um Helene eine fröhliche Zeit zu schenken, musste er sich selbst wohlfühlen. Das sollte nicht zu schwierig sein. Immerhin waren die Bälle seiner Gastgeberin in ganz Wien bekannt. Bestimmt würde Helene sich ebenfalls königlich amüsieren, wenn es erst ans Tanzen ging. Zumindest versprach Julians Lob eine begeisterte Tänzerin.

Bis es so weit war, musste er höflich Konversation mit seinem Gast betreiben, was er auch sofort tat. Es fiel ihm nicht schwer, denn darin war jeder Adelige geschult. Was ihm mehr Schwierigkeiten bereitete, war die Versuchung, Helene nach ihrem Bruder auszufragen. Wahrscheinlich hätte sie ihm ohne Hintergedanken jede noch so abstruse Frage beantwortet. Viktor entschied also für sich, ihre Lage nicht auszunutzen und erzählte stattdessen von der schönen Gastgeberin, ihrem Kreis erlesener Gäste und dem Feuerwerk, das sie bestimmt erstaunen würde. Helene hörte mit einem sanften Lächeln auf den rot bemalten Lippen zu und stellte höflich die eine oder andere Frage zum Thema.

Die Fahrt war so schnell und ereignislos hinter sich gebracht und Viktor ließ es sich nicht nehmen, der jungen Frau aus der Kutsche zu helfen. Sie trug ja vielleicht zum ersten Mal ein Kleid solcher Ausmaße. Bisher schlug sie sich aber gut darin, obwohl das Atmen in ihrem Mieder bestimmt schwierig war. Frau Landner hatte es beim Schnüren eindeutig übertrieben.

Wie nicht anders zu erwarten, hatte die Baronin sich ein weiteres Mal nicht lumpen lassen. Das Palais war überfüllt mit wohlriechenden Blumen aller Art, Größen und Farben. Natürlich waren auch mehr Kerzen entfacht worden als bei der Weihnachtsmesse im Stephansdom.

Wer Geld hatte, zeigte das nun einmal. Deswegen spielten im Ballsaal ein paar der besten Musikanten des Landes und auf dem nicht enden wollenden Buffet thronte eine Statue der Gastgeberin selbst – aus Eis gefertigt. Es war die Krönung der Dekadenz.

Helene ließ sich davon nicht einschüchtern und verbeugte sich artig, als der Baron von Wohlenstein samt Gattin es sich nicht nehmen ließ, kurz Belanglosigkeiten mit ihnen auszutauschen. Viktor musste sich selbst daran erinnern, dass es sich bei seiner Begleiterin um eine Adelige handelte – nur eben verarmt und von ihren Verwandten ausgestoßen.

„Wen haben Sie uns denn da mitgebracht?", fragte ein französischer Graf, den Viktor selbst erst in der letzten Saison kennengelernt hatte.

„Helene Landner. Die Schwester eines Freundes."

„Enchanté, Mademoiselle!" Der blonde Jüngling ergriff ihre Hand und hauchte einen Kuss darauf. „Ich darf doch um den nächsten Tanz bitten, nicht wahr, Herr von Eppenberg?"

„Nur wenn das Fräulein das möchte."

Helene warf ihm einen Blick zu, schaute dann aber zu ihrem Werber zurück und nickte ihm mit einem Lächeln zu. Von diesem Moment an war Viktor nicht mehr alleine für das Vergnügen seines Gastes verantwortlich. Wie zu erwarten, interessierten sich mehrere Herren für die unbekannte Schönheit, sodass Helene die meiste Zeit tanzend verbrachte. Viktor forderte sie nur dann auf, wenn einer der ihm bekannten Weiberhelden sich ihr näherte. Ansonsten holte er sie nur zu einem erfrischenden Schluck oder einem Häppchen an den Rand des Geschehens zurück. Der Abend war ein vollkommener Erfolg und

Helene brillierte in ihrer Rolle als seine Begleitung. Sie schien aber trotz allem traurig. Ein Mädchen aus einfachen Verhältnissen hätte freudestrahlend alle Eindrücke in sich aufsaugen müssen. Hin und wieder schenkte sie Viktor zwar ein wahrlich freudiges Lächeln, aber diese waren selten und die Abstände zwischen ihnen wurden immer größer, je weiter der Abend voranschritt. Viktor warf ihr bei jedem Kontakt umso fröhlichere Blicke zu. Er war auch immer noch hingerissen von ihrer Schönheit und Anmut. In ein feines Kleid gesteckt, hätte niemand je vermutet, unter welch erbärmlichen Zuständen sie aufgewachsen war. Ob es angeborene Grazie war, so wie Julians Geschichte es vermuten ließ, wusste Viktor nicht, aber er spürte genau, wie sehr er sich zu ihr hingezogen fühlte.

„Kommen Sie schon, von Lindthain!", rief er dem Grafen nach dem dritten Tanz mit Helene zu. „Sie haben schon mehr mit meiner Begleitung getanzt, als ich es bisher getan habe."

„Sie hätten das Fräulein einfach nicht von der Hand lassen sollen, mein Lieber."

„Ich muss darauf bestehen, Sie abzulösen."

„Was für ein Jammer!" Der ältere Herr verbeugte sich tief vor Helene und machte dann doch Platz für seinen Rivalen.

„Unglaublich, nicht wahr? Man könnte denken, er ist noch zwanzig ... und unverheiratet."

„Ich denke, er liebt seine Frau innig", widersprach Helene, reichte Viktor aber die Hände für den nächsten Tanz. Sie warteten nur noch auf das Einsetzen der Melodie. „Der Herr Graf hat nur von ihr und seinen Kindern gesprochen."

„Das glaube ich gerne. Als Knabe bin ich oft auf den Knien der Gräfin geritten. Sie ist eine ganz reizende

Person, auch wenn ihr das Alter Probleme macht. Die Hüfte, um genau zu sein."

Der erste Takt erklang und sie setzten sich in Bewegung. Man sagte, dass ein geübter Tänzer jede Frau beim Walzer gut aussehen lassen konnte. Umgekehrt galt aber auch, dass eine begabte Partnerin einem Mann das Gefühl vermitteln konnte, auf Wolken zu schweben. Mit Helene hatte er dieses Gefühl. Jeder Schritt und jedes Wiegen geschah wie von selbst – eine Bewegung floss in die nächste. So zu tanzen, war wunderbar! Er vergaß darüber sogar seine Genugtuung, so viele neidische Blicke zugeworfen zu bekommen. Man konnte es den Junggesellen nicht vorwerfen. Helene war so bildschön wie ihr Bruder, nur lag auf ihren Zügen eine Ruhe, die sie noch weit anziehender machte.

Viktor lehnte sich näher zu seiner Tanzpartnerin. Ihr Atmen streifte über seine Wange. Es war die Wärme eines lebenden, liebenden, hoffenden Wesens, das sich ihm anvertraut hatte. Der Duft ihrer Haut war ungewöhnlich. Es haftete aber kein teures Parfum aus Paris oder London daran. Es war der Duft von Aprikosen, die sie wohl in der Küche geschält hatte. Und noch etwas anderes, das er aber nicht recht ausmachen konnte. Seine Lippen berührten beinahe ihren Hals, als er sich noch mehr an sie schmiegte, um die geheime Zutat zu erkennen – und dann küsste er sie.

Unverschämt, unerwartet und unverzeihlich!

Die niederschmetternde Enttäuschung zog ihm fast den Boden unter den Füßen fort. Es war nicht dasselbe! Sie mochten einander ähnlich sein, aber Helene war nicht ihr Bruder. Sie konnte Julian dessen Platz in seinem Herzen nicht streitig machen. Was aber war dieser Platz? Was empfand er wirklich für den Mann, der ihm während ihres ersten Treffens eine Kugel durch genau dieses Herz hatte jagen wollen?

„Es tut mir leid!", entschuldigte Viktor sich sofort, als er seinen Schock überwunden hatte. „Wenn Sie mich ohrfeigen wollen, dann halten Sie sich nicht zurück!"

„Ich denke, ich kann auf einen Skandal auf meinem ersten Ball verzichten", beruhigte ihn Helene mit einem aufmunternden Lächeln. Sie erkannte, wie schuldig er sich für sein Verhalten fühlte und vergab es ihm aus genau diesem Grund. Das unterschied sie von Julian. „Auch wenn die Baronin sich … laut des Grafen von Lindthain zumindest … über jede Art von Tumult auf ihren Festen freut."

„Machen Sie es mir nicht so leicht, Helene!"

„Doch. Ich denke, genau das möchte ich. Beruhigen Sie sich also und tanzen Sie weiter! Wir stehen den anderen Paaren schon im Weg."

Damit war die Sache für sie wohl vergeben und vergessen, denn sie ergriff die Initiative und setzte sich erneut in Bewegung. Viktor hätte aus Stein sein müssen, ihrer Bitte nicht nachzugeben.

So verbrachten sie die nächsten beiden Stunden, bis sie den Gästen hinaus in die Nacht folgten, um dem Feuerwerk beizuwohnen. Und dieses schaffte es schließlich: Helene war beeindruckt. Viktor betrachtete die Regungen im Gesicht seiner Begleitung weit mehr als das Feuerwerk. Er freute sich, dass er Helene endlich das Vergnügen bereitet hatte, das er sich von diesem Ball erhofft hatte. Es half dabei, seine Schuldgefühle zu verdrängen.

Als es kurz darauf an der Zeit war, Abschied zu nehmen, traf er dennoch die Entscheidung, Helene alleine heimfahren zu lassen. Es war vielleicht nur Feigheit, aber er wollte ihr nach seinem gedankenlosen Kuss nicht zumuten, eine Fahrt mit ihm allein in der Kutsche antreten zu müssen. Zu Fuß würde er auch nicht mehr als eine knappe Viertelstunde zum Palais brauchen. Die Nacht war kühl, aber nicht kalt. Der Spaziergang würde helfen, seine Gedanken zu ordnen, ehe er sich zu Bett begab. So würde er vielleicht sogar Schlaf finden können.

„Seien Sie mir nicht böse, aber ich werde Sie nicht auf Ihrem Heimweg begleiten."

„Ich verstehe. Seien Sie aber versichert, dass ich Ihnen nichts vorwerfe. Im Gegenteil! Ich möchte mich für diesen wundervollen Abend bedanken." Helene rieb ihre Finger durch die feinen Handschuhe. „Sie haben mich heute Abend sehr glücklich gemacht."

„Es war mir eine große Freude. Das sage ich nicht nur aus Höflichkeit. Es macht auch mich sehr glücklich, wenn Ihnen der Ball gefallen hat."

„Wenn Sie nur wirklich der Vater meines Kindes wären." Helene fuhr zusammen und schaute ihn mit den großen Augen an, die er von ihrem Bruder kannte, wenn er über seine eigenen Worte erschrak. Sie waren sich so ähnlich! „Das war unverschämt! Ich bitte Sie um Verzeih…"

„Ich nehme es als Kompliment. Sorgen Sie sich nicht! Und verderben Sie sich nicht selbst den Abend mit zu vielen unnötigen Gedanken."

„Sie haben recht. Ich empfehle mich besser schnell. Gute Nacht!"

„Gute Nacht, Fräulein! Mein Kutscher wird sie sicher nach Hause bringen." Viktor deutete eine Verbeugung an, Helene nickte ihm zu und wandte sich dem Gefährt zu. „Nur eines noch …"

„Ja?" Sie drehte sich ihm sofort wieder zu.

„Könnten Sie vor Ihrer Familie verschweigen, dass ich Sie geküsst habe?"

Er musste wie ein schuldbewusstes Kind aussehen, denn Helene legte ihm tröstend eine Hand auf die Schulter und schaute ihm tief in die Augen, als sie antwortete: „Sie haben mein Wort. Niemand wird es je von meinen Lippen hören. Und nun wollen wir vergessen, dass es überhaupt passiert ist. In der Tat habe ich bereits keine Ahnung mehr, wovon wir eben geredet haben."

„Sie sind unglaublich, Helene!"

„Unglaublich schön, will ich doch hoffen."

„Das versteht sich von selbst und muss wohl nicht extra erwähnt werden."

Sie lächelte ihn ein letztes Mal an, drehte sich der Kutsche wieder zu und stieg schließlich ein. Viktor schloss die Tür für sie und gab seinem Bediensteten die Adresse, an der er seinen Fahrgast absetzen und bis hinauf in seine Wohnung begleiten sollte. Der alte Mann gab ein verächtliches Geräusch von sich, begann aber nicht zu diskutieren oder ihm zu widersprechen. Natürlich nicht. Seinem Arbeitgeber gehorchte man, wenn es sich nicht vermeiden ließ.

Viktor wartete geduldig, bis sich das elegante Gefährt in Bewegung gesetzt hatte, ehe er einen letzten Blick zum Palais warf, das immer noch von unzähligen Kerzen hell erleuchtet war. Er hätte zurückgehen und ein wenig trinken, essen oder gar tanzen können. Der Gedanke kam ihm sogar, aber er war nicht verlockend genug. Viktor hätte die Gesellschaft ohnehin nicht genießen können, solange er sich nicht genauer mit seinem unerhörten Verhalten auf dem Ball auseinandergesetzt hatte. Dafür bot sich der Weg zurück zu seinem Anwesen an. Bewegung und frische Luft halfen ihm stets beim Nachdenken. Und er verstand sich ja auch selbst nicht mehr. Was nur war über ihn gekommen? Ein Mädchen ohne Vorwarnung zu küssen, das nur wenige Monate zuvor missbraucht worden war! Er hätte sich selbst zum Duell gefordert, wenn das möglich gewesen wäre. So aber blieb ihm nur sein Schuldgefühl. Und der Gedanke, dass er in Julians Augen noch tiefer sinken würde, wenn dieser jemals davon erfahren sollte. Wenn das überhaupt noch möglich war ...

Es versetzte Viktor einen Stich ins Herz. Er fasste sich an die Brust und schüttelte von sich selbst enttäuscht den Kopf. Wollte er es aber weiterhin abstreiten? Konnte er sich weiterhin einreden, dass Julian nicht mehr als ein Abenteuer für ihn war?

Das *musste* er.

Viktor musste seine Gefühle auch in Zukunft verdrängen. Es gab in Österreich-Ungarn nicht, was es nicht geben durfte.

Was hätte es auch geändert? Julian war nur an seinem Vermögen interessiert und Viktor konnte es ihm nicht einmal vorwerfen. Nicht nachdem er die kranke Mutter und die reizende, aber zutiefst unglückliche Schwester kennengelernt hatte. Er musste noch froh darüber sein, dass es Julian war, in den er sich verliebt hatte, weil dieser niemals auch nur einen Schritt auf ihn zugehen würde. Es lag weniger Gefahr in ihrer Abmachung als in jeder Beziehung zu einem Mann, der mit der Zeit vielleicht ehrliches Interesse an ihm entwickelt hätte.

Es schmerzte, aber so war es nun einmal: Er war verdammt.

„Julian!", rief Viktor überrascht, als er in seine Straße einbog und eine Gestalt unter der Straßenlaterne entdeckte, die er inzwischen selbst im Dunkel der Nacht erkannt hätte. „Was machst du hier?"

„Ich wollte fragen, wie der Abend verlaufen ist und Helene nach Hause bringen."

„Sie ist schon lange heimgefahren. Keine Sorge! Natürlich in meiner Familienkutsche. Wahrscheinlich ist sie gerade dabei, eurer Mutter alles im Detail zu berichten."

„Der Weg hierher war trotzdem nicht verschwendet", stellte Julian klar. „Ich wollte mich dafür entschuldigen, wie ich heute auf dich reagiert habe. Manchmal kann ich meine Emotionen nicht zügeln. Und ich wollte mich im Nachhinein auch bedanken. Ich weiß nicht, wieso du die Dinge tust, die du tust, aber du bist uns gegenüber sehr großzügig."

„Julian ..." Viktor stoppte, ehe er weitersprach. „Du weißt bestimmt, dass du mir etwas bedeutest."

„Ich habe es vermutet. Und ich bedaure deine Situation. Sehr sogar, denn selbst das großzügigste Geschenk wird meine Gefühle für dich nicht ändern können."

„Das ist mir bewusst ... Und dennoch ... Ich freue mich, wenn du glücklich bist."

Julian lächelte. Es war so schön, es entzündete einen Funken Licht in Viktors Brust. Alleine für diesen Anblick hatten sich die Umstände dieser Nacht gelohnt.

Wieso aber dachte er, dass sie schon vorbei sein musste? Es gab Männer, die sich zu dieser Stunde gerade erst zum zweiten Lokal aufmachten.

„Lass uns zusammen auf den gelungenen Abend anstoßen!", schlug Julian vor, als hätte er seinen Gedanken erraten.

„Gerne. Wir können es gleich hier tun. Unser Weinkeller kann sich mit dem der Habsburger messen." Viktor grinste

seinen Geliebten an. Er freute sich zu sehr über den Vorschlag, um seine Stimmung zu verbergen. Darüber hinaus
hatte er Julian seine Gefühle gestanden und dieser schien
nichts Schlimmes daran zu finden. Wieso sich also verstellen? „Und danach begleite ich dich zu eurem Haus. Mit
meiner Kutsche, versteht sich."

„Sehr gut. Der Marsch ist recht weit. Es wäre mir recht,
ihn so spät nicht noch einmal hinter mich bringen zu
müssen." Julian deutete eine Verbeugung an und zeigte in
Richtung Tor. „Nach Ihnen, Eure Hoheit!"

* * *

Aus einem Glas waren zwei geworden und Julian hatte
sogar eine Zigarre probiert, ehe er sie unter Viktors
krampfhaft unterdrücktem Lachen ausgedrückt hatte. Die
schwere Standuhr hatte bereits zwei Uhr geschlagen, als sie
beschlossen hatten, ihr Treffen zu beenden und sich auf
den Weg zu machen. Zum Reden blieb auch noch während
der Kutschfahrt Zeit. Viktor genoss diese Plaudereien
ohnehin am meisten, denn sein Gesprächspartner gab vor
der vorbeiziehenden Szenerie oft mehr preis, als gut für ihn
war. Zumindest bei jedem anderen als Viktor. Er würde die
ihm anvertrauten Informationen niemals weitergeben,
dachte er bei sich und zwang sich dazu, selbst aus dem
Fenster zu schauen. Julian sollte sich nicht überwacht
fühlen, falls er sich dazu entschied, ihn anzusehen.

In der Nachbarschaft der Landners angekommen, stiegen
sie aus und spazierten die letzte Straße hinunter. Sie
stoppten erst an der Ecke zur kleinen Gasse und blieben im
Lichtkegel der nahen Laterne stehen. Es waren nur noch
wenige Gestalten unterwegs und selbst diese würden wohl

demnächst ihre Unterkunft aufsuchen, wenn sie denn eine hatten. Viktor fand, dass es kein schlechter Platz war, um zu reden.

„Weißt du, dass das Ausführen deiner Schwester keine gar zu schlechte Idee war?"

„Wenn sie sich gefreut hat, freue ich mich ebenso."

„Das meine ich nicht. Wir sehen einander häufig, obwohl es auf der Hand liegt, dass du niemals bei uns angestellt sein wirst."

„Zumindest nicht so, wie man es vermuten sollte."

Viktor überhörte die kleine Spitze und fuhr fort: „Weil es jetzt für jedermann so aussieht, als wäre ich an Helene interessiert, wird es keine Fragen bezüglich unserer Treffen geben. Jeder wird denken, dass ich den schönen Bruder um den Finger wickle, um an die noch schönere Schwester heranzukommen."

„„Attraktiv ist das Wort, das dir nicht eingefallen ist. Aber danke für das Kompliment."

Das war etwas Neues. Viktor freute sich, dass sein Begleiter das Lob annahm. Es verschaffte ihm ein angenehmes Prickeln. Er fühle sich stets seltsam wohl an Julians Seite. „Ehre dem Ehre gebührt."

„Lassen wir die Scherze einmal beiseite. Du hast meiner Mutter die größte Freude von uns allen gemacht." Sein Geliebter schaute zu den Sternen hoch, die man am Wiener Himmel nur erahnen konnte. „Leni und ich ... Wir kennen Luxus nicht. Ich meine, wir sehen ihn bei anderen, aber wir selbst ... nein. Mutter schon. Und ich denke, es hat sie immer bedrückt, dass sie ihrer Tochter keine standesgemäße Einführung in die Gesellschaft ermöglichen konnte ... oder eine Einführung an sich."

Julian schaute ihn von der Seite an. Es war etwas wie Dankbarkeit in seinem Blick zu erkennen. Das kannte Viktor nicht von ihm. Es ließ etwas in ihm weich werden. Er hätte gerne mehr für ihn getan. Ihm die Welt zu Füßen gelegt, wenn er es tun hätte können. Er dachte auch, das Julian sie verdient hatte. Ihm wurde warm ums Herz, aber sein Herz selbst wurde schwer. Und er wollte nicht darüber nachdenken, wieso dem so war.

„Julian, was unsere Abmachung angeht ... Wenn du inzwischen eine andere Möglichkeit gefunden hast, um für euch ...“

„Da bist du ja endlich!“, erklang eine Stimme von der Gasse her.

Viktor hatte sie zwar erst wenige Male gehört, aber er hätte die Stimme von Frau Landner überall wiedererkannt. Julian natürlich ebenso, denn er war schon beim ersten Erklingen entsetzt herumgefahren. Inzwischen fielen sich die beiden fast in die Arme.

„Aber, Mutter, was machen Sie denn! Sie werden sich den Tod holen! Sie sind doch schon krank!“

„Soll ich daheim im Bett liegen und gar nichts tun, wenn ... wenn ...“ Sie schluchzte und wischte sich dabei doch eilig übers Gesicht, weil sie vor einem Fremden nicht in Tränen ausbrechen wollte. „Ich bin nur aufgestanden ... es war so stickig ... und da habe ich einen Brief gefunden! Deine Schwester ... sie ... sie will sich das Leben nehmen!“

Viktor erstarrte. Seine Augen aber weiteten sich vor Schreck. Das konnte er nicht glauben. Es stimmte, Helene hatte auf dem Ball nicht himmeljauchzend von all dem Pomp geschwärmt, aber er hatte gedacht, dass sie ihn zumindest genossen hatte. Hin und wieder war doch ein fröhliches Lächeln über ihr blasses Gesicht gehuscht! Sie hatte nicht niedergeschmettert oder verzweifelt ausgesehen. Dann kannte er sie aber nicht im Geringsten und es war ihr bestimmt ein Leichtes gewesen, ihm das unbekümmerte Mädchen vorzuspielen. Wie hatte Julian gesagt? Die größte Freude mit seiner Einladung hatte er ihrer Mutter gemacht.

„Beruhigen Sie sich! Ich brauche Sie bei klarem Verstand! Wohin kann sie gegangen sein? Wie wird sie es dieses Mal versuchen?"

„Ich weiß es nicht! Wer versteht dieses Kind denn schon? Das Kleid ist noch da … ordentlich zusammengelegt mit einer Nachricht an den Herrn von Eppenberg."

Julian drehte sich ihm zu. Viktor erwartete alles: Geschrei, Wut, Hass … den angedrohten Schuss ins Herz. Aber nichts davon spiegelte sich in dem schönen Gesicht wider. Julian schaute Hilfe suchend zu ihm. Und das riss ihn aus seiner Apathie.

„Frau Landner, denken Sie gut nach! Gibt es einen Ort, der besondere Bedeutung für Ihre Tochter hat? Und wie lange ist sie bereits verschwunden? Mein Kutscher muss sie vor anderthalb Stunden hier abgesetzt haben. Waren Sie da noch wach? Haben Sie mit ihr geredet?"

Die zitternde Frau schüttelte den Kopf, widersprach sich aber selbst, als sie antwortete: „Nur kurz. Mir ging es nicht gut … also habe ich mich nach unserem Gespräch hingelegt. Sie wollte auch nicht besonders über den Ball sprechen. Ich dachte, sie ist müde von der Aufregung."

„Das bringt doch alles nichts!", rief Julian und schüttelte seine Mutter durch. Es war verständlich, aber die zerbrechlich wirkende Frau konnte sich gar nicht dagegen wehren. „Haben Sie schon Hilfe geholt?"

„Ja! Ja, Georg, Jakob und Matthias suchen nach Leni … aber bisher vergeblich."

„Ich werde mit der Kutsche dasselbe tun. So können wir eine größere Fläche abdecken", bot sich Viktor von Schuldgefühlen gebeutelt an. „Welche Richtung ist am besten?"

Julians Mutter zuckte nur verzweifelt mit den Schultern. Ihr Sohn zeigte in Richtung Wienfluss und schob die zitternde Gestalt zum Haus zurück. Er rief Viktor aber über die Schulter zu: „Wenn du sie dort entlang nicht findest, dann hier längs in Richtung Kapelle!"

Viktor nickte eilig, gab aber sonst kein Zeichen, dass er verstanden hatte. Im Endeffekt ging es nur darum, so viele Straßen wie möglich abzufahren und dabei beide Augen offen zu halten. In den dunklen Gassen wurde das schwieriger. Es konnte sein, dass die Schatten dort zu viel verbargen. Daran wollte Viktor im Moment aber nicht denken. Er kletterte zum Kutscher auf den Bock und schilderte ihm die Situation. Es war dem Mann anzusehen, dass er mit der Müdigkeit kämpfte, aber er stimmte dem Plan zu und versprach, selbst darüber nachzudenken, wo man die junge Frau finden könnte. Immerhin kannte sich niemand so gut in Wien aus wie die Männer seiner Profession. Viktor vertraute ihm.

In der Kutsche sitzend ging er die Suche erst einmal strategisch an. Welche Wege standen einem lebensmüden Menschen offen, wenn kein Gift oder eine Waffe – und wie froh war er über die sicher verwahrte Pistole! – zur Hand war? Sich aus großer Höhe zu stürzen, erschien ihm die einfachste und dabei sicherste Methode. Welche Orte konnte Helene also aufgesucht haben? Ein Kirchturm kam ihm zuerst in den Sinn, aber würde man eine fremde Person dort hinaufsteigen lassen? Mitten in der Nacht noch dazu? Darüber hinaus wollte er ihr nicht zutrauen, den Tod oder die Verwundung eines anderen Lebewesens zu riskieren. Nein, diese Möglichkeit strich Viktor von seiner geistigen Liste. So fiel auch seine nächste Idee weg. Sich vor eine Kutsche zu werfen, war nicht nur für Helene gefährlich, sondern auch für die Tiere und Passanten in ihrer Nähe. Nachts war es auch nicht so einfach, überhaupt eine Kutsche zu finden, die nicht irgendwie ausweichen konnte. Als Nächstes blitzte vor seinem inneren Auge das Bild einer Frau auf, die sich in erbarmungslos tosende Fluten stürzte. Es war die logischste Wahl und auch Helene musste darauf gekommen sein. Zu ihrem Glück befanden sie sich bereits auf dem Weg in Richtung Wienfluss.

Viktor klopfte gegen die Kutsche und lehnte sich weit aus dem Fenster, damit sein Fuhrmann ihn verstehen konnte, ohne erst stehen zu bleiben: „Klappern Sie die Brücken hier in der Gegend ab!"

Nachdem er sich wieder gesetzt hatte, rieb er nervös die Finger aneinander und starrte angespannt in die Nacht hinaus. Es war furchtbar, in einem Prunkgefährt zu sitzen und nichts weiter tun zu können. Wäre er selbst geritten, er hätte sich bestimmt besser gefühlt. Nur kannte er sich in diesem Teil von Wien nicht aus und hätte somit mehr Zeit verloren, als es nötig war. Deswegen blieb er stumm sitzen und schaute abwechselnd aus dem rechten und linken Fenster. Für Schuldgefühle war keine Zeit und trotzdem fragte er sich immer wieder, was geschehen würde, wenn sie das Mädchen zu spät oder gar nicht fanden. Wie erschütternd es sein musste, nicht einmal ein Grab zu haben, an dem man trauern konnte! Aber selbst falls man Helene tot auffinden sollte, würden die Priester sich weigern, sie in geweihtem Boden zu beerdigen. Viktor dachte voll Schauder an die Erzählungen seines Vaters, es gäbe einen Friedhof der Namenlosen, die sich in die Donau geworfen hatten und die sonst nirgends ihre letzte Ruhestätte finden konnten.

Etwas zog seinen Blick auf sich. Sein Verstand konnte ihm einen Streich gespielt haben, aber Viktor ging kein Risiko ein. Er klopfte seinem Kutscher erneut, und als dieser die Fahrt verlangsamte, sprang er noch aus dem fahrenden Gefährt und lief zurück auf die Brücke. Dort lehnte er sich über das Geländer und kniff die Augen zusammen. Aus dieser Entfernung war er schwer auszumachen, aber der weiße Klecks im Dunkel der Böschung war tatsächlich da. Ob es sich um die Vermisste handelte, würde er aber erst sehen, wenn er näher herankam. Er folgte dem Lauf des Wassers und kletterte nahe der weißen Figur zum Ufer hinunter. Inzwischen konnte er erkennen, dass es auf jeden Fall eine Person war, die er aus der Ferne entdeckt hatte. Ihr weißes Nachthemd leuchtete gespenstisch im Mondschein. Sie sah aus wie eine Fee, die am Wasser rastete.

Als er Helene schließlich erreichte, saß sie immer noch regungslos da. Ihr Haar lag vom Wind zerzaust über ihren Schultern. Sie sah trotzdem wunderschön aus. Ein letztes Mal befürchtete Viktor, dass sie vielleicht nur ein Trugbild seiner Fantasie war und sich die Nymphen alter Erzählungen in seinen Gedanken breitmachten. Dafür war er allerdings längst zu nüchtern geworden.

Weil er trotz des Abstiegs noch keine passenden Worte gefunden hatte, blieb er neben der blassen Gestalt stehen und versuchte, auszumachen, was sie wie gebannt anschaute. Es war außer den endlosen Wellen aber nichts zu sehen und selbst diese verschwanden im Schwarz der Nacht, wenn eine Wolke über den Mond hinwegzog.

So standen sie eine Weile da, ehe sich Helene dazu durchrang, zu ihm aufzublicken.

„Keine Sorge." Sie legte den Kopf auf ihre angezogenen Knie. „Das Kleid liegt ordentlich in Papier verpackt zu Hause. Sie können es gleich mitnehmen, wenn Sie auf dem Weg zurück an unserer Tür vorbeikommen sollten."

„Deswegen bin ich nicht hier. Ich hoffe, dass Sie mir nichts anderes zutrauen."

Helene blinzelte ungewöhnlich oft. Es traten ihr wohl Tränen in die Augen, die sie vor ihm nicht vergießen wollte. Ein Funken Stolz war ihr also geblieben. Gut, dachte Viktor mit Erleichterung. Dann war sie noch zu retten.

„Helene, ich darf dich doch duzen?"

Sie schaute ihn perplex an. Zwischen ihre Augenbrauen grub sich eine Falte, die er von ihrem Bruder kannte. Diese Erkenntnis half aber nicht weiter. Nicht im Geringsten. Er musste sich auf die Dinge konzentrieren, die er hörte und selbst sagte.

Die junge Frau nickte schließlich und antwortete leise: „Ja, du darfst mich duzen ... Auch wenn es keinen Unterschied mehr macht."

„Du warst doch fröhlich auf dem Ball. Ich begreife es nicht. Hast du dich denn gar nicht darauf gefreut?"

„Ich wollte nicht undankbar erscheinen und Mama war so euphorisch. Also habe ich gewartet."

„Bis danach?"

„Bis danach", wiederholte Helene bestimmt. Die Sterne schienen in den Tränen zu leuchten, die sie immer noch wegzublinzeln versuchte. „Bis nach meinem Geburtstag erst, dann bis nach dem Ball."

„Aber du sitzt noch hier am Ufer. Was mich sehr glücklich macht, wohlbemerkt. Ich hatte gehofft, dass wir Freunde werden." Er musterte seine Gesprächspartnerin im Mondlicht. Ihre Haut zeigte, dass sie schon einige Zeit vor Ort war und sich zum letzten Schritt erst durchringen musste. Sie zitterte wie Espenlaub. „Du hast dich noch nicht entschieden?"

„Doch … nein … Ach, es ist so unendlich schwer!" Sie wischte sich übers Gesicht und atmete laut aus. „Ich bin hierhergekommen, um ins Wasser zu gehen, und ich möchte es auch … ich wünsche mir den Tod … aber dann habe ich das Kind in mir gespürt und ich denke, die schlimmste Sünde ist es, ein unschuldiges Leben zu nehmen. Welches Recht habe ich dazu?"

„Es geht nicht nur darum. Denk auch an deine Familie! Deine Mutter, deinen Bruder … der sich umbringen würde für dich. Das kannst du mir ohne Zweifel glauben. Er würde über Leichen gehen für dich. Und ja, natürlich gehört auch das ungeborene Kind zu deiner Familie."

„Meine Familie habe ich aber schon zerstört. Ein lediges Kind … diesen Makel kann man nicht mehr gut machen. Die Leute würden mit den Fingern auf uns zeigen. Julian würde niemals mehr eine respektable Stellung finden. Er würde gar keine mehr finden."

„Da hätte ich auch noch ein Wort mitzureden. Das verspreche ich." Viktor hockte sich neben Helene und hielt ihr die Hand hin. „Schlag ein! Lass uns einen Pakt schließen! Ich sorge dafür, dass es euch an nichts fehlen wird. Wenn ich mein Wort breche, kannst du immer noch in den Tod gehen. Dann bleibt dir zumindest eine Sünde erspart, wenn du vor unseren Schöpfer trittst."

Diese Worte verfehlten ihre Wirkung nicht. Helene wurde unruhig. Sie begann sogar damit, ihre vor Kälte zitternden Oberarme zu reiben. Es war verständlich. Laut Julian war seine Schwester ein überaus gläubiges Mädchen. Sie würde nicht gegen die zehn Gebote verstoßen, wenn man sie nur daran erinnerte.

Du sollst nicht töten.

Du sollst Vater und Mutter ehren.

Zwei Todsünden auf einen Schlag, das verängstigte sie offenbar.

„Komm, gib mir deine Hand! Ich helfe dir auf."

„Wozu denn? Wohin könnte ich schon gehen?"

„Nach Hause, wo deine Familie schon fast vor Sorge um dich vergeht. Oder erst einmal ein Stück den Fluss entlang, um zu reden."

Das Versprechen auf ein Gespräch vom kalten Wasser entfernt verführte Helene schließlich dazu, nach seinem ausgestreckten Arm zu greifen. Viktor packte zu und zog sie hoch.

„Na also!", rief er mit einem Zwinkern, das sie hoffentlich im Mondlicht erkennen konnte. „Du hast eingeschlagen. Wir haben also eine Abmachung."

„Sie haben mich ausgetrickst", stellte Helene fest und ein kleines Wunder geschah – sie lächelte ihn an, wenn es auch nur bis zum nächsten Blinzeln anhielt.

„Ich bin dafür bekannt, zu bekommen, was ich mir wünsche." Viktor streifte seinen Mantel ab und legte ihn Helene über die Schultern. „Wir hatten uns doch aber schon auf das Du geeinigt."

„Wenn du darauf bestehst, kann ich mich wohl nicht widersetzen."

„Es wäre mir zumindest unangenehm, dich zu duzen, wenn du mich immer noch siezt. Dein Bruder ist bei mir angestellt, du nicht. Und wir wollen es doch so halten, dass unser Pakt erst noch unter uns bleibt, ja?"

„Wie du es für richtig hältst." Helene griff nach dem Stoff und zog ihn zu. Sie zitterte immer noch, aber es würde schon werden. Zumindest war bereits mehr Lebenswille in ihr, als sie erneut Blickkontakt zu ihm suchte. „Du leihst mir dein Geld, also darfst du auch die Regeln aufstellen."

Oh, wie ähnlich die Geschwister einander auch noch in finanziellen Belangen waren! Viktor musste sich zur Seite drehen, damit sie nicht zu viel aus seinem Blick lesen konnte. Seine Stimme hatte er besser im Griff, also verwickelte er Helene in ein Gespräch, das sie nur zu gerne aufgriff: Julian. Wenn es um den jeweils anderen ging, waren die zwei gesprächig und offen. Es war dieselbe Beziehung, die auch Viktor zu seiner ältesten Schwester gehabt hatte, ehe sie sich aus unerfindlichen Gründen auseinandergelebt hatten. Vielleicht war er sogar eifersüchtig, als er mit Helene in der Kutsche saß und sie noch immer voll des Lobes für ihren Bruder war. Dieses Gefühl kam unerwartet, denn wie oft würde er schon die Chance bekommen, mehr von Julian zu erfahren, ohne ihn selbst fragen zu müssen?

Als sie bei ihrem Haus angekommen waren, streifte Helene den Mantel ab und faltete ihn vorsichtig in die Hälfte, ehe sie ihn an Viktor zurückgab. Er hätte ihn ihr beinahe geschenkt. Was aber hätte sie damit schon anfangen können? Viktor bot ihr stattdessen die Hand und half ihr beim Aussteigen.

„Geh besser alleine hinauf!", schlug er Helene vor, als sie ratlos vor der Kutsche stand und zu dem alten Gebäude hin schaute.

„Wie kann ich das? Ich schäme mich so sehr, dass ich allen Sorgen gemacht habe ... ohne es auch zu beenden."

„Ich bin sicher, deine Familie hat es so lieber, als sich zu Recht gefürchtet zu haben."

„Sie sind ein guter Mensch, Herr von Eppenberg ... Ich meine ‚du'."

„Viktor."

„Schön." Sie strich sich das zerzauste Haar zurück, um etwas passabler auszusehen. „Ich bin dann wohl auch nur noch Helene."

„Das würde mir gefallen. Geh jetzt aber hinauf und zeig dich deinen Lieben! Sie sind bestimmt schon krank vor Kummer. Lass dich heute Nacht aber nicht mehr in ein Gespräch verwickeln! Geh schlafen und ruh dich aus! Für alles andere hast du morgen noch Zeit."

Sie nickte ihm zu und rang sich ein recht unglückliches Lächeln ab. „Gute Nacht, Viktor!"

„Gute Nacht, Helene!"

So endete die Ballnacht also, von der er überheblich gedacht hatte, sie könnte helfen. In Wahrheit wusste er nicht einmal mehr, ob es ihm wirklich um die junge Frau gegangen war oder nicht doch darum, ihren Bruder zu ... Was? Beeindrucken? Necken? Ihm einfach nur nahe zu sein, ohne dass dieser sich wegen ihres Vertrags verpflichtet fühlte? Es hätte fast funktioniert, wenn Helene ihm nicht einen Strich durch die Rechnung gemacht hätte.

„Fahren wir heimwärts?", fragte der Kutscher von seinem Bock herunter.

„Einen Moment noch. Ich bin gleich so weit."

Als Adeliger machte man sich selten Gedanken darüber, welche Umstände man anderen bereitete. Weil man für jeden Handgriff bezahlte, dachte man, sich das Recht herausnehmen zu können, diesen jederzeit zu verlangen. Wahrscheinlich hätte sein Fuhrmann schon gerne im Bett gelegen. Die beiden Pferde waren bestimmt ebenso erschöpft und brauchten Verpflegung und Schlaf.

Er musste mehr Rücksicht auf andere nehmen, egal, um wen es sich handelte.

Viktor wollte gerade wieder einsteigen, als Julian in Richtung seines Hauses gerannt kam. Das Humpeln war schlimmer geworden. Es konnte an seiner Erschöpfung liegen oder an einem Sturz. Beides gefiel Viktor nicht.

„Hier drüben!", rief er Julian mit einem Arm winkend zu.

Dieser stoppte sofort und starrte ihn an. Trotz der kühlen Luft liefen ihm Schweißperlen von der Stirn. Dann war der Bann gebrochen und Julian kam zu ihm gelaufen. In seinen Augen spiegelte sich Hoffnung wider.

„Sie ist wieder da? Geht es ihr auch gut?"

„Ja, ich habe sie am Flussufer gefunden." Viktor dachte nicht, dass sein Gegenüber alles wissen musste, was zwischen ihnen gesagt worden war. Er hielt sich also vage. „Wir haben uns lange unterhalten. Ich denke, sie wird sich vorerst nicht noch einmal zu einer Dummheit hinreißen lassen."

Julian schaute ihn sprachlos an. Dem erleichterten Ausdruck folgte ein völlig anderer. Seine Wangenmuskulatur arbeitete, sein Kinn rutschte mehrmals vor und zurück. Und dann fiel er Viktor ohne Vorwarnung um den Hals. „Ich werde ewig in deiner Schuld stehen! Immer wenn ich denke, ich könnte sie irgendwie begleichen, erschütterst du meine Welt erneut mit deiner Großzügigkeit."

„Es war doch selbstverständlich, dass ich geholfen habe."

„Nein, das war es nicht!"

Julians Griff wurde noch fester. Er grub ihm die Finger beinahe in die Haut. Und Viktor kam ein verführerischer – ach, ein so falscher und doch so verführerischer! – Gedanke. Was würde passieren, wenn er Julians Schwester zur Frau nahm? Dem gefallenen Mädchen ein Gatte und seinem Kind ein Vater zu sein … und Julian damit für immer an sich zu binden. Wie falsch das gewesen wäre! Wie richtig! Beides zugleich. Vor allem aber richtig. Es hätte mehr Freude in die Welt gebracht als Unglück.

Er musste gehen, ehe sich dieser Moment der Schwäche in seine Gedanken graben und ihn nicht mehr loslassen würde. Viktor schob Julian schnell von sich und lächelte ihm aufmunternd zu.

„Geh zu deiner Mutter! Sie braucht dich jetzt. Und ich brauche Schlaf."

„Ja, natürlich!" Julian klopfte ihm verlegen auf die Schulter und rannte bereits in Richtung Haus, als er ihm doch noch zurief: „Ich komme morgen Nachmittag zum Palais!"

Viktor nickte nur betreten. Er war sich plötzlich nicht mehr sicher, ob das eine gute Idee war.

◆❧ Kapitel 12 ☙◆
Besuch aus dem Orient

„Es ist Besuch für Sie gekommen, junger Herr. Soll ich ihn gleich heraufbringen?"

Viktor fand es amüsant, wie tadelnd Herr Längenstädt jedes Mal klang, wenn er ihm diese Frage stellte. Ein wenig verstand er ihn sogar. Wozu den Salon prunkvoll einrichten, wenn man keine Gäste darin empfing? Vielleicht warf ihm der Gute aber auch nur seine weit zu intime Beziehung mit Julian vor – womit er natürlich ebenso recht hatte. Ändern konnte Viktor daran aber nichts mehr. Noch nicht.

„Ja, bringen Sie ihn gleich hier herauf!"

Was machte er eigentlich? Nicht nur, dass er Julian für seine „Dienste" bezahlte, er hatte auch noch seiner Schwester versprochen, sie finanziell zu unterstützen. Dabei hatte er keine Ahnung, von welchen Geldsummen er da überhaupt gesprochen hatte. Er würde es schon irgendwie zustande bringen, den wahren Grund für seine Ausgaben zu verschweigen, immerhin verspielten andere bei Pferderennen Unsummen oder verschleuderten sie für Wein, Weib und Gesang ... Viktor war nur nicht wohl dabei, seine Eltern zu hintergehen.

Noch unwohler fühlte er sich aber, Julian erneut zu sehen. Er bemühte sich, seine Schnapsidee der letzten Nacht zu verdrängen, aber sie schlich sich doch immer wieder in seine Erinnerung und weigerte sich, diese wieder zu verlassen. Aber wie hätte er diese Ehe erklären sollen? Wie hätte er ein Leben lang vor Helene Theater spielen sollen? Und was, wenn er jemanden kennenlernte und sein Interesse an Julian verpuffte?

„Da ist er ja! Mein Stubenhengst! Und wie erwartet, sitzt er über Papieren!"

Viktor fuhr hoch und schaute überrascht zur Tür. Darin stand ein hochgewachsener Mann mit einem Turban, schillernd bunter Kleidung und einem im Licht glänzenden Schnurrbart.

„Mohamed!", rief er seinen besten Freund an. „Du? Hier? Ich hatte keine Ahnung, dass … Welche Überraschung! Komm her!"

„Du freust dich so sehr, mich zu sehen? Man könnte denken, ihr von Eppenbergs gebt uns gerne euer Geld."

„Es bleibt ja unter Freunden", antwortete Viktor und küsste seinen Freund in dessen Sitte auf beide Wangen. „Und wenn mein Vater darauf besteht, mit deinem zu wetten, dann muss er seine Schulden eben auch begleichen. Ich denke, er sieht es als Spende für eine bedürftige Familie."

„Natürlich. Wir sind ja auch *sehr* bedürftig!" Mohameds Lachen kam aus vollem Halse, aber es erstarb sofort wieder. „Was ist denn mit dir? Deine gute Laune erscheint mir aufgesetzt. Gerade eben hast du dir eine Blöße gegeben … Da! Schon wieder! Du wirkst besorgt."

„Das hast du so schnell bemerkt?"

„Natürlich. Bin ich dein Mohamed oder bin ich es nicht? Es verärgert mich, dass du mir deinen Kummer verheimlichen willst."

„Weil es … mich eigentlich nicht selbst betrifft. Zumindest nicht ganz."

„Wie ominös!", rief Mohamed und ließ sich auf das Sofa fallen, ehe er an seinem Bart zwirbelte und die Beine übereinanderschlug. Er kam immer mehr nach seinem Vater. „Erzähl mir mehr! Vielleicht kann ich Abhilfe schaffen."

„Das wohl kaum", antwortete Viktor und war doch dankbar für die Möglichkeit, sein Herz bei jemandem ausschütten zu können. Er nahm neben seinem Freund Platz und lehnte sich wie zu einer Verschwörung zu ihm. „Es geht um … einen engen Freund. Jemanden, dessen Glück oder Unglück sich direkt auf mein Gemüt überträgt. Er … oder besser, seine Familie … hat ein Problem. Und egal, wie sehr ich mir den Kopf auch deswegen zermartere, ich finde nur völlig abwegige Lösungen, die man nicht in die Tat umsetzen kann."

„Ich kann dir nicht helfen, wenn du nicht mehr ins Detail gehst."

Mohamed war tatsächlich an der Sache interessiert, denn sonst hätte er längst nach einer Erfrischung verlangt. Viktor wäre ein Narr gewesen, wenn er diese Situation nicht genutzt hätte.

„Also, pass auf! Da ist dieses Mädchen, das sich in einen Mann verliebt hat. Er hat ihm die Ehe versprochen und vieles mehr, weil er mit ihm schlafen wollte. Um die Geschichte kurz zu halten: Als das Mädchen sich immer noch geweigert hat, mit ihm intim zu werden, hat er es geschändet. Das wahre Unglück an der Sache ist aber, dass er es dabei geschwängert hat. Wie du dir denken kannst, ist es verzweifelt und hat Angst. Und letzte Nacht wollte es sich sogar das Leben nehmen."

Mohamed hatte aufmerksam zugehört und dabei genickt. Nun schaute er Viktor aber nur fragend an, als verstünde er das Problem nicht. Das verwirrte sie wohl beide, denn trotz aller kultureller Unterschiede hatten sie einander bisher immer hervorragend verstanden. Sie waren stets wie Brüder gewesen.

„Nur, damit ich dich richtig verstehe: Ein widerlicher Kerl hat ein Mädchen gegen dessen Willen geschwängert und deswegen will es sterben?"

„So ist es."

„Wenn das das einzige Problem ist, dann werdet das Kind eben los."

Viktor blinzelte zwischen Schreck und Verlegenheit hin- und hergerissen und rieb sich nervös am Nacken. Wie sollte er auf diesen Vorschlag auch reagieren, ohne seinen Freund und dessen Kultur zu beleidigen? Dass er völlig anderer Meinung war, hätte Mohamed eigentlich klar sein müssen. Viktor beschloss also, so neutral wie möglich zu bleiben. Immerhin wollte er den Rat seines Freundes, nicht einen waschechten Streit zwischen ihnen auslösen.

„Als guter Christenmensch geht das nicht. Und das wollte ich auch nicht."

„Ihr lebt hinterm Mond, mein Lieber. In meiner Kultur ist Kindermord akzeptiert. Mehr noch! Er hat unzählige Generationen lang Bürgerkriege verhindert."

„Wie das?", fragte Viktor verwirrt.

Mohamed schüttelte entrüstet den Kopf, ließ sich aber zu einer Erklärung herab: „Der frischgebackene Sultan hat unmittelbar nach Antritt seines Erbes alle seine Brüder ermorden lassen, egal ob noch ungeboren oder in seinem Alter. Dadurch wurde sichergestellt, dass es keine Brüderkriege um die Macht geben würde, die das ganze Reich erfassen könnten. Und das war gut. Nur wenige Ausnahmen gibt es. So kam einst eine Sklavin in den Harem, die nicht aus unserem Kulturkreis stammte und zur Favoritin des Sultans aufstieg. Weil Roxelana, so war ihr Name, nicht wollte, dass auch nur eines ihrer Kinder sterben sollte, verführte sie Sultan Süleyman zwar zum Mord an seinem

Erstgeborenen, ihr eigen Fleisch und Blut aber wollte sie nicht angetastet sehen. Und wozu hat es geführt? Zu Mord und Todschlag unter ihren eigenen Söhnen und dem befürchteten Bürgerkrieg. Tote über Tote wegen einer ruthenischen Sklavin aus Rogatin!"

„Wechseln wir das Thema!", bat Viktor beinahe flehend. Ihm graute alleine bei der Vorstellung, seinem Bruder auch nur ein Haar zu krümmen. „Von Mord und Todschlag will ich heute nichts hören."

„Du hast mit dem unglücklichen Mädchen angefangen. Aber ich gebe dir recht! Unser Wiedersehen soll freudig sein! Also nur schöne Dinge ab jetzt. Ah, ja! Weißt du schon, dass mein Vater nach einer Braut für mich sucht?"

„Ist das wirklich ein schönes Thema, wenn du nicht mitreden darfst?"

Mohamed sprang wieder auf und warf beide Hände in die Höhe, als würde er zur Feier des Tages Blütenblätter verstreuen. „Das ist ja das Spannende daran! Ich *darf* mitentscheiden. Obwohl es mir eine Herzensangelegenheit ist, meine Eltern glücklich zu machen. Was ist mit dir? Kannst du das an Aufregung überbieten?"

„Wie es der Zufall so will …" Viktor lächelte und lehnte sich genüsslich zurück. Er zögerte seine Erzählung einen Moment hinaus, weil er wusste, wie gerne Mohamed derartige Spielchen trieb. „Ich habe die Einladung erhalten, eine hochwohlgeborene Persönlichkeit auf die Jagd zu begleiten. Als Anhängsel meines Onkels zwar, aber dennoch! Ich begebe mich also in die höchsten Kreise der Wiener Gesellschaft. *Hochwohlgeborene* Kreise."

„Ja, während einer Jagd." Mohamed schüttelte den Kopf. „Du kannst keiner Fliege etwas zuleide tun. Sie werden dich auslachen und in hohem Bogen wieder aus den hochwohlgeborenen Kreisen werfen. Mit einem gekonnten Fuß-tritt wahrscheinlich noch dazu."

„Niemand sagt, dass ich selbst jagen muss."

„Was dir tatsächlich zugutekommen würde! Du könntest nicht einmal mir in die Brust schießen, obwohl ich direkt vor dir stehe."

„Natürlich nicht", stimmte Viktor mit einem Lächeln zu. „Ich könnte dir niemals Schaden zufügen. Was aber das Schießen an sich betrifft: Es ist alles eine Frage der Übung."

„Die du nun einmal nicht hast, mein zartbesaitetes Hühnchen."

„Bist du nun mein Freund und freust dich mit mir oder bist du nur der spottende Vertreter deines Vaters, der Geld von mir einfordern soll?"

„Oh, mein liebstes, angeschlagenes Huhn! Ich juble natürlich mit dir! Ich bin *euphorisch* und regelrecht sprachlos vor Glück!" Mohamed schnappte nach Viktors Kragen und zog ihn zu einer festen Umarmung an sich. „Und darüber hinaus nehme ich aus ganzem Herzen Anteil an deiner Freude. Ich weiß, wie wichtig derartige Kontakte in deinem Reich sind. Und ich weiß, keiner verdient es mehr, sozial noch weiter aufzusteigen."

„Ich danke dir! Du weißt nicht, wie viel es mir bedeutet, das zu hören." Er erwiderte die Umarmung ebenso fest und klopfte seinem Freund mehrmals auf den Rücken. „Und wie großartig es ist, es dir persönlich sagen zu können! Du wirst es nicht glauben, aber erst letzte Woche habe ich dir einen Brief mit genau diesem Inhalt geschickt."

„Und dieser wird mich schon ungeduldig erwarten, wenn ich wieder in die Heimat zurückkehre."

Sie lagen sich immer noch in den Armen, als sich die Tür öffnete. Viktor konzentrierte sich nicht weiter darauf. Der Diener würde schon sagen, was es zu sagen gab. Weil aber keine Stimme erklang, schaute er schließlich auf und entdeckte Julian – mit der seltsamsten Miene in seinem schönen Gesicht.

„Julian!", rief er ihm zu und lockerte die Umarmung, in der er sich immer noch befand. Es war Mohamed, der zuerst einen Schritt zurückmachte. „Man hat dich nicht angekündigt."

„Ich habe darum gebeten, es nicht zu tun. Hätte ich aber gewusst, dass du Besuch hast ..."

„Könnte uns jemand vorstellen?", fragte Mohamed in perfektem Deutsch und mit einer Stimme, die wie Balsam auf jedermanns Gemüt war. „Oder muss ich es etwa selbst tun?"

„Entschuldige! Was für ein schlechter Gastgeber ich dir heute bin!" Viktor verbeugte sich zum Scherz und lachte dabei. „Aber ohne Förmlichkeiten. Wir sind ja unter Freunden."

„Wie es dir lieb ist."

Viktor winkte Julian zu sich. Dieser gehorchte und reichte Mohamed – wenn auch nach kurzem Zögern – die Hand.

„Das ist Julian Landner, der sich als Klavierlehrer von Ephigenie beworben hat, und ... wenn ich das so sagen darf ... inzwischen ein enger Freund meinerseits geworden ist." Sein Blick wurde vielleicht zu sanft, als er das sagte. Viktor versuchte, das mit besonders emotionsloser Stimmlage auszugleichen. „Und das ist der wunderbare, talentierte, überaus gebildete Mohamed aus dem fernen Orient.

Er ist der Sohn eines engen Freundes meines Vaters. Wir kennen einander seit wir Knirpse waren."

„Länger, will ich meinen", widersprach der angepriesene Besucher und stützte seine Arme in die Seiten. Er war eine stattliche Gestalt, die nie recht wusste, was sie mit ihrer Kraft anstellen sollte. Viktor freute sich über jedes Wiedersehen ebenso, wie er ihre Abschiede hasste. „Meine Mutter sagt, sie hat dich das erste Mal getroffen, als sie mit mir schwanger war. Es ist also anzunehmen, dass wir uns seit jenem Tag noch vor meiner Geburt kennen."

„In gewisser Weise ja", stimmte Viktor nickend zu.

Julian wusste noch immer nicht recht, wie er sich an diesem Gespräch beteiligen sollte. Er stand nur vor ihnen und erfreute sie mit seiner strahlenden Schönheit – so wie die Ehefrauen der wichtigsten Edelmänner es taten, weil ihnen das Führen interessanter Gespräche verboten war. So wollte er Julian aber nicht behandeln, ebenso wenig wie er die Damen so behandelte. Viktor wechselte also schnell das Thema: „Bestimmt würdest du gerne eine der Kompositionen von Herrn Ladner hören, nicht wahr, Mohamed?"

„Oh, der kleine Prinz schreibt also selbst Melodien?"

Viktor musste ein Lachen unterdrücken. Julian war alles andere als klein. Nur neben ihm und seinem noch weit größeren Freund wirkte er etwas zierlich. Wie er sich zwischen ihnen wohl fühlte? Normalerweise war Julian ja nicht gerade auf den Mund gefallen.

„Lieder", meldete sich dieser schließlich zu Wort. „Für alles wahrlich Bedeutende fehlt mir das Talent."

„Oder die Inspiration!", gab sich Mohamed gönnerhaft und machte einen Schritt auf Julian zu, dem er ohne Vorwarnung einen Arm um die Schulter legte und in Richtung Tür führte. Viktor wusste, wohin er ihn regelrecht schob:

zum Klavier, an dem zwei seiner drei Schwestern das Musizieren erlernt hatten. „Meine Mutter pflegt zu sagen, dass die Liebe die beste Musikantin ist."

„Hört, hört!", rief Viktor und folgte ihnen mit aufkeimender Sorge in der Brust. „Wieso erfreust du mich dann nie mit deinen Melodien, Mohamed?"

„Weil ich nicht in dich verliebt bin, mein Freund. Und Sie, Herr Landner? Ein attraktiver Mann wie Sie hat doch bestimmt eine Frau an jedem Finger."

Er lachte über seine eigene Bemerkung. Viktor – und Julian bestimmt ebenso – blieb es im Halse stecken.

„Nein, so ist das nicht …"

„Dann sollten Sie sich schnell zumindest eine anschaffen! Es gibt nichts Besseres als eine Muse!"

Julian befreite sich bei der ersten Gelegenheit aus Mohameds Griff und nahm an dem Klavier Platz. Er setzte die Finger auf die Tasten und ließ sie nach einem tiefen Atemzug auch schon darüber fliegen. Viktor lehnte sich wenige Schritte entfernt an die Wand und betrachtete ihn dabei. Julian wich seinem Blick aus. Mohamed hatte ihn also in eine unangenehme Situation gebracht. Es hätte Viktor trotzdem – oder gerade deswegen – gefallen, wenn sein Geliebter Unterstützung bei ihm gesucht hätte. Aber so waren die Landners nun einmal nicht. Sie gingen ihren Weg alleine, egal ob es ihnen nun Unglück brachte oder nicht.

„Ah, ja! Dieses Lied kenne ich! Machen Sie mal etwas Platz!" Mohamed setzte sich neben Julian und schaute ihn mit Falten auf der Stirn an, als dieser die Finger von den Tasten nahm. „Ach, das war falsch ausgedrückt. Ich möchte Sie nicht vertreiben, sondern mit Ihnen zusammen spielen. Also, weiter! Ich setze dann schon ein."

Mohamed bekam auch dieses Mal seinen Willen, so wie es immer schon in diesem Palais gewesen war. Nachdem Julian einen Herzschlag lang gezögert hatte, begann er, an derselben Stelle weiterzuspielen, an der er die Melodie unterbrochen hatte. Einen Moment später stimmte Mohamed mit ein und beschämte seinen Partner durchaus damit. Wer die beiden nicht kannte, hätte nicht erraten können, welcher der beiden Männer sein tägliches Brot mit Musizieren verdiente.

Als das Stück schließlich endete, schaute Julian seinen Konkurrenten mit vor Verwunderung geweiteten Augen an. So gut also war sein bester Freund, dachte Viktor selbst von dieser Erkenntnis erstaunt. Attraktiv, reich, gebildet und nun auch noch talentiert? Gott hatte es mit diesem einen Mann gut gemeint, ging ihm durch den Kopf, ehe er sich wieder auf Julian konzentrierte. Dieser schien eingeschüchtert zu sein. Das missfiel Viktor, aber er konnte im Moment nichts daran ändern. Wenn sein Geliebter für Geld vor Menschenmassen spielen wollte, musste er seine Schüchternheit früher oder später ohnehin abwerfen. Er würde es bestimmt verschmerzen, etwas Zeit zu dritt zu verbringen.

Oder auch nicht. Gerade als Viktor Julian fragen wollte, ob er mit ihnen zusammen eine Kleinigkeit essen wollte, erklärte dieser eilig: „Ich muss jetzt wirklich den Heimweg antreten."

„Wie schade! Dabei waren wir gerade dabei, uns kennenzulernen."

„Ich bedauere." Julian schaute von Viktor zu Mohamed und wieder zurück. „Ich bin nur gekommen, um Ihnen noch einmal meinen Dank auszusprechen … so wie ich es gestern versprochen hatte."

Viktor musterte sein Gesicht. Es verzauberte ihn immer noch so sehr, dass er jedes Mal aufs Neue seine Moral dafür eintauschte. Daran wollte er aber nicht denken. Julian fühlte sich unwohl. Es war ihm anzusehen – und er hatte ihn bereits zu lange zappeln lassen. Es wäre falsch gewesen, seinen Abschied noch weiter hinauszuzögern.

„In dem Fall begleite ich dich nach unten." Viktor löste sich von der Wand und zeigte zur offen stehenden Tür in den Westflügel. „Mohamed, wirst du fünf Minuten ohne mich Spaß am Klavier haben?"

„Nicht im Geringsten. Nur wenn ich dich mit meinem Spiel beeindrucken kann, macht es mir wirklich Freude."

„Gut, dann beeile ich mich. Komm mit, Julian!"

„Auf Wiedersehen!", verabschiedete dieser sich dankbar.

„Ich bin noch die ganze Woche in Wien. Vielleicht wird sich ein solches ergeben. Bis dahin eine gute Zeit!"

Als sie zu zweit auf den Gang marschierten, warf Viktor einen Blick über die Schulter. Sein Freund schaute nicht in ihre Richtung. Er hatte sich sogar wieder ans Klavier gesetzt und lockerte seine Finger. Sie hatten die Treppe kaum erreicht, als der Klang eines neuen Stücks durch das halbe Palais schallte. Julian fuhr deswegen beinahe zusammen. Er war wirklich eingeschüchtert von dem Talent eines Mannes, dem es offensichtlich nicht einmal etwas bedeutete. Viktor verstand derartige Gefühle nur zu gut. Er legte seinem Geliebten eine Hand auf den Rücken, als er ihn über die Treppe zu einem der Dienstbotenausgänge führte. Vielleicht war die Stimmung aber noch zu retten, ehe sie sich wieder trennten.

„Wie hast du Herrn Längenstädt überredet, alleine hinaufgehen zu dürfen?"

„Das ging leichter als erwartet. Ich habe ihn nur gefragt, ob du zu Hause bist … und er meinte, ich wüsste ja, wo ich dich finden könnte."

Viktor schmunzelte. Er war sich allerdings nicht sicher, ob dieser Zustand wirklich ein Grund zur Freude war. Es gab keinen konservativeren Menschen im Haus als Herrn Längenstädt – den Grafen mit eingerechnet. Wenn der stolze Diener die Regeln für ihn brach, war in Zukunft mehr Vorsicht geboten. Das betraf Julian aber nicht direkt. Er hatte ihm schließlich verspochen, sich nie um derartige Dinge kümmern zu müssen.

„Es tut mir leid, dass wir nicht zum Sprechen gekommen sind. Es gab wohl etwas Wichtiges zu bereden? Vielleicht wegen Helene?"

Julian schüttelte den Kopf. „Nein, ich … Es betraf nur … Ich werde morgen früh kommen, wenn dir das recht ist."

„Natürlich. Ich werde dich zum Frühstück erwarten … oder wann auch immer es dir recht sein sollte. Morgen werde ich ohnehin den ganzen Tag hier anzutreffen sein. Such mich auf, wann auch immer es für dich passt."

Sie waren an der Tür angekommen und blieben davor stehen. Im Moment waren sie zwar alleine in dem dunklen Gang, aber das konnte sich jederzeit ändern. Es war einfach nicht der passende Ort, um über die Ereignisse der letzten Nacht zu sprechen und schon gar nicht ihre Pläne für die Zukunft. Er öffnete seinem Besucher also nur.

„Nun denn! Ich schaue morgen wieder bei dir vorbei."

„Warte!" Viktor streckte einen Arm nach Julian aus. Dieser blieb aber von selbst stehen und schaute ihn fragend an. Sein ratloser Blick war mehr, als er in diesem Moment ertragen konnte. Viktor fuhr nach vorne und stahl sich einen Kuss. Es war nur ein kurzer Augenblick der Versuchung, aber er schämte sich trotzdem dafür. „Entschuldige … Das wollte ich nicht."

„Schon gut."

Das unausgesprochene „Du bezahlst mich ja dafür" hing schwer zwischen ihnen. Viktor hasste es, dass ihre Beziehung von Schuld und Geld und noch einmal Schuld geprägt war. Ändern ließ sich daran aber an diesem Tag nichts mehr.

„Komm gut nach Hause!"

„Ich bleibe noch in der Gegend. Um genau zu sein, bin ich auf dem Weg zu einer Unterrichtsstunde. Dank dir und dem guten Ruf deines Hauses, habe ich eine neue Schülerin gefunden. Die Tochter eines Richters. Er zahlt gut."

„Das ist wunderbar!", versicherte Viktor weit zu emotional. Er konnte seine Freude einfach nicht verbergen. Er dachte auch nicht, dass er das musste. „War es das, was du mir berichten wolltest?"

Julian blinzelte. Zwischen seine Augenbrauen grub sich eine kleine Falte. Dann nickte er energisch und verabschiedete sich erneut. „Bis morgen dann!"

Viktor schaute ihm etwas hinterher, schloss dann schnell die Tür und rieb sich über das Kinn. Dieses Treffen war so anders gewesen als alle zuvor. Er versuchte auch noch immer, zu begreifen, welchen Blick er an seinem Geliebten gesehen hatte. Eifersucht? Nein, das alleine konnte es nicht sein. Was aber dann? Sah er Mohamed als Rivalen in seiner Liebe zur Musik? Immerhin hatte sein Freund regelrecht abwertend vom Klavierspielen gesprochen und dabei klargemacht, dass er es nicht besonders oft tat. Und trotzdem hatte er Julian vorgeführt. Das war der Unterschied zwischen Bildung und Talent. Ein Mensch konnte sich noch so sehr mit einem Instrument abmühen, wenn ihm die Musik nicht in die Wiege gelegt worden war, konnte er es in einem fairen Wettbewerb nicht mit einem Naturtalent aufnehmen.

Ja, dachte Viktor und nickte sich selbst zu. Das musste es sein. Es war deswegen die beste Strategie, Mohamed in Julians Gegenwart nicht mehr zu erwähnen und weitere Treffen zu unterbinden. Es war die sicherste Lösung, denn sein bester Freund kannte ihn gut genug, um durch seine Charade hindurch auf den Grund seines Herzens zu blicken. Und das alleine hätte ihre Freundschaft nach all den Jahren zerstören können.

◆֍ Kapitel 13 ֍◆
Zweifel und Entscheidungen

Am nächsten Morgen erschien Julian zu früh. Viktor war erst nur unangenehm überrascht, genierte sich aber recht schnell, weil ihm gar nicht bewusst gewesen war, um welche Uhrzeiten die einfachen Bürger frühstückten, um rechtzeitig an ihren Arbeitsplätzen zu erscheinen. Wenn sie denn überhaupt eine Arbeit hatten, um die Lebensmittel für ein Frühstück erwerben zu können.

Die Zeit bis zum Essen verbrachte er also in beschämtem Unbehagen. Sie saßen im Salon und Julian versuchte erneut eine Zigarre, die er aber nach einem weiteren Hustenanfall mit einem Lachen zur Seite legte und offiziell verkündete, nie mehr eine davon anzufassen. Ihre Hände lagen nur wenige Zentimeter entfernt voneinander auf den Lehnen ihrer Sessel. Die Versuchung, seine Fingerspitzen über Julians Handrücken zu reiben, war beinahe übermächtig. Wahrscheinlich rettete ihn nur das Erscheinen des Dieners, der sie zu Tisch bat. Dort angekommen, bekam Viktor sich wieder mehr in den Griff. Die räumliche Entfernung half. Der unverkennbare Geruch von Julians Seife und seinem Haar lag ihm so nicht mehr in der Nase.

Beim Frühstücken umgingen sie den Elefanten im Raum schließlich geschickt, indem sie über Helene und ihren Zustand sprachen. Viktor freute sich ja auch darüber, dass ihr sein Versprechen scheinbar neuen Mut geschenkt hatte. Er behielt ihr Geheimnis aber für sich. Es gab genug andere Dinge, die er zu gerne besprochen hätte. Und doch bereitete es ihm Vergnügen, Julian bei seinen Schilderungen einfach nur zuzuschauen – wie seine Lippen die Vokale formten oder wenn sich das eine oder andere Mal ein

Lächeln darauf verirrte. Er hatte das ermöglicht, dachte Viktor und in seiner Brust verspürte er die undefinierbare Wärme, die ihn nur beim Zusammensein mit Julian überkam. Er liebte ihn, dachte er von der Tragweite seiner Erkenntnis erneut übermannt. Und auch dieses Mal folgte der niederschmetternde Gedanke, dass er seinem Liebsten das niemals gestehen durfte, um ihn nicht zu verschrecken.

Er musste das Thema wechseln! Nur so konnte er verheimlichen, dass er die letzten Minuten kaum ein Wort von dem registriert hatte, was sein Gegenüber so enthusiastisch berichtet hatte. Er stellte die Tasse zur Seite und heuchelte Neugierde: „Und? Wie ist sie so?"

„Wer?"

„Deine neue Schülerin. Du wolltest mir doch von ihr erzählen? Gestern, als ich dir Mohamed vorgestellt habe?"

Etwas an Julians Miene veränderte sich. Es war schwer zu deuten. Beim Antworten klang er allerdings wie sonst: „Sie ist sehr gescheit. Bildhübsch auch. Bestimmt wird sie eines Tages über ihrem Stand heiraten ... Nur fehlt von musikalischem Talent leider jede Spur."

„Das sollte bei einem großartigen Lehrer kaum etwas ausmachen, nicht wahr?"

„Dazu müsste ihr Vater erst einmal einen großartigen Lehrer einstellen."

„Bescheidenheit kleidet jeden Mann besser als das edelste Gewand, wie meine Großmutter immer zu sagen pflegt."

Viktor lächelte sein Gegenüber aufmunternd an. Julian nahm das Kompliment aber nicht an: „Seit gestern sollte doch sogar dir klar sein, dass ich gerade einmal das Mittelmaß an Pianisten anführe."

„Nur weil jemand besser ist, muss man selbst nicht schlecht sein."

„Das gilt aber auch umgekehrt. Nur weil ich im Bett eine Katastrophe bin, bist du nicht automatisch gut."

Viktor verschluckte sich.

„Es war ein Scherz", ruderte Julian zurück. „Du musst gut sein. Sonst könntest du meinem Körper nicht deinen Willen aufzwingen … und mich wie ein Instrument spielen."

„Ich bitte dich!" Er spürte, wie er rot anlief. „Wir sitzen beim Frühstück."

„Das weiß ich." Julian grinste und nahm einen Schluck Kaffee. „Ich frage mich, welche Themen wohl sonst an diesem Tisch besprochen werden."

„Diese mit Sicherheit nicht. Das kannst du mir glauben."

„Gut, dann gehen wir für den Beischlaf in dein Zimmer. Hier wäre es zwar aufregend, aber viel zu riskant."

Viktor schluckte hart. Alleine bei der Vorstellung entflammte die Wärme in seiner Brust zu einem Feuer, das in seine Lenden strömte. Wollte er es aber wirklich? Nein, das war die falsche Frage. Wollte er sich Julian wirklich aufzwingen? War es denn unmöglich, seine Liebe zu gewinnen? Sollte sein Körper wirklich das Einzige sein, das er je von ihm haben durfte? Und wenn es so gewesen wäre, wieso war Julian dann vor Lust vergangen, als sie miteinander geschlafen hatten?

„Geht es dir nicht gut?", fragte dieser und wanderte um den Tisch herum, um ihm eine Hand an die Stirn zu legen. „Fieber hast du zumindest keines."

Viktor schnappte seine Hand und zog sie von sich. Allerdings nur, um die grobe Geste mit einem Kuss auf die warme Handfläche zu entschuldigen. Als er Julian wieder anschaute, schenkte ihm dieser ein warmes Lächeln, wenn es auch die kleine Unregelmäßigkeit seiner Zähne nicht zeigte. Guter Gott! Er war selbst von seinen Makeln fasziniert! Viktor wollte seine Zunge darüber gleiten lassen.

Wie sehr er sich gewünscht hätte, dass Julian um seiner selbst willen zu ihm kam! Es war beinahe grausam, ihm so nahe sein zu können, ohne je auf mehr hoffen zu dürfen.

„Muss ich dich wirklich erst verführen?", fragte Julian im Flüsterton und strich eine Strähne hinter sein Ohr. Wie gerne Viktor es getan hätte! „Zwing mich besser nicht dazu! Du weißt, dass es mir unangenehm ist, zu betteln. Und du willst doch bestimmt nicht für nichts und wieder nichts bezahlen, oder etwa doch?"

Hatte er das sagen müssen? Wieso nur musste er ihn daran erinnern, wie sie zu einander standen? Glaubte Julian wirklich, er wäre sich ihrer Lage nicht bewusst? Diese Gedanken machten Viktor so wütend, dass er regelrecht aufsprang und sein Gegenüber an der Hand zur Tür zog. Erst auf dem Gang ließ er ihn wieder los und marschierte ihm voran über die Treppe in Richtung seines Zimmers.

„Ich kann bis viertel zwölf bleiben", erklärte Julian mit erstaunlich fröhlicher Stimmlage.

Das interessierte Viktor nicht im Geringsten. Er war verletzt und wollte nicht so tun, als wäre es anders. Seinem Geliebten waren seine Gefühle ohnehin egal. Es ging ihm doch nur um sein Geld! Und wenn es schon so war, dann sollte Julian für seinen Lohn arbeiten. Nur in diesem Punkt stimmte er ihm zu.

In seinen Räumlichkeiten angekommen, schlug Viktor die Tür laut hinter ihnen zu. Wieso auch nicht? Es würde ja doch niemand wagen, ohne seine Erlaubnis nach dem Rechten zu sehen. Es reichte aber nicht, um seiner Wut

Luft zu machen. Viktor folgte seinem Geliebten zu seinem Bett und warf ihn sofort darauf. Julian lachte und schaute ihn erwartungsvoll – fast belustigt – an. Woher nur kam diese Gleichgültigkeit, wenn er doch hasste, was mit ihm geschah? Es war weit erniedrigender für Viktor als für Julian. Genoss sein „Vertragspartner" etwa, dass er ihm überlegen war? Er hätte ihm nie von seinen Gefühlen erzählen dürfen! Es brachte ihn in eine unvorteilhafte Position.

Seine Zweifel mussten weichen!

Viktor ging auf die Knie und zerrte an Julians Hose, bis er sie zu den Knien hinuntergezogen hatte. Dann fiel er regelrecht über den noch schlaffen Penis her. Er würde nicht lange so bleiben, schwor Viktor sich. Das war das Einzige, das ihm außer seinem eigenen Vergnügen blieb: Julians Körper harmonierte mit seinem. Sein Herz war ihm verschlossen, seine Lust nicht. Im Gegenteil! Als sie zuerst beisammen gewesen waren, hatte ihn Julians Orgasmus überrascht. Er dachte jede Nacht daran, wenn er selbst Hand an sich legte.

Genug mit diesen Gedanken! Er wollte nicht denken! An gar nichts!

Er schob die Eichel in seinen Mund und saugte mit aller Kraft daran. Julian sog entsetzt einen Atemzug ein. Danach fasste er nach den Laken und krallte seine Finger hinein. Viktor wollte, dass er sie in seinem Haar vergrub. Dazu würde er Julian bringen, schwor er sich, als er mit der Rechten härter über den Schaft rieb. Er richtete sich etwas auf, ließ seinen Speichel über die Erektion laufen und küsste doch nur Julians Bauch. Sein Liebhaber war schneller hart geworden als er selbst. Es war, als wäre sein Körper nach jeder zärtlichen Berührung ausgehungert –

egal, von wem sie kam. Viktor wurde heiß. Er grub die Finger der linken Hand in Julians Seite, ließ ihn aber wieder los und packte damit nach seinem Schenkel. Er wickelte schließlich den ganzen Arm darum und zog seinen Geliebten näher zu sich. Erst dann umfing er den vor Feuchtigkeit glänzenden Penis erneut und schob ihn tiefer und tiefer in seinen Mund. Er war zu grob dabei und musste den aufkommenden Brechreiz überwinden. Julian bemerkte davon nichts. Dieser drückte sich nur mit geschlossenen Augen ins Bett und gab ein verführerisches Stöhnen nach dem anderen von sich. Es zerrte an Viktors Verstand und ließ seine eigene Erektion zu voller Größe anschwellen. Er wollte danach fassen, sich selbst mehr Lust schenken … Julians aber auch nicht loslassen. Aus Not begann er, sich an dem Bettrahmen zu reiben. Und dann spürte er endlich gierige Finger an seinem Hinterkopf, die ihn tiefer schoben. Viktor wehrte sich, ließ seine Zunge aber fester gegen die heiße Haut streichen.

Was er tat, war irrsinnig. Warum sollte er nur Julian alles geben? Was hatte er bisher getan, um es zu verdienen?

Viktor erhob sich von seinen Knien und kroch ins Bett – über den glühenden Körper seines Geliebten. Dieser hatte seine Finger immer noch in seinen Haaren und zog ihn an sich, während Viktor sich weiter nach oben schob. Julian klammerte sich sogar mit einem Arm an ihn, presste ihn am Nacken zu ihrem Kuss nach unten. Viktor schnappte nach Luft, als es ihm wieder möglich war. Julian schaute ihn mit vor Lust dunkel gewordenen Augen an und leckte sich über die geröteten Lippen. Guter Gott! Er konnte auf all die Bilder seines Lebens verzichten, die man im Sterbebett an sich vorbeiziehen sah. Er wollte nur diesen Anblick sehen, wenn es so weit war. Danach konnte er zur Hölle fahren. Es wäre ihm egal gewesen.

„Und jetzt?", fragte Julian und schaute ihn verführerisch durch seine schwarzen Wimpern an. Die gesenkten Lider ließen ihn noch verruchter aussehen. Viktors Penis wand sich deswegen in seinem Gefängnis. Julians Rechte hatte sich zwischen sie und direkt darauf geschoben. Er packte fest zu. Viktor rutschte sofort ein Stöhnen heraus. Es klang verschreckt und unmännlich. Julian schien es allerdings zu gefallen. Er neckte ihn deswegen. „Angst vor einem Vergleich, hm?"

Wenn er dachte, ihn mit derart lächerlichen Spielchen einschüchtern zu können, kannte Julian ihn nicht. Oder er kannte ihn bereits zu gut, manipulierte ihn und ließ ihn genau das tun, was er von ihm wollte. Und natürlich brauchte er ihn willig und mit offener Brieftasche. Nur darum ging es! Nichts anderes war Julian wichtig außer seinem Erbe.

Und doch …

Wieso reagierte Julians Körper so leidenschaftlich, wenn ihm angeblich nicht gefiel, was er mit ihm tat? Er war kein besonders guter Schauspieler! Das hatte er in der Nacht des Konzerts bewiesen.

Was war es dann? Wieso schien es seinem Geliebten zu gefallen, wenn er mit ihm schlief? Was für ein Spiel war das? Und wie brachte er es zustande?

„Schlaf mit mir", flüsterte Julian in sein Ohr und die Wärme seines Atems ließ einen Schauer über Viktors Rücken laufen. Es war paradox, einschüchternd und zwang ein weiteres Stöhnen aus seiner Kehle. „Gib dich mir hin!"

Was?

Julian dachte, dass er sich ihm hingeben würde? Er? *Er*
war es doch, der den Ton angab! Er war es, der ihre beiden
Körper erzittern ließ! Und *er* sollte sich hingeben? Dieser
verdammte Mistkerl!

Viktor stützte sich auf einen Arm und machte sich mit
der Rechten an seinem Hosenstall zu schaffen. Er war so
wütend, er schaffte es nur mit Mühe. Vom Stoff kam ein
gefährlich nach Reißen klingender Ton. Und es war ihm
völlig egal.

Julian fasste nach dem Glied, das ihm entgegensprang.
Viktor stieß seine Hand aber zur Seite und setzte selbst
harte Streiche. Er wollte sofort so steif wie möglich
werden, so hart wie es nur irgendwie ging.

Und doch …

Viktor kamen Zweifel. Er hatte mit solcher Wut im
Bauch nicht die Geduld, irgendwelche Vorkehrungen zu
treffen. Diese waren aber nötig, um ohne Verletzungen in
Julians Körper einzutauchen. Er war zornig, ja, aber er
wollte ihm keinesfalls wehtun. Bezahlung hin oder her, er
würde ihm niemals Schmerzen zufügen. Niemals!

Er schaute Julian ins Gesicht. Die schönen Augen waren
auf ihn gerichtet. Sein Atem kam in Schüben, aber es war
nicht ein Wort mehr zu hören. Sie starrten sich nur gebannt
an. Jeder wartete darauf, was der jeweils andere tun würde.
Viktor wich dem Blick zuerst aus, denn er hätte es nicht
ertragen, doch noch Ablehnung darin zu entdecken. Er
vergrub sein Gesicht an Julians Schulter und streichelte
verzweifelt über seine Erektion. Dieses Mal wehrte er
Julians Finger nicht ab, als sie nach ihm griffen. Sie blieben
auf seinem Handrücken liegen, gaben ihm aber einen weit
langsameren Rhythmus vor. Er gehorchte. Natürlich tat er
das. Er roch Julian, schmeckte ihn auf seiner Zunge und

spürte seinen rasenden Herzschlag unter sich. Es hätte einen schwächeren Mann in den Wahnsinn getrieben. Viktor atmete nur tief durch, kniff die Augen zusammen und wiederholte in einem endlosen Mantra, dass er Julian niemals Schmerzen zufügen würde.

Sein Geliebter löste seine Hand von ihm und schob ihn mit beiden Armen von sich. Viktor dachte, dass es an seinem Gewicht lag und drehte sich auf den Rücken.

„Nein, nicht so", überraschte Julian ihn mit dem vorwurfsvollen Klang in seiner Stimme.

Er öffnete die Augen wieder und schaute sein Gegenüber fragend an. Julian drehte Zeige- und Mittelfinger in der Luft, aber was dieses Zeichen bedeutete, wurde Viktor erst klar, als sein Geliebter ihn an der Schulter packte und zurück auf die Seite drehte. Er war umso erstaunter über den plötzlichen Stellungswechsel, als Julian an ihn heranrückte und nach Viktors Hand angelte, um sie zwischen ihre Bäuche und tiefer zu schieben. Eine Welle aus Scham und Lust überkam ihn bei der Erkenntnis, dass er in dieser Lage beide Glieder fassen konnte.

„Besser?", fragte Julian etwas überheblich und doch ein wenig atemlos.

Viktor gab ihm nicht die Befriedigung, darauf zu antworten. Er wollte ihm eine andere verschaffen. Erst festigte er seinen Griff nur vorsichtig, gewann aber sofort Selbstvertrauen und ließ seine Finger kurz darauf bereits geschickt über sie beide gleiten. Julian grinste ihn deswegen an, biss sich aber schnell auf die Lippe, um es zu verstecken. Dieser Versuch brachte gar nichts … außer, Viktors Herz noch wilder schlagen zu lassen. Sein Gesicht musste bereits über und über rot geworden sein. Es schien zu glühen. Im Gegensatz zu Julian wollte er aber nichts vor seinem Geliebten verbergen. Er küsste ihn nur verlangend, weil er es wollte. Sich darauf zu konzentrieren, war allerdings unmöglich. Der Gedanke, beide Erektionen in seiner Hand zu halten, sie mit Geschick und etwas Glück zur selben Zeit kommen zu lassen … Wie sollte er da auf etwas anderes achten können? Er schaute an ihren Körpern hinunter und verdammte die Kleidung, die sie nicht abgestreift hatten. Er wollte Julian ganz an sich spüren! Der Anblick besänftigte ihn allerdings. Ihm wurde auch bewusst, dass sein Geliebter wohl nur zum Teil gescherzt hatte. Er war einmal mehr von seiner Größe beeindruckt. Beide Erektionen so aneinander zu sehen, ließ ihn schlucken. Zu viel Speichel war in seinem Mund. Auch seine Finger waren davon feucht … weil er über Julians Penis strich. Es war aber nicht mehr nur das. Sie näherten sich ihrem Höhepunkt mit rasanten Schritten. Was auf seiner Haut glänzte, das waren er und Julian zusammen. Seine Handfläche fühlte sich heiß an, aber dann glühte sein ganzer Körper förmlich. Schweißperlen bildeten sich an seiner Stirn. Julian wischte darüber, als es ihm gerade erst auffiel. Viktor stöhnte. Diese Zärtlichkeit bedeutete so viel mehr als die Finger an seinem Penis. Er schob die freie Hand unter Julian und legte sie an seinen Rücken, ehe er ihn zu sich zog. Es fühlte sich göttlich an, als ihre Körper aufeinanderprallten. Das lustvolle Stöhnen war alles, das er außer seinem Herzschlag noch hörte. Er grub seine Zähne sanft in Julians Hals, leckte über die salzige Haut und küsste seinen Kiefer.

Viktor wollte ihm so viel mehr Lust schenken. Er hatte gerade erst den richtigen Winkel gefunden, um genau mit dem Daumen über seinen Schlitz zu streicheln, als Julian einen leidenden Laut von sich gab und sich verkrampfte.

Der erste Schwall Sperma rann zwischen seine Finger und vermischte sich mit Speichel und Lusttropfen.

„Gott im Himmel …", seufzte Julian in sein Ohr und presste seine Stirn an Viktors Schulter.

Er hätte dasselbe rufen können, nur aus einem anderen Grund. Es würde ein nächstes Mal geben, tröstete sich Viktor über seine Enttäuschung hinweg und setzte die Streicheleinheiten fort. Es fühlte sich mit dem Sperma auf und zwischen ihrer Haut anders an. Auch Julians Körperspannung fehlte und sie fehlte *ihm*. Viktor fand nicht dieselbe Freude daran, wenn er nur sich selbst beglückte. Ihm wäre deswegen fast ein Danke über die Lippen gerutscht, als Julian wieder zu sich kam, aufrichtete und dem Trauerspiel zuschaute, ehe er sich über ihn beugte und zwischen seine Finger leckte. Das schaffte es: Viktors Verstand setzte aus. Der Schrecken schüttelte ihn regelrecht durch, ehe er sich mit einer gewaltigen Eruption seines ganzen Körpers über ihre verhakten Finger ergoss.

Ihm blieben nur wenige Augenblicke glücklicher Zufriedenheit, ehe sich die ersten Gedanken zurück in seinen Verstand kämpften. Er nahm auch schon wieder die Welt um sich wahr. Es störte ihn nicht, denn er wollte Julian ansehen. Im Moment reichte es allerdings, seine Körperwärme zu spüren. Sie war da, auch wenn sie einander nicht mehr berührten. Es konnten sie nur wenige Millimeter trennen. Mehr nicht. Er würde es genau wissen, wenn er die Lider öffnete. Noch gönnte er sich aber etwas Ruhe und lächelte nur in sich hinein. Viktor musste ohnehin erst ergründen, was eben geschehen war. Vor nicht allzu langer Zeit hatte er Julian gebeten – regelrecht von ihm verlangt –, ihn eines Tages so zu berühren … nur erwartet hatte er es nicht. Tatsächlich eingefordert hätte er es nie. Dass Julian sich für ihn auf den Rücken legte und alles über sich ergehen ließ, die Finger in sein Haar schob oder sich sogar in seinen Armen regte … all das hatte er erwartet, aber niemals Julians Lippen an seinem Penis. Er hatte nicht einmal darum bitten müssen! Julian hatte ihm diesen Moment von sich aus geschenkt.

Und er war gekommen, ohne die Geste auskosten zu können!

„Dieses Mal ist mein Gehalt keine Mitleidsgabe, oder?"

Julian klang überheblich, mit nur einem Hauch von Schalk. Viktor musste ihn nicht einmal ansehen, um das selbstgerechte Grinsen auf seinem Gesicht zu erahnen. Und ihm kamen deswegen die Tränen. Der Schock seiner Enttäuschung grub sich so tief in seine Brust, er dachte einen Moment, dass er nicht mehr atmen könnte.

Das durfte er Julian nicht zeigen! Niemals!

Viktor drehe sich auf die andere Seite und wischte sich mit der trockenen Hand übers Gesicht. Wenn er nur lange genug so liegen blieb, würde Julian dann von selbst aus dem Bett klettern und ihn alleine lassen? Das wollte er doch bestimmt! Seine Schuldigkeit hatte er ja abgearbeitet.

„Bist du so erschöpft?", fragte Julian und strich ihm durchs Haar. Seine Nägel massierten sanft über seine Kopfhaut. Es fühlte sich wundervoll an. „Willst du ein wenig schlafen? Ich kann dich in einer Stunde wecken, wenn du möchtest."

Viktor wollte weder schlafen, noch weiter mit seinem Partner sprechen. Er wollte nicht einen Moment mit ihm missen, aber auch seine Verzweiflung nicht zeigen. Und das wäre geschehen, wenn er auch nur ein Wort gesagt hätte. Seine Stimme hätte ihn verraten.

„Gut. Ich wecke dich dann."

Die Finger strichen noch dreimal über seinen Kopf, dann verlagerte Julian sein Gewicht und verschränkte seine Arme hinter seinem Nacken. Viktor stellte sich schlafend. So war es besser. Er fühlte sich allerdings schmutzig und wollte gar nicht wissen, wie sich seine Haut nach der angedrohten Stunde anfühlen würde. Julians Atem zu lauschen und die Wärme seines Körpers neben sich zu spüren, würde das aber wieder wettmachen. Bestimmt sogar. Nur noch nicht gleich. Er musste seine Enttäuschung erst verdauen.

War es wohl eine Lüge, sich zu verstellen? Selbst wenn man dabei nicht ein Wort sagte?

„Fühlst du dich wohl bei mir?", fragte Viktor nach ein paar Minuten, die ihm wie eine halbe Stunde vorkamen.

„Hm?" Julian drehte sich wieder zur Seite. Viktor weigerte sich noch, es ebenfalls zu tun. „Im Bett meinst du? Ja, das tue ich. Du behandelst mich wie einen Freund, nicht wie jemanden, von dem du dir alles nehmen darfst."

„Sind wir das für dich? Freunde?"

Es folgte Stille. Die Antwort musste offensichtlich wohldurchdacht sein. Das verärgerte Viktor. Er hätte sofort Ja gesagt, wenn ihm die Frage gestellt worden wäre. Was gab es da so lange zu überlegen?

„Das kommt darauf an", begann Julian schließlich. „Freundschaft kann nicht nur einseitig sein. Bin ich denn *dein* Freund?"

„Natürlich!" Viktor wandte sich um, lehnte sich auf seine Ellbogen und schaute Julian ernst ins Gesicht. Seine Wangen waren immer noch leicht gerötet. Es war zum Wahnsinnigwerden, so gut sah Julian nach seinem Höhepunkt aus. „Wieso musst du das fragen?"

Julian zuckte mit den Schultern. „Wieso musst du fragen, ob ich mich bei dir wohlfühle?"

„Das kann man ja wohl nicht vergleichen. Ich bezahle dich schließlich dafür, dass du dich vor mir ausziehst."

„Genau *deswegen* habe ich gefragt, ob wir Freunde sind."

Viktor überdachte das, aber er kam zu keiner Erleuchtung. Er ließ sich deswegen regelrecht erschöpft in die Kissen fallen. Dieses Mal aber Julian zugewandt. Er wollte in seinen Zügen lesen, aber wie immer half es nicht weiter.

„Ja, ich fühle mich sehr wohl bei dir ... falls dir das irgendwie weiterhilft", wiederholte Julian seine Antwort mit einem für ihn typischen Seitenhieb. „Und ich glaube, dass du mein Freund bist. Es ist mir klar geworden, als du Helene nach Hause gebracht hast. Davon hattest du nichts. Wenn es dir nur um meinen Körper gehen würde ... nun ... den hast du bereits. Dafür musst du nicht nachts durch die Straßen hetzen. Dein offener Geldbeutel reicht dafür schon aus. Und ich denke, dass ich auch dein Freund bin. *Das* macht allerdings keinen Unterschied. Ich würde so oder so kommen. Wahrscheinlich wäre es anders sogar einfacher. Ich meine, du bist schließlich ein Adeliger und ihr seid doch alle selbstgerechte Mistkerle."

Julian grinste. So tiefgründig seine Worte auch gewesen waren, sie schienen ihn nicht weiter zu bewegen. Und vielleicht war dies das Höchste, das Viktor von ihm haben konnte: freundliches Wohlwollen. Es war besser als Gleichgültigkeit. Bei Weitem nicht genug ... aber eben alles, das er sich erhoffen konnte. Viktor stöhnte frustriert in sein Kissen.

„Willst du nun schlafen oder nicht? Wie gesagt, ich muss mich um elf Uhr herum auf den Weg machen."

„Dann steh schon mal auf und bring mir die Kanne dort drüben! Samt der Schale! Ich kann auch nicht den ganzen Tag im Bett liegen. Etwas später treffe ich mich in der

Innenstadt mit einem Freund. Dafür muss ich gut aussehen."

„Gibt es etwa Grund zur Eifersucht?", scherzte Julian und stand doch sofort auf, um den Befehl auszuführen. „Sieht er denn gut aus?"

„Ich finde schon, dass Mohamed gut aussehend ist. Sehr sogar. Der Erfolg gibt ihm auch recht. Es gibt kaum eine Dame, die sich nicht nach ihm umdreht … schicklich oder nicht."

Julian stellte die Schale auf den Nachttisch und goss das Wasser langsam hinein. Viktor hielt beide Hände darunter und wusch sie bedächtig. Dann holte er unter den Polstern ein Taschentuch hervor und befeuchtete es, ehe er sich damit über den erschlafften Penis wischte. Julian sagte währenddessen nichts. Er schüttelte nur den Kopf, als Viktor aus Ermangelung eines zweiten Taschentuches das benutzte hochhielt.

„Du musst dich irgendwie säubern. Sonst stinkst du, bis du zu Hause ankommst."

Das überzeugte Julian. Er nahm den feuchten Stoff an sich und schob seine Hose tief genug, um sie nicht zu bespritzen.

„Zufrieden?", fragte er Viktor danach und zog die Hände hoch, damit der Blick auf sein Glied frei war.

„Durchaus … ja." Es erinnerte ihn erschreckend an das erste Mal, als er Julian halb nackt gesehen hatte. Damals hatte er noch an seine Moral geglaubt … und gedacht, dass er der Versuchung widerstehen könnte. Welch ein Träumer er gewesen war! „Du darfst dich übrigens auch wieder anziehen."

„Jawohl, Herr General!"

„Bitte … Nenn mich nicht so! Herr General … Das ist, als wäre ich mein Vater!"

„Was eine interessante Frage ist. Wie steht der Graf denn zu deinem Freund?"

„Mohamed?" Viktor schaute ihn verwirrt an. „Ich verstehe deine Frage nicht. Vater kennt ihn, seit er ein Säugling war. Wahrscheinlich hat er ihn sogar lieber als mich und meinen Bruder. Sie gleichen sich in vielerlei Hinsicht, was ich und Franz nicht tun. Sie teilen auch dieselben Interessen. Als mein Vater einmal bei einem Besuch im Osten meinte, das neueste Pferd im Stall sei großartig, hat Mohamed es ihm geschenkt. Einen wunderschönen Araber. Bis heute darf niemand außer Vater ihn reiten. Wenn ich so darüber nachdenke, mag er vielleicht sogar dieses Tier mehr als mich."

„Das kann ich kaum glauben", widersprach Julian und schaffte es endlich, sich fertig anzuziehen. „Du bist doch sein Erbe."

„Trotzdem hätte er lieber einen Sohn wie Mohamed. Und ich soll verdammt sein! Ich selbst wäre gerne mehr wie er. Im Vergleich zu ihm tauge ich nicht viel. Ich bin Realist genug, um das zu erkennen. Alles, was er anpackt, wird zu Gold, er ist mutig, musikalisch und dann auch noch redegewandt und dadurch alleine schon bei allen beliebt. Dafür bräuchte er das Vermögen seiner Familie gar nicht … auch wenn es natürlich hilft."

Julian erwiderte nichts, sondern schaute ihn nur von seiner erhöhten Position aus an. Er atmete schließlich übertrieben laut aus und meinte kühl: „Mach dich nicht kleiner, als du bist! Hätte er etwa auch nach einem fremden Mädchen gesucht, das in den Augen der Gesellschaft nichts mehr wert ist? Du hast das getan und du hast Helene gefunden."

„Ich wünschte fast, ich könnte Nein sagen. Du kennst Mohamed aber nicht. Sonst würdest du eine derartige Frage nicht stellen."

„Steh endlich auf! Du kannst deinen Freund auch auf dem Weg nach unten beweihräuchern. Ich möchte losgehen."

„Ach, du findest den Weg doch bestimmt schon alleine. Und ich vertraue dir, dass du mich nicht bei der ersten Gelegenheit bestiehlst. Falls doch, ziehe ich dir den Wert der verschwundenen Gegenstände vom Gehalt ab."

„Ich habe in meinem ganzen Leben noch nicht gestohlen! Die Pistole ist geborgt! *Du* hast sie von mir gestohlen! Und ich kann immer noch in Teufelsküche kommen, wenn du sie mir nicht bald wieder aushändigst!"

„Zumindest zur Tür begleite ich dich", wechselte Viktor plump das Thema und sprang aus dem Bett.

„Danke, nein. Ich verzichte. Wie du sagtest, ich kenne den Weg. Dann kannst du sehen, dass ich kein Dieb bin."

„Ich meinte, bis zur Zimmertür." Er beeilte sich, um zu Julian aufzuschließen. Es fühlte sich allerdings seltsam an, seinem Begleiter zu öffnen, obwohl er ein Mann war. Diese galante Geste kannte er sonst nur von Damenbesuchen. „Ach, ehe ich es vergesse! Richte Helene meine Grüße aus! Ich habe ihr versprochen, mich bald bei ihr zu melden. Am besten machst du dir einen Termin mit ihr aus und gibst mir dann Bescheid. Solange meine Eltern noch nicht zurück sind, kann ich mir jederzeit eine Stunde oder zwei freihalten. Von den Tagen bis Mohameds Abreise abgesehen. Diese sind natürlich für ihn reserviert. Sag ihr das genauso. Sie soll sich selbst wertschätzen. Und jetzt entlasse ich dich endlich. Hab noch einen erfolgreichen Tag!"

Viktor wandte sich nach seinem Gruß sofort um. Er wollte seinem Geliebten nicht hinterher starren. Dieser packte ihn allerdings am rechten Arm und riss ihn zurück. Julian presste seinen Mund dabei so fest auf Viktors, dass es schmerzte. Der unerwartete Kuss überrumpelte ihn so sehr, dass er sich nicht rühren konnte. Auch als Julian ihre Lippen wieder voneinander löste, verharrte er regungslos. Seine Stimme war zum Glück aber noch da: „Was sollte das?"

Julian hatte seine Linke immer noch auf Viktors Wange gelegt, nun ließ er sie so langsam sinken, als hätte er Angst vor einer zu schnellen Bewegung – als würde er einen Schlag erwarten.

„Ich wollte wissen, ob es anders ist, wenn ich den Kuss initiiere", erklärte Julian schließlich kleinlaut.

„Und? Ist es so?"

„Ich weiß es nicht."

„Dann solltest du es vielleicht noch einmal versuchen."

Viktor spiegelte ihre Haltung, indem er seine Hand auf Julians Wange legte. Dieser schaute ihn immer noch gebannt mit seinen tiefblauen Augen an. Der Schreck ließ sie noch größer werden.

„Ich … Verzeih mir!" Julian drehte das Gesicht zur Seite und wich seinem Blick aus.

Viktor ließ ihn gewähren, aber es schmerzte. Es schmerzte so sehr, jemand schien ihm mit einem Dolch durchs Herz zu stoßen. Dieser eine Moment der Hoffnung machte die Sehnsucht noch größer, die Liebesqual noch um so vieles schlimmer.

„Das tue ich." Viktor atmete tief durch. „Nein, es gibt nichts zu verzeihen. Du hast nie behauptet, dass … Niemand kann sich zur Liebe zwingen. Ich wusste das von Anfang an."

„Verzeih mir!", wiederholte Julian und löste die Rechte von Viktors Handgelenk, das er immer noch eisern umklammert gehalten hatte.

„Schon gut. Wir handhaben das, als wäre es nie geschehen. Mach dir keine Gedanken! Einen guten Tag noch!"

„Auf Wiedersehen."

Viktor schloss die Tür hinter ihm. Er schaffte es, ohne seinem Geliebten hinterherzuschauen. Dieser kleine Sieg wurde aber schon von seiner nächsten Reaktion zunichtegemacht: Er konnte sich nicht auf den Beinen halten. Viktor lehnte sich gegen die Tür und glitt an ihr zu Boden. Er krallte seine Finger in sein Gesicht und fletschte die Zähne. So konnte es keinesfalls weitergehen. Wenn er ihr Arrangement aber beendete, würde er Julian niemals wiedersehen. Er zog den Schmerz jedes Wiedersehens der Sehnsucht nach ihrem endgültigen Abschied vor. Das Schlimmste daran war, dass er sich selbst in diese Lage gebracht hatte. Wie weise er gewesen war, als er Julian beim zweiten Treffen aus dem Haus geworfen hatte! Welche Idiotie hingegen, nach ihm zu schicken! Er hätte es besser wissen müssen.

Viktor raffte sich auf und strich sich durchs Haar. Es gab keinen Ausweg mehr. Er war verloren! Einfach alle Brücken hinter sich abzubrechen, stand ihm nicht mehr frei. Er hatte Helene sein Wort gegeben. Dieses alleine durfte er niemals brechen.

Und dennoch! So wie bisher konnte es nicht weitergehen.

❖᪥ Kapitel 14 ᪥❖
Eine neue Vereinbarung

„Viktor!", rief Julian überrascht, als er zwei Tage nach seinem unüberlegten Kuss die Tür öffnete und sein Gönner vor ihm stand. „Was machst du denn hier?"

„Ich wollte mich nach Helene erkundigen und bei der Gelegenheit mit dir sprechen."

„Das geht gerade nicht. Ich habe einen wichtigen Termin beim Oberst und …"

„Die Zeit wirst du dir nehmen müssen."

Etwas an diesem Ton ließ ihn stutzen. Viktor war normalerweise nicht so streng mit ihm. Julian machte also einen Schritt zur Seite und ließ seinen Gast herein. Er warf nur sicherheitshalber einen Blick in den Gang und schloss die Tür hinter ihnen wieder.

„Helene und Mutter sind gerade nicht da. Wenn du auf sie warten möchtest, kannst du das auch tun, nachdem ich gegangen bin."

„Das ist nicht nötig. Du wirst ihnen meine Grüße ausrichten, wenn du wieder nach Hause kommst. Das Geschenk kannst du derweil hier auf dem Tisch lassen."

Dieses Mal war ihre kleine Wohnung fein säuberlich aufgeräumt, als hätte seine Mutter Viktors Besuch erwartet. Julian war froh darüber. Er hatte sich beim ersten Treffen so für ihre vier Wände geschämt. Inzwischen ging es leichter. An der schäbigen Einrichtung konnte er ja doch nichts ändern. Viktors offensichtliches Mitleid hingegen belastete ihn mit jedem sogenannten Geschenk mehr.

„Du musst Helene nichts schenken …"

„Natürlich muss ich das", widersprach Viktor und platzierte das kleine Päckchen wie aus Trotz auf der Tischplatte. „Aber du hast es eilig, also lass uns gleich zum springenden Punkt kommen!"

„Ja, gerne. Weswegen bist du gekommen?"

„Ich habe eine Entscheidung getroffen."

Julian legte den Kopf schief und runzelte die Stirn. Dieses Gespräch gefiel ihm immer weniger. „Ach ja? Worüber?"

„Über unser Abkommen. Ich entlasse dich aus meinen Diensten. Du musst dir allerdings keine …"

„Nein, Viktor! Viktor … ich bitte dich! Wenn es wegen vorgestern ist … Verzeih mir! Ich wollte dich nicht beleidigen! Ich hatte nicht recht nachgedacht und …"

Sein Gegenüber hob eine Hand und Julian verstummte, obwohl er lieber vor Frust geschrien hätte. Ihm traten vor Sorge fast Tränen in die Augen.

„Denkst du denn, dass es mir leichtfällt? Das tut es nicht! Aber es muss sein!" Viktor stieß einen Atemzug aus. Sein Blick flog an die Decke und erst dann zurück zu Julian. Er schaute ihm direkt in die Augen. „Ich habe mich so sehr in dich verliebt. Unseren Vertrag zu beenden … Viele schlaflose Nächte habe ich darüber nachgedacht, wie ich das verkraften könnte. Es ist allerdings die einzig richtige Entscheidung. Ich will nicht dein Freier sein und erst recht nicht dein Folterknecht …"

„Du bist keines von beidem!"

„Ich möchte etwas anderes für dich sein. Jemand, über dessen Anwesenheit du dich freust. Wenn du es erlaubst, lass mich dein Schwager sein."

„Auch wenn wir … Mein was?"

Julian machte einen Schritt zurück. Viktor hingegen blieb am Tisch stehen und schaute ihn weiterhin gefasst an. Ihn schien seine Idee nicht zu erschüttern. Es passte kaum zu dem Liebesgeständnis, das ihr vorangegangen war.

„Es ist eine hervorragende Lösung, ist sie das nicht?", fragte Viktor ruhig. „Ich habe mich an dir versündigt. So kann ich die Absolution dafür erfahren. Und die finanziellen Probleme deiner Familien wären gelöst. Wenn wir schnell heiraten, bleibt auch die Ehre unserer süßen, kleinen Helene gewahrt. Niemand muss je erfahren, dass ihr Kind nicht von mir ist."

Julian war zu geschockt, um zu antworten. Seine Lippen öffneten sich zwar immer wieder zum Sprechen, aber sie schlossen sich jedes Mal von Neuem, ohne auch nur eine Silbe freigegeben zu haben.

„Du erwiderst nichts? Hast du dazu denn nichts zu sagen?"

Julian schluckte seinen Schrecken und schüttelte den Kopf. „Dein Vater wird das niemals erlauben."

„Er wird es erlauben müssen. Davon abgesehen, ist deine Schwester nicht völlig unpassend. Du sagtest, ihr stammt mütterlicherseits aus einem Adelsgeschlecht. Ich habe deswegen Informationen eingezogen und denke, dass ich meinen Vater ... wenn auch nach einiger Zeit ... damit besänftigen kann."

„Du hast uns ausgeforscht? Dann ist das nicht nur eine spontane Idee?"

Viktor schüttelte den Kopf. „Ganz und gar nicht."

„Ich ... Dir muss doch klar sein ..."

„Denkt in Ruhe darüber nach! Ich habe nicht erwartet, dass du mir freudestrahlend um den Hals fallen wirst. Es ist natürlich eure Entscheidung. Vor allem Helenes." Viktor kam an seine Seite, klopfte ihm zweimal auf die Schulter und marschierte zur Tür zurück, die er auch gleich öffnete.

„Besprecht euch in Ruhe! Mohamed reist am Freitag wieder ab. Ich erwarte eure Nachricht bis dahin. Und jetzt entlasse ich dich in deine Arbeit. Auf Wiedersehen."

Julian schreckte erst aus seiner Starre, als die Tür ins Schloss fiel. Er musste sich an dem Tisch stützen, auf dem noch immer das Päckchen lag. Der Mistkerl würde doch nicht schon einen Verlobungsring darin platziert haben? Nein, beruhigte sich Julian selbst und hob es eilig hoch. Es war zu schwer dafür. Das wäre auch unpassend gewesen. Ein Mann musste immer noch persönlich bei der Familie um die Hand der Tochter anhalten. Aber hatte Viktor das nicht eben getan? Nach dem Tod ihres Vaters war er der Mann im Haus. Es lag an ihm, Helenes Ehe seinen Segen zu geben ... oder eben nicht.

Er musste los. Wenn er nicht sofort aus der Wohnung verschwand, würde der Oberst noch wütender sein, als er ohnehin bereits sein musste, wenn er den Diebstahl entdeckt haben sollte. Ihm war schon viel zu lange eine Gnadenfrist vom Schicksal eingeräumt worden.

Und doch konnte er sich nicht auf das Zurechtlegen der passenden Worte konzentrieren. Es ging einfach nicht. Ein anderer Gedanke nahm ihn zu gefangen dafür. Selbst als er bereits die Hälfte seines Marsches hinter sich gebracht hatte, kam er nicht los davon. Wie auch?

Er war scheußlich, dachte Julian immer und immer wieder. Helene an einen Adligen zu verheiraten, bedeutete ein sorgenfreies Leben für sie und ihre Mutter. Es bedeutete die beste Medizin, wenn sie krank wurde, die beste Bildung für ihr noch ungeborenes Kind ... Anstatt Spott und Scham würde ein Titel und die Bewunderung einer ganzen Schar von Dienern das Leben seines Neffen oder seiner Nichte dominieren. Und Viktor war kein schlechter

Mensch. Er war es nicht. Er hatte ihm seinen Mordversuch verziehen, als er ihn noch nicht einmal gekannt hatte. Er behandelte alle Menschen mit Hochachtung und Freundlichkeit. Nein, Viktor würde Helene ein gutes Leben und unerschöpfliche Geduld und Zuneigung schenken … und sie würde dann keinen Grund mehr haben, sich den Tod zu wünschen.

Was aber war es dann? Wieso sperrte sich alles in ihm gegen diese Idee? Wieso konnte er seinem Hirn nicht einmal einen Gedanken an diese glückliche Zukunft abringen?

Wer sagte denn, dass Viktor sich nicht in Helene verlieben würde? Jedermann verliebte sich in sie! Und selbst wenn nicht … War leidenschaftliche Liebe nicht vollkommen unbedeutend im Vergleich zu einem guten Leben?

Er würde später darüber nachdenken. Erst musste er dem Oberst gegenübertreten, der ihm wohl die längst befürchtete Frage über den Verbleib seiner Waffe stellen würde. Wie er diesem Verhör widerstehen sollte, war im Moment wichtiger. Wenn das schlimmste Szenario eintraf, war seine Familie zumindest versorgt. Noch war es aber nicht so weit. Er wusste ja noch nicht einmal, wieso der Oberst überhaupt mit ihm sprechen wollte. Wenn er Glück hatte, ging es nur um die Klavierstunden seiner Tochter.

Wie sehr er sich das wünschte!

* * *

Eine Woche war seit Viktors unerwartetem Besuch vergangen und langsam begann Julian, zu glauben, dass seine Probleme sich in Wohlgefallen auflösen könnten. Der Oberst hatte zu seiner Erleichterung noch immer nicht bemerkt, dass eine seiner Pistolen fehlte. In der Tat hatte die Frau des Guten ihm während ihres Termins mitgeteilt, dass seine Dienste fürs Erste nicht vonnöten sein würden. Die Familie plante einen ganzen Monat im Süden zuzubringen, damit der Oberst endlich völlig genesen konnte. Bis zu dessen Rückkehr würde es ihm schon gelingen, Viktor die Pistole wieder abzuluchsen. Immerhin waren sie inzwischen mehr oder weniger Familie. Und an diesen Zustand gewöhnte er sich Schritt für Schritt. Er wäre auch ein Idiot gewesen, die vielen Vorzüge dieser Eheschließung wegen weniger Bedenken nicht zu schätzen zu wissen. Die Verlobung war also beschlossene Sache. Wie Viktor sie seinen Eltern beibringen wollte, war nicht Julians Problem. Er ging aber davon aus, dass sein Schwager in spe seine Familie gut genug kannte, um sie einfühlsam von Helene zu überzeugen. Seine Schwester war ja auch zauberhaft, ehrlich und packte überall mit an. Sie würde trotz fehlender Mitgift eine gute Ehefrau sein – wahrscheinlich gerade deswegen. Und wenn die Herkunft ihrer Mutter weiterhelfen konnte, dann würde Julian ungern, aber doch seine Abneigung gegenüber dem Adel ablegen. Es würde vielleicht ein wenig brauchen, aber es war zu schaffen. Etwas Optimismus nach all den Jahren der Armut war erlaubt und es tat ihm gut. Julian spürte, wie er innerhalb der letzten Tage innerlich aufgeblüht war. Nicht nur einer der Nachbarn hatte gefragt, was ihn denn in solche Hochstimmung versetzte, dass er am Klavier nur noch die fröhlichsten Melodien spielte. Verraten hatte er allerdings nicht ein Sterbenswörtchen. Helene sollte diejenige sein, die allen von den guten Neuigkeiten erzählte.

Julian hatte das Haus des Richters gerade hinter sich gebracht, als er aus heiterem Himmel schmunzeln musste.

Der ältere Mann hatte ja keine Ahnung, dass sie einander beinahe unter völlig anderen Umständen begegnet wären. Nämlich in den Rollen als Angeklagter und Stellvertreter des Staates. Dank Viktors Edelmut war ihm dieses Schicksal – zumindest bisher – erspart geblieben. Interessanterweise hatte selbst seine Schülerin gemeint, dass er trotz ihrer vielen Patzer weniger streng mit ihr war. Wieso auch nicht? Manchmal half liebevolles Führen mehr als Härte. Auch das erinnerte ihn an Viktor. Nur an den Gedanken, ihn als Schwager und nur noch als Schwager zu sehen, musste er sich erst gewöhnen.

Als er auf das Universitätsgebäude zumarschierte, schaute er nach rechts und betrachtete die in den Himmel ragende Votivkirche. Die Sonne spiegelte sich in den bunten Gläsern. Es war das erste Mal seit Wochen, dass er den Wunsch verspürte, in ein Gotteshaus zu gehen. Julian dachte bei sich, dass sein verebbender Zorn bestimmt von Bedeutung war. Wenn er Gott wegen ihrer Schicksalsschläge zürnte, hieß das schließlich, dass er immer noch an ihn glaubte. Er drängte ihn aus seinem Leben und haderte mit ihm, so wie ein verletzter Sohn mit seinem Vater haderte, aber so wie der junge Mann in seinem Gedankenspiel immer noch ein Sohn war, so war er vielleicht immer noch gläubig.

Julian verspürte das Verlangen, mit jemandem über diese Gedanken zu reden, aber er konnte noch warten. Bald würde selbst das nicht mehr vonnöten sein. Nachdem sich all seine Sorgen in Wohlgefallen aufgelöst hatten, konnte er jederzeit zu Viktor gehen, ohne dass er sich vor dem Geschwätz der Dienstboten oder irgendwelcher Leute hüten musste. Wenn er erst rechtmäßig zur Familie von Eppenberg gehörte, konnte er selbst lange nach Mitternacht an die Tür klopfen und seinen Schwager besuchen. Vielleicht war nicht einmal das mehr nötig. Wenn Helene in das Palais einzog, würde er bestimmt einen Schlüssel für eine der vielen Türen erhalten. Es würde kein Aufsehen mehr gegeben sein. Falls ihm aber zu später Stunde durch Zufall doch ein Mitglied des Gesindes über den Weg laufen sollte, so war er nur ein Mitglied der Herrschaft, das sich nicht angekündigt hatte. Ein Gefühl der Euphorie überkam ihn bei diesem Gedanken, den er sich nicht recht erklären konnte. Das musste er aber auch nicht. Momente des Glücks sollte man nicht hinterfragen. Es gab ohnehin zu wenige davon.

Julian sog die kalte Luft ein, die es so nur in Kirchen gab. Er genoss den unverkennbaren Geruch von immerzu entzündeter Kerzen, altem Holz und Weihrauch, der sich in den Stoffen festgesetzt hatte. Eilig tauchte er seine Finger in das Weihwasser zu seiner Rechten und machte das Kreuz. Es rührte etwas in ihm. Wie der verlorene Sohn stand er an der Schwelle und sehnte sich nach Vergebung. Er musste hart schlucken, so willig öffnete er die Arme für die Mutter Kirche, der er den Rücken gekehrt geglaubt hatte. Es schien nicht ein Tag vergangen zu sein, seit er seinen Glauben verloren hatte. Der Altar, die Bänke, die Heiligenbilder … alles war völlig unverändert. Nur die Gläubigen in der Kirche – die wahre Kirche! – waren bei jedem Besuch anders und brachten andere Bitten und andere Sünden mit sich.

Julian lehnte sich ein wenig zur Seite. Er entdeckte jemanden in einer der hinteren Reihen und seine Stimmung stieg noch höher als der Hochaltar. Es war Viktor! Wie er sich gewünscht hatte, ihn noch an diesem Tag zu sehen! Und hier war er in all seiner Herrlichkeit und doch bescheiden in einer der letzten Bänke kniend. Julian lächelte und eilte so schnell wie an einem geweihten Ort schicklich in seine Richtung. Er blieb nur wenige Schritte von ihm wie vom Schlag getroffen stehen. Etwas stimmte an dem pietätvollen Bild des knienden Adeligen nicht. Erst war es ihm nicht klar, dann erkannte er es: Viktor hatte trotz verschlossener Lider geweint. Kleinste Tropfen seiner Tränen hingen noch in seinen Wimpern. Es war erschreckend schön anzuschauen.

„Viktor?", flüsterte er besorgt. „Was ist mit dir? Hat dich etwa die Heilandsfigur so gerührt?"

„Nein, natürlich nicht ... auch wenn ich dieses Kunstwerk liebe. Es ist das mir liebste in ganz Wien."

„Dann ist dir etwas zugestoßen? Kann ich dir helfen? Was bedrückt dich?"

„Es ist meine Verlobung ..."

„Deine Verlobung?", fragte Julian mit einem dumpfen Gefühl im Bauch.

„Ja, ich habe über sie nachgedacht. Wieder und wieder ... Sorge dich nicht! Ich habe meine Meinung nicht geändert ... aber mir kam ein Gedanke, den ich zuvor nicht bedacht hatte. Wenn ich deine Schwester heirate und sie einen Jungen zur Welt bringen sollte, wird dieser mein Nachfolger ... der nächste Graf in einer über Dutzende Generationen andauernden Linie ... ohne ihr vom Blut her anzugehören. Ich werde alle meine Vorfahren betrügen, weil mein rechtmäßiger Titel an dieses Kind übergehen wird. Vor allem meinen Vater, den ich liebe. Das ist eine unverzeihliche Schuld, mit der ich noch nicht umgehen kann. Es ist eine Todsünde, denn du sollst Vater und Mutter ehren."

Ihm stoppte der Atem. Seine Kehle schien wie zugeschnürt. Er war bis ins Mark erschüttert von diesen Worten. Julian hatte nie darüber nachgedacht, welche Auswirkungen Helenes Rettung auf Viktor haben würde. Er hatte nur an seine Familie und sich selbst gedacht. Nicht einen einzigen Gedanken hatte er an Viktors Eltern oder seine zukünftigen Kinder verschwendet!

Er schüttelte den Schrecken ab und kniete sich neben der Bank auf den Boden, um nach Viktors Händen zu fassen.

„Nicht hier", blockte dieser den Trost ab. „Es steht uns auch nicht mehr zu. Ich werde dein Schwager sein."

Er hatte seine Entscheidung wirklich nicht revidiert? Obwohl sie ihn so quälte, dass er deswegen Tränen vergoss? Viktor hatte sich geirrt, als er seinen Mohamed in den Himmel gelobt hatte. So gut wie er konnte dieser Mann trotz all seiner Vorzüge nicht sein.

„Ich bete heute Abend einen Rosenkranz für dich", flüsterte Julian und drückte Viktors Hände fest, ehe er sich wieder erhob. „Auf Wiedersehen!"

Wieso hatte er die Kirche betreten? Was hatte er tun wollen? Beten? Eine Kerze entzünden? Testen, ob er noch etwas dabei verspüren würde? Julian wusste es nicht mehr. Alles, woran er denken konnte, waren Viktors Tränen.

Wieso traf ihn das so sehr? Warum schlug sich Viktors Leid derart auf sein eigenes Gemüt nieder? Wie konnte es ihn so beuteln, wenn er nur einen Gefährten in ihm sah, der seine Familie retten sollte? Was aber waren seine Gefühle denn dann? Anstand? Empathie? Schuld? Er hatte Viktor schließlich in diese Lage gebracht! Er hatte sich mit einer Waffe in der Hand in sein Leben gedrängt und die Schwäche ausgenutzt, die Viktor ihm offenbart hatte, um ihn von seinem falschen Weg abzubringen. Natürlich war es Schuldgefühl! Es fraß sich durch seinen Körper wie Flammen durch verdorrtes Geäst.

Es war keine Zeit, um über derartige Dinge zu sinnieren, redete sich Julian ein. Es gab zu viel zu tun. Er musste die Medizin seiner Mutter von der Apotheke abholen, eine der neuen Schülerinnen aufsuchen und den Vermieter ein letztes Mal um Aufschub bitten …

Alles andere musste warten.

◆ℬ Kapitel 15 ℭ◆
Erkenntnisse und Geständnisse

Was auch immer Viktors Erkenntnis für ihn und seine Familie bedeutete, sie schlug sich auch in seiner Beziehung zu Julian nieder. Dieser fühlte sich immer schuldiger an dem, was er von seinem Geliebten verlangte – und weil sie miteinander schliefen, waren sie das nun einmal. Das änderte aber nichts daran, dass er zu viel verlangte und dafür zu wenig zurückgab. Er gab Viktor nur seinen Körper und dafür wurde er bezahlt. Nichts rechtfertigte das Opfer, das der mitfühlende Adelige für ihn brachte. Rein gar nichts. Und doch tat Julian nichts dagegen, diskutierte nicht, besuchte Viktor nicht einmal mehr, aus Angst, er könnte ihn in einem Anflug von Gerechtigkeitssinn von seiner fixen Idee abbringen, seine Familie durch diese Heirat retten zu wollen. Wenn aber jemals herauskommen sollte, dass Helenes Kind nicht von Viktor stammte, würde dieser seine eigene Familie verlieren. Es war einfach nicht richtig.

Wahrscheinlich empfand sein Geliebter das ebenso. Es musste einen Grund geben, wieso er seit einer Woche keinen Kontakt mehr zu ihm aufgenommen hatte. Wäre Julians Moral nur ein wenig höher gewesen, er hätte ihn selbst aufgesucht. Solange seine Selbstzweifel aber jeden wachen Moment an ihm nagten, konnte er das nicht tun. Nur falls Viktor nach ihm schicken sollte, würde er zu ihm gehen. Natürlich würde er das tun. Solange das aber nicht geschah, wich er der Gefahr aus. Er war ein Feigling.

„Herein!"

Julian reagierte nicht auf die Stimme seiner Mutter. Er hatte nicht einmal das Klopfen wahrgenommen. Seit einer

Stunde saß er über einem Blatt Papier, aber es wollten ihm nicht die passenden Noten einfallen, um sein Lied zu beenden. Kurz überlegte er sogar, ob er nicht einfach solange auf den verbliebenen Seiten Notenlinien ziehen sollte, bis ihn irgendetwas inspirierte. Woher aber sollte diese Inspiration kommen? Er saß in dem schäbigsten Raum, den er kannte, und ein Umzug ließ noch auf sich warten. Ins Freie zu gehen, war auch keine Lösung, solange Helene nicht zurück war, um ein Auge auf ihre Mutter zu haben.

„Guten Abend."

„Guten Abend, mein Herr! Zu wem wollen Sie denn?"

Julian unterdrückte ein Seufzen, lehnte sich aber in seinem Stuhl zurück und entspannte seine Schultern. Ihm war nicht bewusst gewesen, wie verkrampft er über der halb leeren Seite gebrütet hatte. Der Besucher war eine willkommene Ablenkung. Gesehen hatte er das Gesicht noch nie, aber was hieß das schon? Wien war eine Weltstadt. Es zogen jeden Tag neue Leute zu.

„Ich möchte zu Helene Landner. Unten sagte man mir, ich solle hier klopfen."

„Sie sind an der richtigen Tür gelandet." Die Artikulation seiner Mutter klang immer noch wie aus einem feinen Haus, nur ihr Vokabular hatte sie an ihre Verhältnisse angepasst. „Leider ist meine Tochter außer Haus. Sie wird noch einige Stunden fort sein. Was darf ich ihr denn ausrichten?"

„Oh, ich habe ein Paket für sie. Wenn Sie es ihr überreichen könnten? Ich habe keine Order, es persönlich zu übergeben." Der junge Mann hielt eine kleine, quadratische Schachtel hoch und legte sie seinem Gegenüber mit königlichem Gehabe in die Hände. „Ich freue mich, Ihre Bekanntschaft zu machen."

„Wie reizend von Ihnen! So Gott will, werden wir uns eines Tages wiedersehen."

„Nun ja, nächste Woche. Vielleicht um eine andere Zeit, aber erneut an diesem Wochentag."

Julian legte die Feder zur Seite und konzentrierte sich auf den blonden Mann in der Tür. Er blieb dabei, dass er ihn noch nie zuvor zu Gesicht bekommen hatte. Einen derart dichten Bart hätte er sich gemerkt, denn den meisten Männern mit hellem Haar blieb eine derart prächtige Gesichtsbehaarung verwehrt. Das aber war ein Detail, das weder seiner Inspiration diente, noch seine Neugierde befriedigte.

„Ich verstehe nicht ganz?", fragte seine Mutter verdutzt und betrachtete das rote Paket zwischen ihren Fingern.

„Herr von Eppenberg hat mich beauftragt, jeden Freitag ein Geschenk an das Fräulein zu übergeben. Nachdem weder er noch sein Vater diesen Auftrag zurückgenommen haben, wird es also genau so und nicht anders geschehen."

Julians Magen verkrampfte sich. Dieses Mal waren es eindeutig Schuldgefühle, die ihn plagten. Es war allerdings nicht verwunderlich, dass er sich schlecht fühlte. Viktor bewies einmal mehr, dass er ihm an Moral und Mitgefühl weit überlegen war. Nicht nur, dass er sich aus freien Stücken dazu entschlossen hatte, Helene zu heiraten, er hatte sich auch überlegt, wie er ihre Stimmung bis zur Hochzeit erhellen konnte. Ihr jede Woche aufs Neue ein Geschenk zu bringen, würde ihr nicht nur Freude bereiten, sondern ihr auch versichern, dass er seinen Antrag nicht zurückziehen würde. Zumindest würde jede Gabe ihre Sorge für weitere sieben Tage im Zaum halten. Seine eigene ebenso, dachte Julian und verstand nicht, wieso ihn dieser Gedanke so beschäftigte. Er hätte überglücklich sein müssen. Was nur beunruhigte ihn daran?

„Das ist unglaublich freundlich von ihm!", meinte Julians Mutter tief bewegt. „Was für ein liebenswerter, zuvorkommender Mensch er nicht ist!"

„Für wahr. Wenn Sie mich jetzt entschuldigen würden?"

„Natürlich! Sie haben bestimmt einen weiten Weg zurück." Sie nickte und presste die Schachtel dabei liebevoll an ihre Brust. „Richten Sie dem Herrn von Eppenberg bitte unseren ergebensten Dank aus! Und er soll uns das nächste Mal doch selbst besuchen kommen, wenn er es einrichten kann. Wir leben in bescheidenen Verhältnissen, aber seine Anwesenheit würde unsere Bleibe adeln."

Der junge Mann zögerte einen Moment, fragte dann aber in halber Lautstärke als zuvor: „Wissen Sie es denn gar nicht? Es steht sehr schlecht um den jungen Herren. Besuche zu machen, ist ihm unmöglich. Er soll sie nicht einmal empfangen. Wir sind dankbar, dass er überhaupt noch am Leben ist."

Frau Landner sog entsetzt die Luft ein. Es half, Julians stoppende Atmung zu verschleiern. Es musste für den dritten im Bunde dennoch offensichtlich sein, wie sehr ihn diese Nachricht schockierte.

Es war schließlich die einzige Dame im Raum, die sich zuerst wieder fasste: „Sie sehen uns völlig sprachlos. Ist er denn so krank? Sie müssen ihm unsere besten Genesungswünsche ausrichten! Das *müssen* Sie für uns tun!"

„Sie haben wirklich noch nichts gehört? Dabei schreien es doch schon die Spatzen von allen Dächern. Der junge Herr hat während der Jagd vor vier Tagen ein Attentat verhindert, indem er in die Ziellinie gesprungen ist. Nun liegt er mit Wundfieber im Krankenbett und ringt mit dem Tod."

Julian wurde erst klar, dass er die Tür aufgestoßen hatte, als er den Schmerz am Gelenk spürte. Der Knall seines umfallenden Sessels hallte durch das Treppenhaus, als er es bereits hinunterrannte – jedes Mal eine Stufe überspringend. Der Weg war weit, aber er hatte nicht daran gedacht, ein paar Münzen für eine Kutsche einzustecken. Jesus, Maria und Joseph! Er hatte nicht einmal daran gedacht, den Boten um eine Mitfahrgelegenheit zu bitten!

Es machte keinen Unterschied. Er hätte die Fahrt nicht ruhig in irgendeiner Kutsche sitzen können. Das Brennen in seiner Lunge hielt seine sich überschlagenden Gedanken halbwegs im Zaum. Es störte ihn nicht einmal. Er bekam ohnehin kaum etwas mit. Einmal prallte er mit einem Mann zusammen und stürzte doch unter erbosten Beschimpfungen weiter. Irgendwo in der Nähe läuteten Kirchenglocken. Sie sollten den Bewohnern des Viertels die Stunde ansagen oder die Gläubigen zur Messe rufen. Julian wusste nicht, welches Läuten es war. Er hatte keine Geduld dafür und zuvor hatte er über seiner Komposition brütend die Zeit vergessen. Wenn er nicht zu Hause gewesen wäre …

Er musste sich aufs Rennen konzentrieren. Seine Kraftreserven gingen zur Neige. Das Palais war aber nicht mehr fern. Er wäre auf allen vieren weitergekrochen, wenn es hätte sein müssen. So weit kam es aber nicht. Keuchend und mit dicken Schweißtropfen auf der Haut riss er das Tor auf und hämmerte wie wahnsinnig gegen die Tür des Haupteingangs. Hätte er an einem der Dienstboteneingänge mehr Erfolg gehabt? Notfalls musste er es eben dort versuchen.

„Machen Sie auf!", schrie er das alte Holz an, als könnte es sich von selbst öffnen. Ihm war egal, wer seine Stimme zuerst hörte. Er widerholte wegen seines Keuchens kaum hörbar: „Bitte, machen Sie mir auf!"

Es geschah nichts! Wieso? War die ganze Dienerschaft in einem Raum versammelt und ging nicht ihren Aufgaben nach? Warum nicht? Weil ihr die schlimmste Nachricht verkündet wurde?

„Bitte!", flehte Julian verzweifelt und lehnte sich mit geschlossenen Lidern gegen die Tür. Ihm wurde von dem ungewohnten Laufen schwarz vor Augen. Fühlten sich die Edeldamen so, ehe sie in ihren zu eng geschnürten Miedern ohnmächtig wurden?

Er sprang zurück, als der Widerstand plötzlich verloren ging und Herr Längenstädt ihm öffnete. Beinahe wäre er ihm in die Arme gefallen.

„Herr Landner, was schreien Sie hier herum?"

„Ich …" Er wusste keine Antwort. Was konnte er denn auch sagen? Es war besser, die Frage komplett zu ignorieren. „Ich muss zu Viktor … Herr von Eppenberg! Lassen Sie mich bitte vorbei!"

„Moment mal!", rief sein Gegenüber und versperrte ihm mit ausgebreiteten Armen den Weg.

„Herr Längenstädt, um Himmels willen! Sie müssen mich hineinlassen! Ich muss … Ich *muss* zu Viktor!"

Der Mann stand wie eine Eiche vor ihm. Julian zweifelte nicht daran, dass der hochgewachsene Kerl ihn trotz seines Alters niederringen konnte, wenn er es darauf anlegte. Wie weit würde er kommen, wenn dieser auch noch um Hilfe rief? Nicht weit genug. Nein, er brauchte seine Erlaubnis.

„Ist Viktor bei Bewusstsein? Können Sie ihn fragen, ob er mich sehen will? Herr Längenstädt, ich bitte Sie inständig! Lassen Sie mich vorbei! Ich will nur … ich will ihn nur sehen. Danach gehe ich! Sie dürfen mich höchstpersönlich diese Stiege hinunterwerfen, wenn Sie das wollen! Nur lassen Sie mich erst zu ihm!"

„Vielleicht tue ich das sogar. *Danach*."

„Also … Sie gestatten mir also den Besuch?"

„Eines muss Ihnen aber klar sein", begann Herr Längenstädt mit eisigem Ton in der Stimme. „Ich lasse Sie zu ihm, weil ich mehr sehe und höre, als ich es als guter Diener zugeben darf. Sollten Sie ihn aufregen oder Ihr Besuch in irgendeiner Weise zur Verschlechterung seines Zustandes beitragen, wird das ein Nachspiel haben."

Julian nickte ihm zu. Etwas anderes konnte er ohnehin nicht tun. Weil das aber offensichtlich nicht reichte, fügte er nervös hinzu: „Ich habe verstanden."

„Das sollten Sie besser. Ich weiß nämlich, wo der junge Herr Ihre Pistole hinterlegt hat. Und im Gegensatz zu Ihnen, weiß ich, wie man sie benutzt."

Diese Drohung hätte ihn mehr erschrecken sollen, ging Julian durch den Kopf. Tatsächlich verwunderte ihn nur die Erkenntnis, dass sie durchschaut worden waren. Angst verspürte er deswegen keine. In seinem Inneren rangen bereits zu viele Emotionen um die Oberhand. Die Sorge um sein eigenes Leben hatte da wohl keinen Platz mehr.

„Lassen Sie mich endlich zu ihm, Herr Längenstädt! Bitte verschwenden Sie nicht noch mehr Zeit! Ich bitte Sie!"

Endlich wurde er von dem treuen Diener erhört. Dieser hatte kaum den Schritt zur Seite getan, als Julian an ihm vorbeirannte. Er hatte die gesamte Strecke im Laufen hinter sich gebracht. Die wenigen Stufen konnten ihn nicht mehr schrecken. Erst vor dem Schlafzimmer angekommen, blieb er stehen und beugte sich nach vorne, um sich an seinen Knien abzustützen. Sein Keuchen war zu laut. Wenn Viktor schlief, wollte er ihn nicht wecken. Wenn es stimmte, was der Bote erzählt hatte, war gesunder Schlaf wichtig für den Verletzten. Wundfieber kannte er von den Erzählungen der Soldaten. Ihm schauderte bei der Vorstellung, wie Viktors Wunde aussehen musste.

Julian atmete ein letztes Mal tief durch und zwang seine Atmung danach, flach zu bleiben. Dann drückte er die Türklinke Millimeter für Millimeter tiefer, um ein Geräusch zu vermeiden. Seine Mühe wurde von dem Knarren der Dielen zunichtegemacht, als er das Zimmer betrat. Viktor drehte sein Gesicht davon gestört zur Seite. Er ließ die Augen aber geschlossen und schluckte ein Stöhnen.

Der Bote hatte ihn nicht auf diesen Anblick vorbereitet. Julian hob eine Hand an den Mund. Viktor sah so elend aus! Sein blondes Haar klebte an seiner Stirn, seine Augen waren rot umrahmt ... und er schien in sich zusammengefallen zu sein. Tränen schossen Julian in die Augen. Einen Moment lang drohte sein Blick, völlig zu verschwimmen. Das konnte er sich aber nicht leisten. Das hätte es noch schwerer gemacht, die rechten Worte zu finden. Und dann waren ihm alle Überlegungen plötzlich egal. Er wusste nicht einmal, wie oder wann er sich dazu entschlossen hatte, aber Julian fand sich auf seinen Knien neben dem Bett wieder. Viktor stöhnte entsetzt auf, als er seine Hand an sich riss und schmerzhaft fest mit den seinen umklammerte.

„Viktor? Kanns du mich verstehen, Viktor?"

Die grünen Augen flogen auf. Sie mussten ihn erst fokussieren, aber sein Geliebter hatte seine Stimme sofort erkannt. Julian schluckte hart.

„Du ...?"

Sein Griff wurde zu fest. Er musste Viktor Schmerzen bereiten. Noch mehr, als dieser sie ohnehin ertragen musste. Julian zwang sich dazu, seine Finger zu lockern. Es gelang ihm kaum. Schweiß rann ihm von der Stirn und über die Nasenspitze. Er gab wahrscheinlich ein ebenso klägliches Bild ab wie Viktor es tat.

„Ist der Wundbrand besser geworden? Du hast doch die besten Ärzte, nicht wahr?"

„Was machst du hier?"

Diese Frage versetzte ihm einen Stich in die Brust. War es denn nicht klar? Traute ihm Viktor etwa zu, ihn in seinem Zustand um Geld zu bitten? War von seiner Wertschätzung denn gar nichts mehr geblieben? Er verdiente das sogar, dachte Julian und biss sich so fest auf die Lippe, dass sie beinahe blutete.

Er hatte Viktor so übel mitgespielt! Es war tragisch, dass er ihm gerade jetzt nicht mehr trauen wollte. Gerade jetzt ...

„Ich musste dich sehen", brachte er kaum hervor.

Viktor erwiderte nichts, aber er wehrte sich auch nicht gegen seinen Griff. Seine Nähe zum Tod hatte ihn ihre Beziehung also noch nicht überdenken lassen. Oder er war zu erschöpft, um ihn von sich zu stoßen. Viktor ließ seine Augen bei jedem Blinzeln länger ruhen. Julian musste sich zusammennehmen, seine Fingerspitzen nicht über die blonden Wimpern streichen zu lassen. Schweißperlen hatten sich darin gefangen. Der Anblick erinnerte ihn an den Moment in der Kirche, als Viktor beinahe vor ihm zusammengebrochen wäre. Natürlich glaubte dieser ihm kein Wort, wenn er ihm erklärte, ihn nur besuchen zu wollen. Welchen Grunde hätte er denn gehabt, ihm zu trauen?

„Ich musste dich sehen", wiederholte er inbrünstig und zog Viktors Hand an seine Wange. „Als man mir sagte, dass du mit dem Tod ringen würdest ... Das konnte ich kaum ertragen. Die Wahrheit ist, dass du mich wie im Sturm erobert hast! Bei unserem ersten Treffen wollte ich dich töten und du hast mich nie dafür gehasst oder auch nur vor Gericht gezerrt. Und als ich kam, dir mein Angebt zu machen, habe ich gehofft, dass du es nicht annimmst ... dass du es ablehnst. Weil du so edel und gut warst! Damit mir weiterhin dieses Ideal bliebe, an das ich glauben könnte. Und doch war ich froh, dass du es angenommen hast!"

„Spiel nicht mit mir, wenn ich zu schwach bin, um mich zu wehren!"

„Bei allen Heiligen!", rutschte es Julian hervor, ehe er sich zu Viktor lehnte und ihn küsste. Er hatte sich dabei nicht im Griff. Ihre Zähne schlugen regelrecht gegeneinander. Ändern konnte er es aber nicht. Er zitterte am ganzen Leib. „Verzeih mir, dass ich es nicht eher wusste! Vergib mir, dass ich es um ein Haar nicht mehr sagen konnte ... Aber es ist wahr! Ich weiß es jetzt! Und ich will, dass auch du es weißt! Ich habe dich benutzt und jedes Geschenk nur zu gerne angenommen ... aber nicht nur aus den Gründen, die offenkundig waren ..."

Die Tränen stachen in seinen Augen. Er konnte sie kaum noch fortblinzeln. Julian hasste sich für seine Schwäche.

„Heißt das etwa ...?"

„Ja." Er nickte. „Das und nichts anderes."

„Dann sag es mir!", bat Viktor und versuchte, sich aufzurichten. „Nicht weil ich zweifle, sondern weil ich es hören will."

„Ich liebe dich", gehorchte Julian und die ersten Tropfen liefen über seine Wangen. „Ich liebe dich. Und du? Liebst du mich auch? Immer noch? Trotz allem?"

„Mehr als je zuvor!"

Er spürte, wie ein Gewicht von ihm abfiel, das er bereits als Teil seiner selbst verstanden hatte. Wie leicht er sich plötzlich fühlte! Alles war mit einem Schlag so klar und einfach. Nun konnte er jede Ungerechtigkeit vergeben und neu beginnen – wenn Viktor nur wieder gesund wurde. Alles andere zählte nicht mehr.

„Gott, ich danke dir!", rief Julian immer noch unter Tränen aus und küsste Viktor erneut auf die Lippen.

◆☙ Kapitel 16 ☙◆
Ein unverhofftes Wiedersehen

„Du hättest wirklich nicht kommen müssen, Helene",
stellte Viktor schuldbewusst klar und beobachtete die junge
Frau von seinem Krankenbett aus. Wie nicht anders zu
erwarten gewesen war, teilte die jüngere Schwester einige
Charakterzüge mit ihrem Bruder. Einer davon war, nie eine
Schuld unbeglichen zu lassen. Es war ihm peinlich, wie sehr
sich Helene bereits wie seine Ehefrau verhielt. „Der Weg
ist so weit zu Fuß."

„Der Herrgott hat mir zwei Beine zum Laufen gegeben,
also laufe ich. Davon abgesehen, konnte ich so meinen
Bruder besuchen … Ich meinte natürlich, meinen zukünftigen Mann."

Sie schien genau zu wissen, dass ihre Ehe nicht aus Lei-
denschaft zu ihr geschlossen werden würde. Natürlich.
Dummheit war kein Makel, der sich in ihrer Familie fand.
Leichtsinnigkeit hingegen …

„Um diese Jahreszeit kann man immer von Schauern
überrascht werden. Und das Kind …"

„… ist nicht aus Zucker und wird sich daran gewöhnen
müssen, auch einmal nass zu werden."

Viktor erwiderte nichts. Er wusste zu wenig über den
weiblichen Körper und wie eine Schwangerschaft verlief.
Anstatt Helene also Tipps zu geben, die völlig aus der Luft
gegriffen gewesen wären, lächelte er sie nur freundlich an
und fragte: „Darf ich es berühren?"

Die junge Frau seufzte so gar nicht wie eine Dame,
schaute ihn aber wohlwollend an und trat schließlich so ans
Bett heran, dass Viktor eine Hand an ihren Bauch legen

konnte. Es faszinierte ihn, sich das noch ungeborene Leben darin vorzustellen. Die Welt war voller Wunder.

„Hat es sich bewegt?"

„Vielleicht? Manchmal bildet man es sich aber auch nur ein."

Julian sagte all die Zeit nichts, sondern spielte seine Melodie gefühlvoll bis zum Ende. Erst dann drehte er sich auf dem Schemel herum und schaute in seine Richtung. Viktor spürte sofort eine Wärme durch seinen Körper strömen. Natürlich musste Helene wissen, was zwischen ihnen war. Sie hatten nicht gerade viel Talent, ihre wahren Gefühle zu verbergen und auch keine Lust dazu. Nicht mehr.

„Danke, Helene. Es ist sehr freundlich, wie oft ihr zwei mich aufsucht. Ich bin aber schon wieder auf dem Weg der Besserung. Es ist wirklich nicht mehr nötig, mir täglich eine Aufwartung zu machen."

So sehr ihn diese Tatsache auch freute, ein wenig Unzufriedenheit wurde dadurch doch geweckt. Das Telegramm über seine heldenhafte Tat hatte seine Eltern längst erreicht und sie konnten jederzeit in Wien eintreffen. Wenn sie sich nicht schonten, vielleicht noch am Abend dieses Tages. Danach würde es schwerer sein, Julian zu treffen. Sein Vater würde ihn nur auslachen, wenn ihm keine bessere Ausrede einfiel, als in seinem Alter noch Klavierspielen zu lernen.

Weil er es noch ungestraft tun konnte, griff er nach Julians Hand und zog ihn ans Bett. Helene war plötzlich sehr beschäftigt damit, die Blumen vor dem Fenster neu zu arrangieren. Sie ließ es sich auch nicht nehmen, ein Liedchen zu singen, das die Geräusche um sie – wie etwa jene bei einem flink ausgetauschten Kuss – übertönte. Julian fuhr deswegen hoch, als die Tür ohne Vorwarnung aufgerissen wurde. Viktor lag mit seinen vielen Decken überhäuft in seinem Bett und rührte sich natürlich nicht. Seine Augen weiteten sich aber vor Freude, als er das Gesicht seines Bruders erkannte, der vom Hinauflaufen der Treppen laut keuchte.

„Franz! Ich dachte, du wolltest noch im osmanischen Reich bleiben!"

„Wollte ich, ja!", rief der rothaarige Adelige mit hörbarer Erleichterung in der Stimme. „Kann man dich nicht einmal drei Monate alleine lassen, ohne dass du beinahe erschossen wirst?"

„Fast *zweimal* noch dazu."

„Was redest du da nur? Ist es noch das Fieber? Oder mit welchen Leuten gibst du dich ab, wenn ich nicht …" Franz erstarrte mitten im Schritt, als er Helene mit einem Blick streifte, der auf dem schönen Gesicht hängen blieb. Die Augen der jungen Frau weiteten sich. Jede Farbe schien aus ihren Wangen weichen zu wollen. „Du …?"

Viktor schaute zwischen den beiden hin und her. Es dauerte keine fünf Sekunden, ehe ihm klar wurde, woher die beiden sich kannten. Es war auch keine zu früh, denn nur so konnte er nach Julians Handgelenk packen, ehe dieser auf seinen Bruder losstürmen wollte. Seine Verletzung an der Brust brannte wie Feuer, aber er warf den linken Arm um seinen Geliebten und riss ihn auf das Bett, auf dem er ihn mit aller Kraft festhielt. Aus den Augenwinkeln sah er, wie Helene einen Schritt zurückmachte, gegen den Tisch stieß und dabei fast die Vase zu Boden stürzen ließ. Franz sagte etwas, aber Julians Brüllen war zu laut, um auch nur ein Wort zu verstehen. Lange würde er ihn so nicht festhalten können. Die Schmerzen nahmen zu rapide zu. Seine linke Schulter schien in Flammen zu stehen, die sich in seinen ganzen Körper ausbreiteten. Wenn er aber losließ, würde Julian seinen Bruder anfallen wie ein wildes Tier – und die Katastrophe würde passieren. Kein Verständnis und keine Abmachung würden dann noch etwas retten können.

„Ich habe deine Schwester gerettet, rette du nun meinen Bruder!", zischte er Julian so leise wie möglich ins Ohr, während er sich immer noch mit aller Kraft gegen ihn wehrte. „Bedenke auch: Ohne ihn wären wir uns nie begegnet! Willst du ihn wirklich dafür strafen? Kannst du ihm *das* vorwerfen?"

„Ich bringe ihn um! Ich bringe euch alle um, wenn ihr euch gegen uns zusammenrottet!", presste Julian unter Tränen der Wut hervor, aber seine Gegenwehr nahm bereits ab, ehe auch nur eine davon über seine Wangen lief. Seine Stimme war kläglich. „Ihr Pack haltet doch immer zusammen, wenn es sein muss!"

„Mach jetzt keinen Fehler! Oder willst du etwa, dass Helene erfährt, was du getan hast, als wir einander das erste Mal gesehen haben?" Es war so schwer, die nötige Ruhe zu heucheln, damit die Drohung saß! In Wahrheit wollte er seinen Bruder nur aus der Gefahrenzone wissen. „Franz, geh runter! Trink erst einmal etwas Stärkeres! Deine Reise war lang … Du musst dich schonen. Wir reden später!"

Es war mehr ein Befehl als eine Bitte. Der jüngere Bruder gehorchte aber so artig wie ein Kind und verschwand ohne ein weiteres Wort durch die Tür. Sie war kaum von außen geschlossen, als Julian mit seinem Kampf stoppte. Er klammerte sich an Viktor, der es nur zu gerne zuließ, und schluchzte an seine Brust gepresst. Das Gewicht des anderen Mannes schmerzte höllisch, aber

Viktor biss die Zähne zusammen und ließ es zu. Julian verzweifelte und er wollte ihm eine Stütze in der Not sein. Immer. Seine eigenen Belange konnten warten.

„Soll … ich gehen?", fragte Helene kleinlaut, die immer noch neben dem Tisch am Fenster stand und mit zitternden Fingern ihren Bauch streichelte.

„Keinesfalls!", befahl Viktor streng. Er fühlte sich bereits für Julians gesamte Familie verantwortlich und sein Beschützerinstinkt war nach dieser Zusammenkunft auf seinem höchsten Niveau. „Du gehst alleine nirgends hin, solange sich Franz in diesem Palais aufhält. Davon abgesehen … wir müssen reden."

◆ℬ Epilog ℭ◆

Zwei Wochen waren seit Julians Liebesgeständnis vergangen und Viktor hatte jeden Tag damit gerechnet, dass es wieder zurückgenommen werden würde, sobald seine Verletzung verheilt war. Davor gefürchtet hatte er sich jede Stunde. Aber nichts dergleichen war bisher geschehen. Im Gegenteil. Nachdem sein Geliebter sich über seine Gefühle klar geworden war, zeigte sich seine eifersüchtige Seite und er verließ ihn nie ohne einen besitzergreifenden Kuss und der Warnung, sich bei Helene anständig zu benehmen. Mohameds Name war beinahe ein Sakrileg. Er durfte nicht einmal in seiner Nähe fallen. Viktor fand es ebenso rührend wie amüsant. Ob seine Belustigung den nächsten Besuch aus dem osmanischen Reich überstehen würde, war eine andere Frage. Und diese konnte warten.

Viktor tauchte seinen Daumen ins Weihwasser und schlich das Kreuz machend zu den vorderen Bänken der Votivkirche.

„Ich konnte es kaum glauben, als mir Leni gesagt hat, dass ich dich hier finde", flüsterte er Julian zu, als er sich neben ihm in die Bank zwängte.

„Wieso nicht? Du kennst doch die Geschichte meiner Großmutter, die hier für das Genesen ihres Gatten gebetet hat. Darf ich das denn nicht auch tun? Allen Heiligen danken, dass der meine lebt?"

In den himmlisch blauen Augen blitzten Tränen auf. Viktor zweifelte manchmal noch an seinem Glück. Nie hätte er zu hoffen gewagt, Julians Herz zu gewinnen. Es nun ganz und gar zu besitzen, machte ihn ebenso glücklich, wie es ihm manchmal Angst einjagte. Die beiden Geschwister waren sich in einigen Dingen zu ähnlich.

„Erinnerst du dich, als wir uns zum ersten Mal hier getroffen haben?", wechselte Viktor das Thema, um Julian aufzuheitern.

Dieser warf ihm auch sofort einen unzufriedenen Blick zu. „Kommt nun etwa ein Vorwurf?"

„Nicht im Geringsten. Ich denke nur, dass es ein guter Platz zum Reden ist. So friedlich und bedeutsam. Diese Mauern werden noch stehen, wenn wir nur noch Namen in Listen sind."

„Und die Vorfahren der Generationen nach uns", stellte Julian wenig emotional fest. Viktor glaubte nicht, dass sein Geliebter sich Kinder wünschte. Dieser Gedanke hätte ihn nicht befriedigen dürfen. Er konnte aber nicht verhindern, dass er sogar eifersüchtig war, wenn Julian während seiner Unterrichtsstunden nur neben seinen hübschen Schülerinnen saß. Es waren ungerechte Gedanken und unpassend für diesen heiligen Ort. Und er konnte sich deswegen kaum auf das konzentrieren, was sein Gegenüber sagte: „Was wirst du nun tun? Hast du dich entschieden?"

„Entschieden? Ich weiß nicht, was du meinst. Meine Entscheidung habe ich schon lange gefällt. Ich habe sie dir doch mitgeteilt."

„Du willst deinen Vorsatz immer noch in die Tat umsetzen? Obwohl es dein Bruder ist, der auf ewig einen Keil zwischen uns getrieben hat?"

„Gerade weil Franz mein Bruder ist", flüsterte Viktor und strich beruhigend über Julians Fingerknöchel. Sein Geliebter hatte seine Hände zu kraftvoll gefaltet. Er betete nicht in Gedanken, er krallte sich nur fest, um nichts Unüberlegtes zu tun. Ihn zu ohrfeigen, zum Beispiel. Viktor schmunzelte deswegen. Er liebte Julian so sehr, er wollte ihm jede Aufgabe und jede Entscheidung abnehmen, wenn dieser es nur zuließ. „Verstehst du nicht, wie einfach das alles macht? Wie mir dieses Wissen jedes Schuldgefühl und jede Sorge nimmt, die in meiner Seele gespukt und sie vergiftet haben? Julian, schau mich an!"

Er gehorchte, aber widerwillig. Es war am Blitzen in seinen traumhaft schönen Augen zu sehen. Selbst in seiner Wut war Julian ein hinreißender Anblick, der sein Blut schneller fließen ließ.

„Viktor, ich kann dich manchmal nicht verstehen …"

„Wenn du deine Gefühle für einen Moment vergisst, wirst du es erkennen: Egal ob Lenis Erstgeborenes nun ein Junge ist oder nicht, der Titel bleibt in der Familie. Weil Franz der Vater ist, kann sein Sohn erben, ohne dass unsere Linie endet. Du wirst mich vielleicht dafür hassen, aber das macht mich glücklich. Du kannst nicht erahnen, wie sehr."

Etwas veränderte sich an Julians Ausdruck. Er erinnerte sich vielleicht an ein früheres Treffen in dieser Kirche, als er ihm von schwerem Schuldgefühl erfüllt seine Sorgen gebeichtet hatte. Es war einleuchtend, selbst für den liebenden Bruder des geschändeten Mädchens. Gerade weil er seine Familie liebte. Ein Gewicht fiel von ihm ab, dessen er sich zuvor wohl nicht einmal bewusst gewesen war, denn Julian vergaß, wo sie sich befanden und fiel ihm um den Hals. Es gelang Viktor kaum, ihn von sich zu schieben – er wollte es ja auch nicht.

„Doch … das verstehe ich durchaus. Das tue ich. Es ist nur so ungerecht, dass du die Verantwortung eines anderen auf dich nehmen musst!"

„Welche Verantwortung denn, Liebster?", fragte Viktor sanft und drückte Julians Hände. „Es mag alles nobel und ritterlich klingen … aber dich für immer bei mir haben zu können und selbst in der tiefsten Nacht einfach nach dir rufen zu dürfen … ohne Gerede, ohne ständig neue Lügen erfinden zu müssen … Ich bin dankbar für diese Chance! Ich danke Gott dafür."

„Und wenn es nicht gelingt?", fragte Julian mit zitternder Stimme. „Wenn dein Bruder und meine Schwester einander niemals mehr nahe sein können?"

„Dann nehme ich dich, deine Familie und *mein* Kind und wir ziehen ins Ausland, wo uns Franz nicht mehr ständig über den Weg laufen wird."

Julian schaute um sich. Es war früh am Morgen. Sie waren von einem einzigen Greis im tiefen Gebet abgesehen völlig alleine. Er erlaubte sich deswegen eine weit intimere Umarmung, als es sonst möglich gewesen wäre. Seine Lippen strichen dabei über Viktors Hals. Es ließ sein Herz vor Liebe übergehen.

„Und wenn es ganz anders kommt? Wenn sie sich wieder in ihn verliebt? Wenn er sich ebenfalls in sie verlieben sollte? So wie es einst vielleicht schon einmal war? Bricht unser Glück dann nicht zusammen wie ein Kartenhaus?"

„Franz würde den Teufel tun, mit Helene durchzubrennen und alles zu verderben. Immerhin wird es sein Kind sein, das meinen Titel erbt."

„Aber …"

„Pst!" Viktor legte Julian einen Finger an die Lippen und schüttelte sanft den Kopf. „Die Zukunft kennt nur der liebe Gott im Himmel. Wir werden sehen, was sie bringt."

Solange es nur an Julians Seite geschah, würde er jedes Schicksal ohne Hadern hinnehmen. Er konnte den Blick nicht von seinem Geliebten nehmen, als dieser sich wieder dem Hochaltar mit seinen Heiligenfiguren zuwandte und die Augen für ein Gebet schloss. Sein Herz ging dabei über. Und wenn das nicht Gottes Segen für ihre Liebe war …

Leseprobe:
Cat Sebastian

Das Geheimnis von Captain Rivington

„Kennen wir uns?", fragte der andere Mann und seine Stimme zeigte präzise, wie unwahrscheinlich es war, dass er mit jemandem wie Jack Turner jemals eine Bekanntschaft gehabt hatte.

„Nicht wirklich." Jack hielt aus Prinzip die Details zurück. Die Wahrheit war, dass ein Mann seines Berufs wenig erfolgreich wäre, wenn er sich an ein Gesicht wie Rivingtons nicht erinnern könnte. Auch wenn beim letzten Mal, als Jack diesem hübschen Exemplar der Englischen Oberschicht begegnet war, dieser ein paar Jahre jünger gewesen war und dieses Humpeln nicht besessen hatte.

Und wenn er schon beim Thema war, auch nicht diesen mordlustigen Ausdruck in seinen Augen. Dafür erinnerte er sich zu gut an den Mund eines anderen faulen, jungen Dummkopfs um Rivingtons Schwanz, vor Jahren auf der Hausparty seines Vaters. Das hatte Jacks Interesse an Rivington geweckt. Denn es gab grundsätzlich sehr wenige Männer, die Jacks Vorlieben teilten – von Söhnen von Earls ganz zu schweigen –, dass es unmöglich war, auch nur einen Einzigen von ihnen zu vergessen. Jack hatte diese Tatsache damals zu dem Stapel all seiner gehüteten Geheimnisse gelegt für den Fall, dass er sich jemals einer dieser unappetitlichen Wahrheiten bedienen müsste.

Erwartungsvoll ließ Jack seinen Blick auf dem Gesicht des anderen Mannes ruhen. Der Bursche war gut aussehend, das musste Jack ihm lassen. Helles Haar, strahlende blaue Augen, sehr groß, sehr schlank. Nicht Jacks Typ, aber trotzdem nicht zu verachten. Schade nur, dass er humpelte.

„Darf ich fragen, welche Art von Geschäften Sie in diesem Etablissement betreiben?" Die Schroffheit von Rivingtons Ton machte deutlich, dass er eine Antwort erwartete.

Unser Programm auf www.deadsoft.de